leykam: *seit 1585*

1

Ava kann nicht atmen. Sie drückt die Handflächen gegen die Wände der engen Toilettenkabine, als könnte das die Welt davon abhalten, unter ihr wegzukippen. Hände und Füße sind wie in Eiswasser getaucht und in ihren Ohren rauschen Millionen Wasserfälle. Sie weiß nicht, ob da noch jemand ist in den Kabinen neben ihr, weiß nur, dass Luft in ihre Lungen muss, weiß nur, dass sie nicht ohnmächtig werden darf. Als wäre alles endgültig vorbei, wenn sie auch noch diesen Rest von Kontrolle verlöre.

Atmen, denkt sie. Hätte sie noch Luft übrig, würde sie darüber lachen, dass ihr Körper nicht mehr weiß, wie etwas so Selbstverständliches funktioniert. Atmen.

Es dauert Stunden, Tage, Jahre, bis ihr Atem endlich wieder tiefer geht, das Rauschen in ihren Ohren nachlässt. Vorsichtig löst sie die Hände von den Wänden, die Welt kippt nicht weg und sie ist noch immer hier.

Sie lauscht auf Geräusche aus den anderen Kabinen, hört nichts. Draußen auf dem Gang Schritte, irgendwo klingelt ein Telefon. Sie entriegelt die Tür, geht mit unsicherem Schritt zum Waschbecken, lässt warmes Wasser über ihre unterkühlten Hände laufen.

Im Spiegel sieht sie noch die Schatten der Angst. Sie versucht, ihr Gesicht wieder in Ordnung zu bringen. Die Mundwinkel weiter nach oben, viel weiter, die Augen weniger aufgerissen. Ein Muskel in ihrer Wange zuckt.

Sie schöpft sich Wasser ins Gesicht, probiert es noch einmal. Schon besser. Eine Weile noch betrachtet sie ihr Gesicht im Spiegel, als fände sie darin eine Antwort. Dann kehrt sie zurück ins Büro.

Sie hat das Gefühl, ewig weg gewesen zu sein, doch Mel und Liz sagen nichts zu ihrer Abwesenheit. Es muss weniger Zeit vergangen sein, als sie dachte.

Liz ist aufgedreht, zappelig, als wäre sie diejenige, die befördert worden ist. Mel ist noch dabei, ihr die Einzelheiten von dem Gespräch mit Jan zu erzählen. Dass sie minimal weniger Gehalt bekommen, als sie gefordert hatten. Dass Jan natürlich betonen musste, mit der Beförderung käme auch mehr Arbeit auf sie zu. »Als Senioren habt ihr schließlich mehr Verantwortung«, äfft Mel ihn nach. »Als ob wir das nicht wüssten. Aber das ist wieder so typisch. Sie kommen nicht drum herum, uns zu befördern, aber damit wir unter unserem plötzlich aufgeblähten Ego bloß nicht zusammenbrechen, wollen sie dafür sorgen, dass wir uns ein kleines bisschen überfordert vorkommen.« Mel lacht. »Das ist so armselig.«

Die Luft fühlt sich leergeatmet an. Ava öffnet das Fenster.

Für Mel ist jeder Versuch, ihr Vorankommen zu boykottieren, nur ein weiterer Ansporn. Als wäre ihr Triumph umso größer, je mehr Widerstand sich ihr entgegenstellt.

Ein fast synchrones »Pling« ertönt aus allen drei Rechnern.

Betr.: »Work hard, party harder«
Eine gute Nachricht für alle Bierliebhaber: Ab sofort könnt ihr es nicht nur trinken, sondern auch Werbung dafür machen! Wir haben den »What the beer«-Etat gewonnen! Darauf müssen wir anstoßen. Heute. Ab 18.00. Dachterrasse. Hunger ist keine Ausrede, nicht aufzutauchen, immerhin ersetzen sieben Bier eine Mahlzeit (und für alle, denen das nicht reicht, gibt es auch Pizza).

Bis später!
Die Geschäftsführung aka Dave, Matthias und Tobi

»Perfektes Timing!« Mel hat die Mail auch gelesen und sofort beschlossen, eine inoffizielle Beförderungs-Party daraus zu machen. Widerstand zwecklos.

Ava will allein sein. Sie will auf keinen Fall allein sein. Vielleicht wird sie verrückt.

»Ab auf die Terrasse«, ruft Mel und klappt ihren Laptop zu.

2

Ava ist froh, draußen zu sein, auch wenn der Wind scharf über die Dachterrasse zieht. Gierig saugt sie die kühle Luft ein, bekommt fast genug davon in die Lungen. Zwei Praktikantinnen, deren Namen sie nicht kennt, stehen als Scherenschnitte vor der untergehenden Sonne. Zwei einander entgegen gereckte Bierflaschen, die sich beinahe berühren, aber nicht ganz. Lockiges Haar, durch das an einigen Stellen das Abendlicht blitzt.

Der Auslöser von Avas Handykamera tut so, als wäre er eine Spiegelreflex, klackt, obwohl er nicht müsste. Drei Filter später kommt das Bild einigermaßen an die Realität heran, hat die gleiche Bierwerbungs-Leichtigkeit. #workbeerbalance.

So wie das Bild aussieht, denkt Ava, müsste sie sich fühlen. Sie stopft das Handy zurück in ihre Gesäßtasche, zieht die Ärmel ihrer Jacke über die Hände, um die Kälte der Bierflasche weniger zu spüren. Neben ihr faltet sich Mel auf dem Sofa zusammen, zieht die Füße unter sich, bevor sie ihre eigene Flasche gegen die von Ava klirren lässt.

»Auf den nächsten Schritt zum Boss.« Ava versucht zu lachen, doch in ihr zieht sich etwas zusammen. Sie kippt einen großen Schluck Bier in sich hinein, in der Hoffnung, dass es den Klumpen in ihrem Innern auflöst. Aber alles, was sie davon hat, ist ein bitterer Geschmack im Mund.

Sie lässt die Bierflasche über ihre Schläfen rollen, doch die Kühle geht nicht tief genug. Bestimmt ist sie nur erschöpft. Sie muss sich ausruhen, sich erholen. Dann wird sie sich auch freuen können. Oder?

»Lass uns tanzen!« Mel zieht sie vom Sofa hoch. Irgendwer hat Britney Spears angemacht und eine Gruppe von Leuten tanzt pseudo-ironisch.

Ava ist immer schon beeindruckt gewesen von Mels scheinbar unerschöpflicher Energie. Auf der Tanzfläche gewinnt ihr schlaksiger Körper an Kontrolle, und während Ava nur alibimäßig ein bisschen vor sich hin wippt, gibt Mel im Mittelpunkt der Tanzenden eine perfekte Britney-Imitation ab. Dann wird Britney ziemlich abrupt von einem harten elektronischen Beat abgelöst, der in Ava vibriert wie ein tausendfach verstärkter Herzschlag. So unauffällig wie möglich tanzt sie sich aus dem Kreis hinaus, geht zurück ins Büro, um ihre Sachen zu holen.

Als sie sechs Etagen tiefer aus dem Gebäude tritt, meint sie noch den stumpfen Beat zu hören und ein entferntes Lachen, das vielleicht Mels ist.

3

Sie muss sich entspannen. An diesem Wochenende wird sie nicht aufräumen, nicht einkaufen, nicht kochen. Den Samstagmorgen beginnt sie mit Schaumbad und Gesichtsmaske, trinkt Tee statt Kaffee und versucht sich im Meditieren, bricht den Versuch allerdings schnell wieder ab. Sie kommt nicht zur Ruhe. Als wüsste sie nicht mehr, wie das geht.

Stundenlang klickt sie sich durch Serien und Filme, kann sich für nichts entscheiden, fängt etwas an, ist nach einer halben Folge gelangweilt, sucht weiter, macht am Ende die Serie an, die sie schon so oft gesehen hat, dass sie die Dialoge beinahe mitsprechen kann. Während die Serie in ihren Augenwinkeln flackert, scrollt sie durch die Bilder ihrer Online-Freunde, die am Strand oder im Café sitzen, Kopfstand üben, zeichnen, stempeln, Kleider nähen. Nur sie sitzt zu Hause auf der Couch und scheitert schon daran, zu entspannen.

Über dem Bild eines Gin-Frühstücks ploppt eine Nachricht von Mel auf.

»Ausstellungseröffnung heute Abend im Quadrat?«

Ava will nicht. Will nicht raus, nicht unter Leute, nicht reden müssen. Will nicht vom Sofa aufstehen, sich nicht anziehen, Makeup auflegen und ein gutgelauntes Gesicht.

»Klar«, antwortet sie trotzdem. *»See you there.«*

Sie war nie gut darin, nein zu sagen.

Auf ihrem Laptop absolvieren Mutter und Tochter im Halbschlaf einen Tanzmarathon. Früher hat Ava die Serie geliebt, jetzt schaut sie sie bloß noch wegen des Restgefühls von damals, das noch immer an den Bildern klebt.

Später bestellt sie Pizza und einen großen Becher Eis, isst beides im Liegen auf dem Sofa. Die Champagnerparty der End-Zwanziger. Danach fühlt sie sich faul und fett und ist beinahe froh über die Verabredung mit Mel, froh, nicht auch noch den Rest des Abends allein mit sich verbringen zu müssen.

Die Serie läuft im Hintergrund weiter, während sie sich duscht, anzieht, schminkt. Als sie fertig ist, schaut sie lange in den Spiegel. Sie weiß selbst nicht, wonach sie sucht, dreht sich abrupt um, klappt den Laptop zu, verlässt die Wohnung.

4

Eine Kellnerin schiebt sich durch den schmalen Gang, dessen Decke und Wände lückenlos mit identischen Silikon-Dildos bedeckt sind. Ihr folgt ein sanftes rosa Wippen, wo ihr Arm zu nah an der Wand entlang streift.

Ava nimmt sich ein zweites Glas Wein von dem noch vollen Tablett, folgt der Kellnerin weiter durch den Gang und in den Ausstellungsraum hinein. Ein etwa 50-jähriger Anzugträger mit perfekt gescheiteltem Haar erklärt seiner weiblichen Begleitung, warum diese Installation ein gelungener Kommentar auf die weiße, männliche Vorherrschaft ist. #metoo.

Ava ist erleichtert, als sie aus dem Gang tritt und um sie endlich wieder Raum ist. Sie schaut auf ihr Handy. Keine Nachricht. In fünf Minuten ist eine Performance angekündigt und man sammelt sich bereits lose um eine Metallstange, die mitten in den Raum geklemmt wurde. Auch sie stellt sich dazu, schaut sich um, während sie wartet.

Aus dem Penis-Gang taucht eine Ex-Kollegin auf, neben ihr der Freund, den Ava schon auf zu vielen Fotos gesehen hat. Verliebt am Strand, verliebt vorm Eiffelturm, verliebt am Holocaust-Denkmal. Ava grüßt aus der Ferne und dreht sich im gleichen Moment weg, um sich mit demonstrativer Aufmerksamkeit dem Kunstwerk neben ihr zu widmen – einer Collage aus Slip-Einlagen. Weil sie sich nicht gleich wieder wegdrehen will, schaut sie genauer hin, schaut länger hin und ist überrascht, wie ästhetisch es wirkt, das sich überlagernde Weiß in Weiß mit den eingestanzten Blumenmustern. Aus den Augenwinkeln sieht sie, wie die Ex-Kollegin vorbeigeht, während sie selbst den nachdenklichen Kunstbetrachtungs-Blick aufsetzt, der hier zum Dresscode gehört. Und während sie noch überlegt, ob sie jetzt lange genug die Collage angeschaut hat, ob sie weitergehen sollte, kippt der Geräuschpegel, wird erst dumpfer, erstirbt dann ganz.

Ava hört eine Tür ins Schloss schnappen, sieht, wie eine Gasse sich bildet, durch die eine schmale Person mit nackten Füßen schreitet, den gesenkten Kopf unter einer schwarzen Kapuze verborgen. Sie tritt in den Kreis, der sich um die Metallstange geschlossen hat, bleibt einige Augenblicke reglos stehen. Aus einer der hinteren Reihen ertönt ein unterdrücktes Räuspern.

Die Kapuze wird zurückgeschlagen und der dazugehörige Umhang gleitet zu Boden. Darunter taucht eine Frau auf, Anfang zwanzig vielleicht, mit streng zurückgebundenem Haar und starrem Blick. Sie tritt nah an die Stange heran, greift sie weit oben, zieht sich hoch, zieht auch die Beine hoch, verharrt in einer Art schwebenden Embryo-Haltung. Neben Ava ein Rascheln, als jemand sein Gewicht auf das andere Bein verlagert, ansonsten Stille.

Nachdem sich einige Zeit nichts gerührt hat, fängt Ava zu zählen an, kommt bis sieben, bevor die Frau die Beine an der Stange nach unten gleiten lässt und, ohne einen Moment innezuhalten, den gleichen Weg zurück nimmt, den sie gekommen ist. Der schwarze Umhang bleibt auf dem Boden zurück, während der Zuschauerkreis sich fast augenblicklich auflöst.

Ava ist, als hätte sie als einzige die Pointe nicht verstanden und steht also weiter da, wartet auf irgendeine Art von Erkenntnis, die sich nicht einstellt. Stattdessen vibriert es in ihrer Tasche. Mel entschuldigt sich, dass sie noch immer nicht da ist, aber sie ist unterwegs auf einer Party hängen geblieben, zu der Ava unbedingt auch kommen muss.

Mel wird nicht kommen. Plötzlich kommt Ava der Raum noch voller vor und sie will bloß noch raus. Sie leert den Wein in einem Zug, geht Richtung Ausgang.

Damit ihre Absage nicht zu eingeschnappt klingt, schickt sie Mel ein Bild des Penis-Gangs. Ein Dildo im Vordergrund scharf und groß, während die im Hintergrund sich in eine rosa gepunktete Fläche auflösen. *»Fuck it. Ich geh ins Bett«*, schreibt sie, während sie sich erneut durch den schmalen Gang schiebt.

Ava ist schon halb zur Tür hinaus, als sie ihren Namen hört. Kurz überlegt sie, einfach weiterzugehen, doch sie hat schon einen Moment zu lange gezögert. Als sie sich umdreht, steht Lina direkt vor ihr. Lina, die sie zuletzt an der Uni gesehen hat und auch da meist nur aus der Ferne. Lina war auf allen Veranstaltungen, allen Partys, immer in Bewegung, wie ein Flirren in überhitzter Luft. Man konnte sie gar nicht übersehen.

Ihr Haar ist kürzer als früher, reicht kaum noch zum Kinn und ist an einer Seite ganz geschoren. Darunter tritt umso klarer das schmale Gesicht hervor, mit den hohen Wangenknochen, den wie immer knallrot nachgezeichneten Lippen. Ava hätte sie überall wiedererkannt. Dass Lina sich allerdings an sie erinnert, sogar ihren Namen kennt, hätte Ava nicht erwartet. Fast noch mehr überrascht sie die feste Umarmung, in der sie sich plötzlich wiederfindet und die für eine flüchtige Bekanntschaft einen Moment zu lange dauert. Würde Lina sie kennen, wüsste sie, dass Ava sich in Umarmungen unwohl fühlt. Nie weiß sie, wohin mit ihren Armen und danach bleibt oft noch minutenlang ein

Druckgefühl zurück, dass sich über Brust und Schultern legt wie ein verkehrt herum aufgesetzter Rucksack.

»Bist du auch auf der Flucht?« , flüstert Lina noch halb in die Umarmung hinein.

Kein »Was machst du denn hier?«, kein »Ist ja ewig her!«, kein »Wie geht's dir?«. Stattdessen flüstert Lina ihr ein paar Kommentare über die Ausstellung zu, als wäre es eine Selbstverständlichkeit, dass sie sich hier treffen. Als hätten sie sich erst vor ein paar Tagen das letzte Mal gesehen. Der unsichtbare Rucksack über Avas Brust lockert sich. »Und weißt du, was diese Performance sollte?«

Lina knotet ihren Körper um eine imaginäre Stange, lacht laut und bemerkt nicht einmal die pikierten Kunstkenner-Blicke, die sich nach ihr umwenden. »Der sterbende Feuerwehrmann«, schlägt Ava vor und Lina lacht noch lauter. Aus den Blicken wird ein Kopfschütteln und Ava kann das Zungenschnalzen beinahe hören. Und auch Lina scheint es bemerkt zu haben, denn sie beugt sich näher zu Ava, flüstert, dass sie vielleicht besser woanders weiter lästern sollten. Ava nickt. Nicht nur, weil sie schlecht darin ist, nein zu sagen.

5

Ava lässt sich in einen Sessel fallen. Niemals wäre sie auf den Gedanken gekommen, dass es hier so etwas geben könnte. Wie auch? Niemand würde auf der Suche nach einer Bar durch den Hausflur eines Wohnhauses gehen, den Hof überqueren und die Tür des Hinterhauses öffnen. Nicht einmal ein Schild verrät, was sich hinter der unauffälligen Fassade verbirgt. Nur ein paar murmelnde Stimmen und gedämpftes Licht, das durch die Scheiben sickert. Selbst im Innern sieht man der Bar noch an, dass sie früher eine Wohnung war. Die Zimmertüren hat man ausgehängt und in den verschieden großen Räumen drängen sich nun kleine Gruppen von Sesseln, Sofas und kleinen Couchtischchen, auf die zerbeulte Leselampen ihre schiefen Lichtkegel werfen. Alles macht einen etwas improvisierten Eindruck, wie vom Sperrmüll zusammengesammelt.

Kaum, dass sie sich gesetzt haben, steht eine Frau zwischen ihren Sesseln, berührt Lina leicht am Arm. Sie fügt sich perfekt in den Raum ein mit ihrer Kleidung aus mindestens zweiter Hand. In ihrer hoch in der Taille sitzenden Marlene-Hose steckt ein verblasstes und einige Nummern zu großes Chicago-Bulls-Shirt. An den Füßen leicht vergilbte Sneaker, um den Hals diverse Ketten. Ava findet einen solchen ausgestellten Stilmix eigentlich albern, doch irgendwie kann sie ihn an dieser Frau nicht albern finden. Vielleicht wegen der beiläufigen Selbstverständlichkeit, mit der sie ihn trägt, vielleicht wegen des ungeschminkten Gesichts unter der schon rauswachsenden Kurzhaarfrisur, vielleicht wegen des übergroßen Mundes, der lächelnd fast ihr halbes Gesicht einnimmt.

Lina und sie umarmen sich fest und lange. »Wir haben dich vermisst letzte Woche«, sagt die Frau jetzt und hält Lina noch einen Moment an den Schultern fest, schaut ihr forschend ins Gesicht. »Es geht dir aber gut, oder?« Lina nickt, sie sei nur für ein paar Tage verreist. »Dann bin ich beruhigt«, das Lächeln breitet sich wieder über ihrem Gesicht aus, als sie sich Ava zuwendet.

»Entschuldige bitte, ich beanspruche Lina hier ganz für mich. Ich bin Paula.« Und ehe Ava reagieren kann, hat Paula sich zu ihr heruntergebeugt und auch sie umarmt. Dann setzt sie sich auf die Armlehne von Linas Sessel und plaudert noch etwas mit ihr, wobei sie jedoch immer wieder zu Ava herüberlächelt und kurze Erklärungen einflicht, wann immer es nötig ist. Ava kann dem Gespräch nicht ganz folgen, stört sich aber nicht daran. Sie mag Paulas Art, mit dem ganzen Körper zu sprechen, ihre ausladenden Gesten und ihr sich ständig veränderndes Gesicht. Ganz automatisch scheint sie die Menschen nachzuahmen, über die sie spricht. Die leicht geschürzten Lippen des Einen, das schiefe Lächeln der Anderen. Aber es hat nichts Herablassendes an sich. Es ist mehr, als schlüpfe sie kurz in die Haut der anderen, um besser von ihnen erzählen zu können.

»Aber ihr seid ja sicher nicht hier, um euch meine Geschichten anzuhören«, unterbricht sie sich schließlich selbst. »Was kann ich euch bringen?« Und zu Lina: »Grauburgunder wie immer?« Ava nimmt das Gleiche und Paula drückt beiden noch einmal kurz den Arm, bevor sie im Nebenraum verschwindet.

»Du bist öfter hier.« Es ist eigentlich eher eine Feststellung als eine Frage, aber Lina nickt trotzdem. »Der Laden gehört Freunden von mir. Paula hast du ja gerade kennengelernt. Sie macht das hier zusammen mit Lars und Dominique. Die drei wohnen gleich hier drüber.«

Wenig später halten beide ein Weinglas in der Hand. »Auf zufällige Begegnungen«, sagt Lina und lässt ihr Glas gegen Avas klirren. Beide nippen an ihrem Wein, und einen Moment lang ist nicht mehr zu hören als das dumpfe Gemurmel von Gästen aus den anderen Räumen und ein entferntes Klirren, das wahrscheinlich aus der Küche kommt. Was, wenn sie sich gar nichts zu sagen haben? Ein Paar durchquert den Raum, ihre Schritte dumpf auf dem Dielenboden. Man lächelt sich kurz zu, dann verschwinden die beiden in den nächsten Raum hinein. Wieder Stille. Ava zwingt sich, etwas zu sagen, irgendetwas zu sagen. »Ich wusste gar nicht, dass du auch hier wohnst. Bist du gleich nach dem Studium hergezogen?«

Lina wiegt ihren Kopf unbestimmt hin und her. »Jein. Also, ja ich bin nach dem Studium hergezogen, aber dazwischen war ich noch an so einigen anderen Orten.« Während Ava noch darüber nachdenkt, ob sie weiter nachfragen sollte, spricht Lina von selbst weiter. »Du erinnerst dich wahrscheinlich nicht, aber zu Unizeiten war ich ziemlich extrem drauf. Überall dabei, immer hundertzwanzig Prozent.« Ava nickt. »Das fand ich ziemlich beeindruckend.« Lina schüttelt den Kopf. »Musst du nicht. Nach der Uni hab ich genauso weiter gemacht, nur jetzt in Agenturen. Also nachts und am Wochenende arbeiten, nie krank, selten Urlaub … und irgendwann saß ich dann morgens ne Stunde heulend im Flur, weil ich es einfach nicht geschafft hab, meine Wohnung zu verlassen.«

Ava dreht ihr Weinglas in der Hand. Feine Linien ranken sich darauf, treffen nicht ganz auf den Rand des Glases, laufen knapp darunter in Spitzen zusammen. Ava will etwas sagen, aber weiß nicht, was, sagt »Scheiße« und weiß selbst, dass eigentlich viel mehr zu sagen wäre. Sie denkt an diese endlosen Minuten in der Agenturtoilette und nimmt einen großen Schluck Wein.

»Ich hab mir dann drei Wochen frei genommen und bin nach Südamerika geflogen. Digital Detox. Was für ein Klischee«, sagt Lina, noch bevor Ava es denken kann. »Bei der Arbeit habe ich niemandem was gesagt. Offiziell hatte ich einfach nur Urlaub. Tolles Last-minute-Angebot«, sie schüttelt den Kopf. »Und natürlich meinte ich danach, alles verstanden zu haben. Ich würde viel weniger arbeiten und viel mehr meditieren.« Sie spricht nicht weiter.

»Und, hast du?«

Lina lacht. »Ungefähr zwei Wochen. Danach kam der nächste Pitch und ich hatte keine Zeit mehr zum Meditieren. Und dann kam irgendwann der nächste Burnout und da hab selbst ich gecheckt, dass das vielleicht alles nicht so ganz gesund für mich ist.« Lina lehnt sich zurück, legt ein Bein über die Sessel-Lehne. »Ich hab also gekündigt und bin nach Indien gegangen. Ich lass auch kein Klischee aus. Ich hab da ein Jahr lang eine Yogalehrer-Ausbildung gemacht.«

»Und jetzt unterrichtest du Yoga?«, Ava schafft es nicht, ihre Überraschung zu verstecken.

»Nein, das war eine ziemlich bescheuerte Idee. Ich bin nicht wirklich der Yogalehrer-Typ. Ich hab mich ziemlich schnell gelangweilt und um ehrlich zu sein … Ich hab auch das Agenturleben vermisst. So ätzend das auch manchmal ist, zumindest ist es nicht langweilig.«

Ava nickt langsam und Lina sieht sie mit schief gelegtem Kopf an. »Siehst du das anders?« Ava zuckt mit den Schultern. »Ne, stimmt schon.«

Aber die Antwort genügt Lina offenbar nicht. Sie drängt Ava zwar nicht, aber scheint darauf zu warten, dass Ava fortfährt. Einige Augenblicke ist es still, während Ava ihr Glas in den Händen dreht. Sie schaut Lina nicht an, als sie weiterspricht. »Irgendwie ist das doch alles total sinnfrei. Achtzig Prozent von dem, was man den ganzen Tag macht, landet eh in der Tonne und die restlichen zwanzig Prozent sind nicht mal gut. Und wenn man ungefähr einmal im Jahr echt was Geiles macht, schreibt irgendwer seinen Namen drauf, der das Ganze dreimal gesehen und abgenickt hat. Und wofür das Ganze?« Ava spricht schneller. »Damit irgendein Unternehmen noch ein bisschen mehr Geld scheffeln kann. Und die Sachen, auf die man eigentlich Bock hat, zu denen kommt man nicht mehr, wenn man nämlich mal frei hat, ist man so fertig, dass man gar nichts mehr machen will.« Sie bricht ab, ist selbst überrascht von ihrem Ausbruch.

Als sie den Kopf hebt, sieht sie Lina nicken. »Genau deshalb bin ich inzwischen Freelancer. Du glaubst gar nicht, wie befreiend das ist. Natürlich musst du einen anständigen Job machen, aber was aus den Projekten am Ende wird, kann dir völlig egal sein. Und mehr Freizeit hast du auch wieder.«

»Hmm …« Ava fährt das Muster auf ihrem Glas mit dem Finger nach. »Ja, versteh ich. Aber ich glaube, das wär nichts für mich.«

Lina zieht die Füße hoch auf ihren Sessel. »Wieso nicht?«

Ava antwortet nicht gleich. Sie hat nie so genau darüber nachgedacht, warum sie sich nie vorstellen konnte, als Freelancer zu arbeiten. »Ich glaube«, sagt sie zögernd »ich möchte nicht darauf verzichten, ein Team zu haben. Und auch die Jobs. Wenn ich mir einen TV-Spot ausdenke, dann habe ich keinen Bock drauf, dass irgendwer ihn danach übernimmt und komplett versaut.«

Lina scheint einen Moment darüber nachzudenken. »Macht Sinn. Ist mir aber komischerweise egal. Mir waren die Ideen immer wichtiger als die Umsetzung.« Sie zieht eine Grimasse. »Darauf hatte ich meistens eh keinen Bock, also passt das für mich ganz gut. Im Grunde bin ich faul. Ich fange Sachen gerne an, aber bring sie nicht so gerne zu Ende.«

»Oh ja, genau.« Ava fällt in Linas Tonfall ein. »Deshalb hast du auch deinen Abschluss als Jahrgangsbeste gemacht, weil du Dinge so ungern zu Ende bringst.« Und von da aus schwappt ihr Gespräch in leichtere Themen. In gemeinsame Erinnerungen an Professoren, über deren Sadismus man im Nachhinein lachen kann und andere, denen man bis heute dankbar ist. Zu Kommilitonen, von denen sie nur noch Brocken von Informationen haben, die sich meist in den ersten Jahren nach dem Studium verlieren. Am meisten Eindruck hinterlassen hat der, der gleich nach dem Abschluss alles hingeworfen hatte, um Gärtner zu werden.

Im Schein des kleinen Lichtkegels, der ihre beiden Sessel gerade einmal streift, lässt sich beinahe vergessen, dass sie sich in einer Bar befinden. Auch Ava hat jetzt die Füße hoch auf ihren Sessel gezogen, schmiegt sich in die Kuhle, die schon andere Rücken hinterlassen haben. Und nur unterbrochen von Paula, die kommt, um ihre Gläser nachzufüllen, spinnen Ava und Lina Alternativ-Leben, in denen auch sie keine Designer sind, sondern Bäcker, Alpaka-Züchter oder Schnapsbrenner. Sie gehen erst, als kein Murmeln mehr aus den anderen Zimmern dringt und Paula beim Nachschenken ein Gähnen nur mühsam unterdrückt.

6

Die nächste Woche lässt Ava wenig Zeit darüber nachzudenken, ob sie nicht doch lieber Konditorin oder Schuhmacherin geworden wäre. Kaum hat sie den ersten Kaffee in der Hand, will Dave schon mit ihr und Mel sprechen. Sie sollen kurzfristig auf einem Pitch aushelfen. Ein Freelancer-Team hat schon zwei Wochen darauf gearbeitet, aber die Konzepte sind nicht zu gebrauchen. Also braucht man das Team, das schon so viele andere Pitches gewonnen hat, braucht Ava und Mel, braucht sie sofort. Die Kundenpräsentation ist am Montag. Erste Abstimmung mit Dave morgen. Danke und tschüss. Dem Kreativgeschäftsführer schlägt man nichts ab.

Ava und Mel schauen sich die bisherigen Konzepte an, sind sich einig, dass nichts davon zu gebrauchen ist, sind sich ebenso einig, dass es weniger an der Unfähigkeit der Freelancer liegt, als an dem nachträglich geänderten Briefing, müssen trotzdem bei null anfangen. Ihre anderen Jobs versuchen sie, in der Hälfte der eigentlich notwendigen Zeit zu erledigen, der Pitch kommt nach Feierabend. Und jeden Morgen Abstimmung mit Dave. »Wir sind noch nicht ganz da.« »Da können wir noch ein bisschen mehr rausholen.« »Wir sollten die Extrameile noch gehen.« »Habt ihr am Wochenende ein bisschen Zeit?«

Als die Präsentation am Montagmorgen um 11.00 steht, würde Ava am liebsten gleich wieder nach Hause gehen. Aber auch das Tagesgeschäft will erledigt werden, und die ersten Berater werde schon panisch wegen nicht eingehaltener Deadlines. Kann Ava nicht kurz eine kleine

Änderung machen? Dauert auch nur fünf Minuten, nur zehn Minuten, nur eine winzige Anpassung.

»Na, bist du schon durchgebrannt, um Milchbäuerin zu werden, oder hättest du heute Abend Lust auf Vietnamesisch?«, schreibt Lina am Donnerstag.

»Lust ja, aber der Sklaventreiber steht mit der Peitsche hinter mir. Aber unbedingt bald!«, antwortet Ava. Sie weiß, dass sie auch heute das Büro nicht pünktlich verlassen wird.

Das Wochenende verbringt Ava im Bett, steht nur auf, um dem Pizzaboten die Tür zu öffnen und schließlich am Sonntagabend, um endlich mal Wäsche zu waschen. Als sie aus dem Waschkeller zurückkommt, blinken zwei verpasste Anrufe auf ihrem Display. Einer von Jan, einer von Mel. Ava lässt sich zurück aufs Bett fallen, schließt die Augen. Unter ihrem Brustbein pocht es fast schmerzhaft. Sie bemüht sich, langsam zu atmen, ruhig zu atmen. Als der Druck in ihrem Brustkorb nachlässt, drückt sie auf Rückruf.

Am Freitagnachmittag, nach einer weiteren übervollen Woche, will Ava bloß noch weg. Weg vom Büro, weg selbst von Mel und Liz. Aber auch allein sein will sie nicht, will nicht zurück in ihre Wohnung. Einen Abend wie den mit Lina will sie. Wein trinken, Blödsinn reden. Vielleicht könnte das diesen Tag noch retten.

»Ich brauche Wein. Zeit?«

Die Antwort folgt wenige Sekunden später.

»Tut mir leid, hab heute schon was vor.«

Natürlich. Avas Stimmung fällt gleich noch ein paar Etagen tiefer. Aber Lina tippt noch weiter.

»Aber komm doch mit! 19.00 Jägerstr. 14. Zieh was Bequemes an.«

»Was Bequemes?«

»Ja, wir machen ein bisschen Sport.«

Ava zögert. Eigentlich hat sie keine Lust, heute Abend noch was zu machen, bei dem sie sich anstrengen muss.

»Danach gibt's auch Wein. Versprochen!«

Ava muss lachen.

»Na wenn das so ist. Dann bis 19.00.«

Und vielleicht wird ein bisschen Bewegung ja sogar ganz gut tun. Ist immerhin lang genug her, dass sie das letzte Mal Sport gemacht hat.

7

Zur Sicherheit überprüft Ava noch einmal, ob sie hier wirklich richtig ist. Jägerstraße 14, ja. Nicht ganz das, was sie erwartet hat, auch wenn sie selbst nicht genau weiß, was das gewesen wäre. Jedenfalls nicht dieser quadratische Betonbau, der zwischen zwei heruntergekommenen Mehrfamilienhäusern klemmt. Nur eine schmale Schießscharte von Fenster, zwei Meter über dem Boden, scheint etwas Licht ins Gebäude zu lassen. Ava schiebt ihr Fahrrad zwischen die kleine Herde an Rädern, die dort bereits steht, zieht ihr Handy aus der Tasche. Keine Nachricht. Sie könnte schon reingehen, aber stattdessen schickt sie Lina ein *»Bist du schon da?«* und klickt sich durch ihre Apps, sieht nur aus den Augenwinkeln, wie andere an ihr vorbei zur Halle gehen.

»Gleich da!«, ploppt auf ihrem Screen auf und Ava scrollt weiter durch Bilder, die sie kaum wahrnimmt, bis endlich ein Bus am Straßenrand hält, aus dem gleich mehrere Leute aussteigen, alle in Klamotten, die bequem, aber nicht unbedingt nach Sport aussehen. Darunter auch Lina in einer schwarzen Hose, die ihr locker um die gebräunten Waden fällt. Dazu eine übergroße und leicht verblasst aussehende hellgrüne Jacke, die vielleicht in den 90ern irgendwann neu war und beiläufig perfekt zu den Schnürsenkeln in Linas schwarzen Sneakern passt.

Ava wird sich überdeutlich ihrer eigenen, neon-gemusterten Sporthose bewusst, doch Lina lässt ihr keine Zeit, darüber nachzudenken, umarmt sie und zieht sie noch in der gleichen Bewegung Richtung Halle, durch die Tür und einen langen Gang aus unverputztem Beton entlang.

Als Lina am Ende des Ganges die Tür öffnet, ist Ava kurz geblendet von dem Licht, das unerwartet hell in den Gang flutet. Nach dem bunkerartigen Äußeren der Halle hatte sie mit einem düsteren, höchstens neonbeleuchteten Raum gerechnet, doch stattdessen betritt sie eine Halle, deren eine Wand vollkommen aus Glas besteht, nur durchbrochen von einem feinen Gitternetz dünner Holzrahmen.

Dem Raum ist deutlich anzusehen, dass er schon früher eine Sporthalle war. Allerdings hat er nichts von der miefigen Schäbigkeit, an die Ava sich aus ihrer Schulzeit erinnert. Der alte Boden wurde herausgerissen und durch glattes Parkett ersetzt, das farblich genau zu den Sprossenwänden passt, die sich noch immer über Teile der glatten Betonwände ziehen. Man sieht ihnen an, dass jemand viel Zeit darauf verwendet hat, sie abzuschleifen und zu ölen, sodass sie jetzt mehr Deko sind als Sportgeräte. Dasselbe gilt für die blank polierten Holzringe, die an dicken Tauen von der Hallendecke baumeln.

Alles wirkt so gepflegt, dass Ava sich fast in den Olympia-Raum ihrer Agentur versetzt fühlt, der mit Bänken und Hockern aus alten Sportgeräten eingerichtet ist und in dem eine Tischtennisplatte den Konferenztisch ersetzt.

Ava und Lina legen ihre Schuhe und Jacken ab und setzen sich zu einer der lose in der Halle verteilten Gruppen. Lina scheint ein paar Leute zu kennen, aber bevor Ava dazu kommt, sich vorzustellen oder vorstellen zu lassen, steht schon am anderen Ende der Halle jemand auf, winkt erst und legt dann beide Zeigefinger an die Lippen. Kurzgeschorene Haare, drahtiger Körper und eine helle Stimme, die seltsamerweise gut durch die gesamte Halle trägt.

»Schön, dass wieder so viele von euch da sind! Ehrlich gesagt hatte ich damit gerechnet, dass bei dem

Wahnsinns-Wetter einige von euch eher mit einem Bier im Park sitzen würden, als sich hier von mir ins Schwitzen bringen zu lassen.« Sie wendet sich an jemanden, der gleich zu ihren Füßen sitzt. »Ja, Mark, wie du am Mittwoch. Du glaubst doch wohl nicht, dass uns nicht aufgefallen ist, dass du nicht da warst.« Die Halle lacht, als sie einen auf Lehrerin macht und in gespielter Strenge den Zeigefinger hebt, nur um ihre Vorstellung gleich wieder mit einem Armwedeln wegzuwischen. »Nene, kennen wir ja alle, oder?« Ein kollektives Nicken antwortet.

»Also, für alle, die heute zum ersten Mal hier sind, ich bin Luca. Vielleicht wird euch manches hier am Anfang etwas komisch vorkommen, aber macht einfach mal mit, und wenn ihr euch danach immer noch fragt, was das alles soll, sprecht mich einfach an oder unterhaltet euch ein bisschen mit den anderen. Die meisten von euch kennen das ja schon, wie immer, bevor wir mit der Körperarbeit anfangen, möchte ich auch eurem Kopf ein bisschen was zu tun geben. Dabei geht es nicht darum, dass ich euch sage, was ihr zu denken habt, sondern ich lass euch einfach ein bisschen an meinen eigenen Gedanken teilhaben und vielleicht bringen sie euch ja was. Wenn nicht, könnt ihr sie auch gerne danach gleich wieder vergessen. Okay?« Wieder nickt es um Ava herum. Wahrscheinlich ist es schon ein Ritual, dass diese Frage gestellt wird und als Antwort kommt sowieso nichts anderes als ein Nicken in Frage.

»Als ich bei einem meiner ersten connect-Treffen war, hat Dev etwas gesagt, was ich damals ziemlich bescheuert fand. Er meinte, ›Social Media verbindet uns nicht, sondern trennt uns voneinander.‹ Was für ein Quatsch, oder? Ich meine, klar war ich auch manchmal genervt davon, aber trotzdem war ich online mit Leuten in Kontakt, die ich sonst längst aus den Augen verloren hätte, denen ich vielleicht niemals begegnet wäre. Leute, die in anderen Städten leben oder sogar in anderen Ländern. Das geht euch wahrscheinlich ähnlich, oder?« Auch Ava kennt das, nur zu gut kennt sie es.

»Ja, also habe ich das erstmal abgehakt. Ich muss ja nicht immer mit Dev einer Meinung sein, dachte ich. Aber irgendwie ... diejenigen von euch, die Dev kennen, wissen wahrscheinlich was ich meine ... irgendwie hatte er da schon einen Haken in meinen Kopf gesetzt.« Ein paar vereinzelte Lacher sind zu hören. Demonstrative Lacher von Leuten, die Dev eben kennen. Wer auch immer Dev ist.

»Und der Haken hatte es ganz schön in sich, denn in den nächsten Wochen habe ich dann immer stärker darauf geachtet, was ich online wirklich mache. Mit wem bin ich in Kontakt? Und was ist das für ein Kontakt? Reden wir wirklich miteinander oder like ich nur ihre Bilder, damit sie meine Bilder liken?«

Überall im Raum ertapptes Lachen, unterdrücktes Gemurmel. Stimmt ja auch, denkt Ava. Zumindest oft, vielleicht sogar meistens.

»Aber trotzdem«, fährt Luca fort, »ist diese Art von Kontakt nicht besser als gar keiner? Und schließlich schadet es ja auch nicht, oder?« Sie blickt sich im Raum um. »Aber dann ist mir noch etwas anderes aufgefallen. Und vielleicht klingt das jetzt auch total banal, weil eigentlich wissen wir das ja alle, aber trotzdem hatte ich es mir vorher nie so klar gemacht ... diese völlig nichtssagenden virtuellen Kontakte überlagerten immer mehr die Beziehung zu den Menschen, mit denen ich zusammen war. Immer war ich mit einem Auge bei meinem Handy. Es könnte mir ja irgendwer geschrieben haben. Es könnte ja irgendwer mein neues Profilbild kommentiert haben.« Sie wirft einen Blick durch den Raum. »Jetzt mal ehrlich, wer von euch kennt das auch?«

Zögerlich heben sich die ersten Arme, bis Ava schließlich niemanden mehr sieht, der seinen Arm nicht gehoben hat. Wie sie. Wie alle.

»Ah ja. Sieht so aus, als gäbe es zumindest eine Sache, auf die wir uns einigen können. Ist ja schonmal etwas.« Luca lacht. »Als ich das festgestellt habe, hab ich eine Entscheidung getroffen. Ich wollte zumindest eine Woche lang komplett auf Social Media verzichten. Das wird schon gehen, dachte ich, eine Woche. Ist ja eigentlich nicht viel, oder?« Wieder schaut Luca sich in der Halle um und hier und da antwortet man ihr mit einem Kopfschütteln. »Ja, dachte ich auch. Ich hab's trotzdem nicht geschafft. Und das hat mich dann wirklich erschreckt. Dass ich nicht mal eine Woche darauf verzichten könnte, hätte ich nicht gedacht. Naja, ich will das jetzt hier nicht unnötig in die Länge ziehen, aber es gibt einen Grund, weshalb ich euch das überhaupt erzähle. Diese Woche bin ich nämlich seit genau drei Jahren Social-Media-frei!«

Spontaner Applaus bricht aus verschiedenen Ecken im Raum aus. Luca verbeugt sich leicht. »Danke, Danke«, sie lacht. »Ein bisschen wie Selbsthilfegruppe, oder? Aber ernsthaft, ich hatte noch nie das Gefühl, so intensiv mit Menschen verbunden zu sein, wie ich es jetzt bin. Ich meine, ich stehe jetzt hier vor euch und denke nicht gleichzeitig darüber nach, wer mir vielleicht inzwischen geschrieben hat und bei wem ich mich mal wieder melden müsste. Deshalb möchte ich euch dazu einladen, während der heutigen Stunde eure Handys gedanklich auszuschalten und euch wirklich ganz darauf zu konzentrieren, hier zu sein. Lasst euch nicht ablenken von Leuten, die vielleicht gerade auf dem Klo sitzen und euch aus Langeweile irgendein Video schicken.« Irgendwer hinter Ava lacht laut auf, vielleicht weil er sich ertappt fühlt. »Also«, sagt Luca und breitet die Arme aus, »lasst uns anfangen.«

Die Grüppchen lösen sich auf und man verteilt sich im Raum, kniet sich in gleichmäßigen Reihen auf den Boden, immer zwei Armlängen voneinander entfernt. Auch Ava reiht sich ein, geht in die Hocke, setzt sich auf die Fersen. Sie weiß nicht wohin mit ihren Händen, legt sie schließlich auf den Oberschenkeln ab, wartet. Als nichts passiert, schaut sie sich um und blickt rundum in geschlossene Augen. Sie macht es ihnen nach, sitzt blind da. Versucht an nichts zu denken, weil das wahrscheinlich erwartet wird, an nichts zu denken. Aber jedes Rascheln, Husten, Atmen lenkt sie ab. Sie öffnet die Augen einen winzigen Spalt, lässt ihren Blick über die glatten, leeren Gesichter streifen, die sich offenbar an keinem Geräusch stören. Es ist seltsam beruhigend, von lauter Menschen umgeben zu sein, die mit geschlossenen Augen dasitzen, die einen nicht anschauen, deren Gesichter man in aller Ruhe betrachten kann. Bis sie sich mit einem Mal voyeuristisch vorkommt, als wären die Gesichter in Wahrheit nackte Körper, die nicht wissen, dass man sie anstarrt.

Über diesen Gedanken erschrocken, schließt sie erneut die Augen, zwingt sich, sie geschlossen zu halten, bis endlich Lucas Stimme wieder einsetzt. Sie lenkt die Aufmerksamkeit auf den Atem. Durch die Nase ein, durch die Nase aus. Das Zwerchfell hebt und senkt sich. Aber wo genau ist eigentlich das Zwerchfell? Den Atem strömen lassen. Durch den Scheitel ein und durch den Boden wieder aus.

Ava versucht sich vorzustellen, wie etwas von oben nach unten durch sie hindurchfließt, wird ruhiger.

Luca spricht, und hundert Körper beugen sich vor, strecken die Arme lang und länger auf dem Boden aus, lassen sie in einem Halbkreis zur Seite wandern. Ava zuckt zusammen, als plötzlich eine Hand nach ihrer Rechten greift. Ihr Blick trifft den eines lächelnden Mädchens mit grau gefärbten Haaren und Nasenpiercing. Auch nach ihrer linken Hand greift nun jemand. Sie hebt den Kopf und sieht überall im Raum Leute einander an den Händen halten. Die Stirn auf dem Boden, die Arme zur Seite ausgestreckt, liegen sie da, regen sich nicht, halten sich nur.

Ava legt den Kopf wieder am Boden ab, versucht, die Hände der anderen weder zu fest noch zu locker zu halten, spürt ihre Handflächen schwitzig werden, spürt ihre hochgezogenen Schultern sich verkrampfen.

Es ist eine Erleichterung, als Lucas Stimme ihr erlaubt loszulassen, als ihre Arme sich wieder nach vorne schieben, als hundert Körper sich mit dem Ausatmen hoch drücken, ein Dreieck bilden aus Armen, Beinen, Boden. Es ist eine Erleichterung, auch wenn Avas Körper nicht das tut, was er soll, auch wenn ihre Fersen nicht Richtung Boden wollen und ihr Rücken nicht gerade wird. Mit dem nächsten Ausatmen schwingt ihr rechtes Bein nach vorne, einen Moment verspätet, erst nachdem sie geschaut hat, wie die anderen es machen. Eigentlich schwingt es auch nicht. Es schleift. Dann richtet sie sich auf, streckt die Arme aus, beugt das rechte Bein, hält.

Hält lange.

Hält so lange, dass ihr die Arme schwer werden.

Hält so lange, dass sie sie sinken lassen will, doch um sie herum schweben hundert Paar Arme schwerelos im Raum.

Bis Lucas Stimme ihre Oberkörper dreht, bis wieder zwei Hände nach ihren greifen. Jetzt ist sie beinahe froh darüber, weil sie das Gewicht ihrer Arme nicht mehr alleine tragen muss.

Eine Stunde lang bewegen sich so hundert Körper voneinander weg und aufeinander zu. In einer perfekten Choreografie fließen sie von einer Übung in die nächste, halten einander, lassen los. Und bleiben schließlich am Boden liegen. Die Arme ausgestreckt. Die Hände ineinander verschränkt.

Nur, dass es Ava jetzt nichts mehr ausmacht. Nur, dass sie sich jetzt keine Gedanken mehr macht, ob ihre Hände schwitzig sind. Weil alle Hände schwitzig sind. Weil ihr Kopf vollkommen ausgefüllt ist von ihrem pumpenden Atem. Weil sie froh ist, endlich nur dazuliegen und zu hören, wie die Atemgeräusche um sie herum leiser werden, ruhiger. Bis auch ihr eigener Atem endlich ruhiger wird, sanft ein und ausströmt, ihre Bauchdecke sich hebt und senkt.

Ein.

Aus.

Ein.

Aus.

Kurz bevor Ava vom Dämmerzustand in den Schlaf hinüberschwappt, setzt Musik ein. Ein elektronisches Summen, das nur langsam, fast unmerklich in einen pulsierenden Beat übergeht. Um sie herum gerät der Raum wieder in Bewegung. Körper räkeln sich. Rollen über den Boden. Richten sich auf. Wölben die Rücken. Strecken die Arme.

Sie versucht, die Bewegungen zu kopieren, aber weiß nicht, an wem sie sich orientieren soll. Kommt sich albern vor, als sie mit überstrecktem Rücken die Arme kreisen lässt. Kommt sich nicht weniger albern vor, als sie auf allen Vieren den Rücken wölbt und streckt, als sie auf den Knien mit ausgebreiteten Armen hin und her schwankt.

Die Musik wird jetzt lauter, der Rhythmus schneller. Die Körper haben sich fast alle aufgerichtet. Beginnen sich zu wiegen, mit geschlossenen Augen zu tanzen. Berühren sich, tanzen umeinander, miteinander.

Es fasziniert Ava, wie sie blind tanzen, ohne sich in die Quere zu kommen, wie sie die Anwesenheit der anderen zu spüren scheinen. Sie selbst spürt nichts, traut sich nicht, die Augen zu schließen, aus Angst jemanden anzurempeln, steht als Brett zwischen fließender Bewegung. Als sie dann doch zu tanzen versucht, kommt sie sich ungelenk vor. Ihre Arme baumeln, ihre Hüfte ist starr und den Rhythmus verfehlt sie immer knapp. Sie ist dankbar, als die Musik mit einem letzten vibrierenden Bass verklingt.

Ein paar Momente lang scheint jemand die Pause-Taste gedrückt zu halten. Alle stehen reglos da, nur ein leichtes Beben geht durch die erschöpften Körper. Keiner scheint sich bewegen, die Stille brechen zu wollen. Also harrt auch Ava aus, versucht, sich so wenig wie möglich zu rühren, ist sich aber allzu deutlich bewusst, wie sich ihr Körper gegen ihren Willen doch bewegt, wie ihr Brustkorb sich fast schmerzhaft unter einer unsichtbaren Verschnürung weiten will, wie ihre Arme in einem unnatürlichen Winkel abstehen, wie der Zeigefinger ihrer linken Hand fast unmerklich zuckt.

Und endlich bewegt sich doch jemand. Vorsichtig erst, behutsam, wie man es in einer Kirche tun würde, in der man die Stille nicht einmal dann zu durchbrechen wagt, wenn man mit diesem Gott nichts anfangen kann. Irgendwer öffnet die großen Fenster und der würzige Geruch warmer Kiefernnadeln weht herein. Nur wenige ziehen ihre Schuhe an und gehen. Die meisten treten barfuß durch die Glastüren in den Garten und auch Lina winkt Ava, ihr dorthin zu folgen.

Wie lange sie wohl schon nicht mehr barfuß gegangen ist? Ava weiß es nicht mehr. Nur, dass es lange her sein muss. Lina und sie schließen sich einer Gruppe an und Ava merkt kaum, wer es ist, der ihr ein Glas Weißwein in die Hand drückt. Jemand anderes packt eine Dose mit Keksen aus und stellt sie in die Mitte des Kreises, noch jemand selbstgemachte Cracker. Ava lehnt sich zurück, nippt an ihrem Wein, knabbert gelegentlich an einem Cracker und lässt die Unterhaltung über sich hinwegbranden.

Die anderen scheinen zu merken, dass ihr nicht nach reden ist, drängen sie nicht. Überhaupt hat das Gespräch nichts von dem üblichen Bemühen, es nicht abreißen zu lassen. Ganze Minuten lang spricht keiner. Doch niemand wird nervös und unterbricht die Stille mit Belanglosigkeiten. Und sogar Ava fühlt sich heute einmal nicht verpflichtet, die Pausen zu füllen, wenn sich auch gelegentlich noch eine Unruhe in ihr aufbaut, wenn die Pausen allzu lange dauern.

»Diese Rede, die Luca am Anfang gehalten hat«, fragt sie Lina in einer dieser Pausen, »macht sie so was jedes Mal?«

»Wir nennen das Opening«, antwortet Lina. »Dev sagt, dass keine Verbindung zwischen Menschen entstehen kann, wenn man nicht erstmal offen zu einander ist. Das steht deshalb ganz am Anfang. Prinzip eins: Offenheit.«

Prinzip eins? Welche Prinzipien gibt es denn noch? »Es gibt aber nicht jedes Mal ein Opening. Manchmal erzählt

Luca auch irgendetwas über unsere Gesellschaft oder über Devs Ideen. Das nennen wir Sharing.«

Ava nickt. Sharing. Opening. Das alles erinnert sie ein bisschen zu sehr an Predigt, an Beichte. Sie erinnert sich, wie sie mit gerade mal acht Jahren in irgendeinem Hinterzimmer der Kirche gekniet und versucht hat, sich an irgendwelche von ihr begangene Sünden zu erinnern. Keine Kommunion ohne Beichte, doch was haben Achtjährige schon zu beichten?

Wahrscheinlich aber sind es bloß diese Begriffe, mit denen sie ein Problem hat. Vorhin, als Luca sprach, war nichts daran Ava unangenehm vorgekommen.

»Hey Sonja!«, ruft Lina zu einer anderen Gruppe hinüber und eine Frau steht auf, kommt zu ihnen herüber. »Du siehst heute so glücklich aus«, sagt jemand. »Ich hatte gerade meine erste Ausbildungswoche«, antwortet Sonja und die Begeisterung der anderen zeigt, dass sie genau wissen, wovon die Rede ist. Sie gratulieren, fragen, wie es ihr gefällt, obwohl Sonjas spürbare Euphorie die Antwort schon vorwegnimmt.

»Es ist einfach unglaublich, wenn man sieht, was da noch für eine Energie in diesen Kindern steckt. Echt das komplette Gegenprogramm zum Gericht.«

»Du warst Juristin?«, fragt Ava und Sonja verdreht die Augen. »Ja, ich hab den ganzen Zirkus mitgemacht. Prädikatsexamen und dann auf dem besten Weg zur Staatsanwältin. Aber scheiße war ich unglücklich«, sie lacht. »Zum Glück haben diese großartigen Menschen hier mir klar gemacht, dass das praktisch seelischer Suizid war.«

»Wow, das ist eine ziemlich heftige Formulierung.«

Sonja wiegt den Kopf. »Weißt du, das Problem ist ja, dass man gar nicht so richtig merkt, wie schlimm es eigentlich ist, während man noch mittendrin steckt. Und wenn du dann irgendwem erzählst, dass du keine Lust hast, zur Arbeit zu gehen, dann sagen alle bloß ›Das ist völlig normal, das geht doch allen so.‹ Und so ist es ja auch. Aber das heißt noch lange nicht, dass es auch richtig ist. Oder dass es so sein müsste.«

Ava nickt. »Und jetzt machst du eine Ausbildung?«

»Zur Erzieherin, ja«, wieder leuchtet Sonjas Gesicht auf und Ava fragt sich, wie jemand bloß so glücklich darüber sein kann, den ganzen Tag von brüllenden Kindern umgeben zu sein und dafür auch noch schlecht bezahlt zu werden. Doch sie lächelt bloß höflich und sagt: »Anscheinend war es ja die richtige Entscheidung.«

»Oh ja!«, Sonja gerät regelrecht ins Schwärmen, als sie von den ganz alltäglichen kleinen Szenen im Heim erzählt. »Und das Beste ist, dass man wirklich das Gefühl hat, etwas Sinnvolles zu tun. Ich meine, ich kann einen echten Unterschied machen im Leben dieser Kinder. Bei Gericht, da geht es immer nur um Strafen, aber die machen aus niemandem einen besseren Menschen. Gerichte sind nichts weiter, als der verzweifelte Versuch, ein schlimmes System nicht noch schlimmer werden zu lassen.«

Und während Ava Sonja weiter zuhört, wird ihr immer unangenehmer bewusst, dass es in ihrem Kopf Job-Hierarchien gibt, die es ihr schwer machen zu verstehen, wieso man Erzieherin werden möchte, wenn man stattdessen Staatsanwältin sein könnte. Und sie fragt sich, ob in einem anderen System nicht vielleicht die Erzieher den höchsten sozialen Status hätten – und ob das nicht das bessere System wäre.

»Ava?«, sie hat nicht gemerkt, dass jemand ihr eine Frage gestellt hat, doch jetzt schaut ein bärtiges Gesicht sie erwartungsvoll an. Als »Paul der Pädagoge«, hat Lina ihn vorgestellt und Ava weiß nicht, ob er wirklich einer ist oder ob Lina bloß die Alliteration mochte. Aber es würde zu ihm passen, denkt Ava, würde passen zu der Art, wie er die Erzählungen der anderen mit seinem unaufhörlichen Nicken begleitet.

»Wenn du überhaupt nicht mehr arbeiten müsstest«, wiederholt Paul, »würdest du dann noch den gleichen Job machen wie jetzt?«

»Ich weiß nicht«, sagt Ava. »Vielleicht.«

Als Lina und Ava spät am Abend die Halle verlassen, werfen sie Geld in ein Glas neben der Tür. Ava hat kaum Bargeld dabei, schüttelt aus Verlegenheit all ihr Kleingeld ins Glas.

»Hat es dir gefallen?«, fragt Lina, während Ava das Schloss ihres Fahrrads öffnet.

»Ja«, sagt Ava, »ja, ich glaube schon.«

»Das Tanzen ist etwas gewöhnungsbedürftig, oder?«

Ava fühlt sich ertappt. »Ein bisschen. Ich glaube, ich sah ziemlich bescheuert aus dabei.«

»Tun wir das nicht alle?«, lacht Lina. »Irgendwann ist es dir einfach egal. Bei mir hat das auch ein bisschen gedauert. Aber wenn du es das erste Mal schaffst, dich einfach reinfallen zu lassen, dann ist das echt ein Wahnsinnsgefühl.«

»Vielleicht«, stimmt Ava zögernd zu. »Aber ich war noch nie so die Tänzerin.«

»Musst du auch gar nicht«, Lina unterbricht sich selbst mir einem leichten Kopfschütteln, »aber ich will dich gar nicht überreden. Du kannst ja einfach schauen, ob du noch mal Lust hast, mitzukommen. Ich würde mich freuen. Und wenn nicht, dann gehen wir eben beim nächsten Mal einfach nur Wein trinken.«

Sie umarmen sich zum Abschied, und auch wenn Ava nicht so weit gehen würde zu sagen, dass es ihr angenehm ist, ist es ihr zumindest nicht so unangenehm wie sonst. Ob es an Lina liegt oder daran, dass sie den ganzen Abend andere Leute berührt hat, kann sie selbst nicht sagen.

Sie genießt es, mit dem Fahrrad durch die warme Nacht zu fahren, sieht sich kurz selbst von außen, wie sie mit neben den Pedalen baumelnden Beinen den Hügel zu ihrer Wohnung hinunterrollt.

Erst als am nächsten Tag irgendwann die Spannung in ihren Nacken zurückkehrt, merkt Ava, dass diese für einige Stunden verschwunden war. Und vielleicht deshalb geht sie am nächsten Freitag wieder mit, als Lina sie fragt.

8

Schon seit zwei Stunden klickt Ava sich durch die immer gleichen Seiten. Nichts zu tun heute. Das sollte sie genießen, kommt selten genug vor. Ungewöhnlich ruhig ist es im Büro. Liz ist bei ihrem monatlichen Social-Media-Workshop und Mel schreibt Funkspots. Nur gelegentlich ist ein leises Murmeln zu hören, wenn Mel testet, ob die Spots in zwanzig Sekunden passen.

Ava könnte über Goldideen nachdenken, die braucht man immer. Aber ihr Kopf ist träge, nicht in der Verfassung, sich Ideen auszudenken, die Awards gewinnen. Außerdem hat sie genug gearbeitet in den letzten Tagen, den letzten Wochen, um auch mal nichts tun zu dürfen.

Und wie als Reaktion auf diesen Gedanken öffnet sich die Tür und – panisch wie immer – steckt Krissi den Kopf zur Tür herein. »Ava, könntest du kurzfristig auf nem Job aushelfen? Mir fehlt dringend ein Art Director.«

»Sorry«, Ava setzt ihr zerknirschtes Gesicht auf, »bin bis obenhin dicht«, schaut zurück auf ihren Bildschirm und klickt auf einen Artikel über eine Frau, die mit ihrem Igel durch die Welt reist.

»Jaja, bis obenhin dicht«, sagt Mel, sobald die Tür ins Schloss gefallen ist. Ava zuckt die Schultern. »Die braucht doch immer ganz dringend irgendwas. Nicht mein Problem, wenn die dem Kunden gegenüber nie nein sagen kann. Muss sie eben auf die Fresse fliegen, vielleicht lernt sie es dann mal.« Mel lacht und wendet sich wieder ihren Funkspots zu.

Avas Hände liegen unentschieden auf der Tastatur. Was könnte sie lesen, sich anschauen? Die News hat sie schon durch und auch die Blogs, denen sie folgt. Sie könnte Serien schauen, aber das geht ihr dann irgendwie doch zu weit. Einige Minuten starrt sie nur auf den Bildschirm, tippt schließlich »connect« in das Suchfeld ihres Browsers. Mehr Ergebnisse, als sie erwartet hat. Einige Zeitungsartikel, Blogeinträge und eine Website. Ava fängt mit den Zeitungsartikeln an.

Eine Journalistin berichtet begeistert von ihrem ersten connect-Workshop. »Eine Mischung aus Achtsamkeits-Training, Yoga und Kontaktimprovisation«, »völlig neue Körpererfahrung« , »lässt einen wünschen, dass jeder diese Erfahrung einmal machen darf«, »bestimmt nicht mein letzter Workshop«.

Ava klickt weiter. Ein verschwörungstheoretischer Artikel, der behauptet, connect sei nur ein schlecht verschleierter Versuch, den Kommunismus durch die Hintertür einzuführen.

Klick. Einige kurze Meldungen darüber, dass connect einen schon lange leerstehenden Hangar kaufen will, dass der Kauf stattgefunden hat, dass die Umbauarbeiten gut vorangehen, dass connect das Gebäude bei der Einweihung für alle Interessierten öffnet.

Unter einigen dieser Meldungen finden sich die unvermeidlichen Kommentare von Leuten, die »Sekte« brüllen und sich plötzlich brennend für das Gelände interessieren, das vorher jahrelang niemanden gekümmert hat, weil es zu weit außerhalb der Stadt liegt.

Ava klickt sich weiter zu Blog-Einträgen von Leuten, die connect ausprobiert haben und über ihre Erfahrungen berichten. »Völlig neues Erlebnis«, »unglaubliche Atmosphäre im Hangar«, »ganz nett, aber eigentlich nur Altbekanntes neu verpackt«, »wusste gar nicht, welche große Distanz ich normalerweise um mich aufbaue«, »magische Atmosphäre«, »befreiend«, »connected hat da bei mir nix«, »wem's gefällt«, »eine Oase der Liebe und des gegenseitigen Verständnisses«.

»Was verziehst du denn so dein Gesicht?«

Ava zuckt fast zusammen, als Mel sie plötzlich anspricht. »Hab ich das?«

»Oh ja! Fast so, wie wenn Jan uns einen seiner Vorträge hält. Du hast dein Gesicht echt nicht unter Kontrolle.«

»Hab ich wohl wirklich nicht«, lacht Ava und schließt den Blog der Eso-Frau mit den Dreadlocks, die von authentischen Erfahrungen und spirituellen Verbindungen schwärmt.

Mel steht auf und streckt ihren langen Körper Richtung Decke. »Soll ich dir einen Kaffee mitbringen?« Ava schüttelt den Kopf, wartet bis die Tür hinter Mel ins Schloss gefallen ist, öffnet die connect-Website.

Nach spiritueller Selbsterfahrung immerhin sieht hier nichts aus. Vor allem Bilder sind zu sehen. Junge Menschen, schöne Menschen, die Übungen machen, zusammen im Gras sitzen, mit Farbe beschmiert vor einer frisch gestrichenen Wand posieren, Beete umgraben und Möbel vom Sperrmüll aufarbeiten. Ava klickt auf das Bild eines Magazinartikels.

Ein Porträt nimmt den größten Teil einer der beiden abfotografierten Seiten ein: Ein Mann, vielleicht Mitte dreißig, mit kurzgeschorenem Haar und einem Blick, der aus dem Bild herauszuspringen scheint. Das Bild ist Schwarz-Weiß, doch Ava ist fast sicher, dass die Augen in Wirklichkeit von einem blassen Blau sind, das in krassem Kontrast zu dem dunklen Haar steht.

Sie reißt sich von dem Bild los und liest.

Date mit einem Guru
von Necdet Öztürk

Ich treffe mich mit dem Mann, der sich selbst nur Dev nennt und eine Gruppe anführt, die unter dem Namen »connect« überall im Land mit ihren Kursen für Aufsehen sorgt.

Bilder von ihm zu finden ist leicht, an ihn persönlich heranzukommen deutlich schwieriger. Ich besuche ihn in seinem eigenen kleinen Reich, dem »Airfield« , einem ehemaligen Militärgelände, auf dem im Zweiten Weltkrieg Flugzeuge zusammengebaut wurden. Heute heben Leute hier nur noch geistig ab.

Ich bin gespannt auf diesen Mann, der es geschafft hat, an die 300 Leute auf dieses abgelegene Gelände zu locken, und zu dessen Workshops die Leute in Scharen rennen. Der erste Eindruck: überraschend normal. Wenn man ihn auf der Straße treffen würde, würde man ihn eher für einen Künstler oder Musiker halten als für den Anführer einer spirituellen Gruppe.

Das Auffälligste an ihm: die vielen Tätowierungen. Die Arme sind fast vollständig mit schwarzen Mustern bedeckt und als ihm beim Demonstrieren einiger Körperübungen das Hemd am Bauch hochrutscht, kann man erahnen, dass es an seinem Körper nicht viele Stellen gibt, die nicht mit Tinte und Nadel in Berührung gekommen sind.

Necdet: Dev, erstmal vorab: Wie lebt es sich so als Guru?

Dev (lacht): Ach eigentlich wie bei den meisten. Es gibt bessere und schlechtere Tage. Allerdings überwiegen bei mir die besseren.

N: Du hast anscheinend nichts dagegen, wenn man dich Guru nennt?

D: Nein, gar nicht. Aber ich weiß, wieso du danach fragst. Das Wort hat ja bei uns immer einen fiesen Beigeschmack, sowas irgendwie Unanständiges. Ein Guru ist in den Augen der Meisten manipulativ, ausbeuterisch und hält sich selbst nicht an die Regeln, die er predigt. Aber das ist kein Guru, das ist nur ein Betrüger. Der Begriff Guru setzt sich zusammen aus den Silben *gu* und *ru*. *Gu* bedeutet Dunkelheit und *ru* Licht. Ein Guru ist also erst mal nicht mehr als jemand, der Licht in die Dunkelheit bringt. Einem wirklichen Guru geht es nicht darum, seine Schüler auszubeuten, sondern ihnen dabei zu helfen, sich zu entwickeln und schließlich Erleuchtung zu finden. Aber um das klar zu stellen, ich würde mich selbst nicht als Guru bezeichnen. Ich habe nur kein Problem damit, wenn man mich so nennt.

N: Du bist ziemlich gut darin, dir Dinge so zurechtzubiegen, wie sie dir passen, oder?

D: Ja, natürlich. Machen wir das nicht alle? Nein, im Ernst, ich glaube nicht, dass es wirklich etwas mit zurechtbiegen zu tun hat. Ich würde es eher als Filter bezeichnen. Wir alle haben solche Filter, ohne die kämen wir gar nicht aus. Wir können unmöglich auf die Welt schauen und alle Perspektiven gleichzeitig einnehmen, unser Gehirn würde durchbrennen. Nehmen wir zum Beispiel dich. Du möchtest einen interessanten Artikel schreiben, deshalb betrachtest du mich durch einen Filter, der dir all meine möglichen Schwachstellen zeigt. Alle Punkte, an denen ich potenziell angreifbar wäre. Und auf die stürzt du dich. Natürlich. Wenn man Leute provoziert, zeigen sie Seiten von sich, die man sonst nicht zu sehen kriegen würde. Dein Filter hilft dir, deinen Job gut zu machen. Und genau so habe ich auch meine Filter, allerdings funktionieren die etwas anders als deine.

(So langsam beginne ich zu verstehen, wieso Leute sich anhören, was Dev zu sagen hat. Er schafft es, dass alles, was er sagt, einem völlig logisch erscheint.)

N: Okay, dann stürze ich mich gleich noch mal auf etwas anderes: Deine Anhänger. Für mich ist es ziemlich befremdlich zu sehen, dass es Leute gibt, die ihre Jobs kündigen, um mit dir hier im Wald zu leben. Also, versteh mich nicht falsch, das Gelände ist beeindruckend, aber du kannst doch nicht leugnen, dass das alles etwas merkwürdig ist.

D: Oh nein, natürlich nicht, das ist es. Ich finde deine Wortwahl übrigens interessant: merkwürdig. Das ist wieder so ein Wort, das von uns völlig fehlgedeutet wird. Eigentlich heißt es ja einfach nur: es ist würdig, gemerkt zu werden. Es ist also auf irgendeine Art außergewöhnlich. Und das ist das Airfield auf jeden Fall. Aber ich weiß, darauf wolltest du nicht hinaus. Also um deine Frage zu beantworten: Ja, unsere Art zu leben ist merkwürdig, aber eigentlich nur, wenn man sie durch den Filter des modernen Westeuropäers betrachtet. Schaut man sich die Menschheitsgeschichte mal genauer an, leben wir hier eigentlich nur so, wie die überwiegende Mehrheit der Menschen über Jahrtausende zusammengelebt hat. Man könnte das Airfield als eine Art Dorf betrachten. Und dann ist es eigentlich gar nicht mehr so seltsam, oder?

N: Aber in einem Dorf folgen ja nicht alle einem allwissenden Führer.

D (lacht laut): Und wer soll das bei uns sein? Nein, du hast eine falsche Vorstellung von mir. Für viele Mitglieder spiele ich gar keine besonders große Rolle. Sie sind nicht wegen mir hier, sondern weil ihnen die Idee von connect gefällt, weil ihnen die Art des Zusammenlebens gefällt. Meine Rolle könnte man vielleicht am ehesten mit der des

Dorfpfarrers vergleichen. Jemand, der einem vielleicht mal einen Rat gibt, wenn man nicht weiter weiß, der einem einen Schubs in die richtige Richtung geben kann. (Er lacht wieder) Und dem man meistens nur mit halben Ohr zuhört, weil man mit den Gedanken woanders ist.

N: Also würdest du dich als Religionsführer bezeichnen?

D (schüttelt den Kopf, seufzt): Bei dir muss man wirklich auf seine Worte aufpassen. Nein, ich würde mich genauso wenig als Religionsführer bezeichnen, wie ich connect als Religion betrachte. Religionen sind für mich starre Konstruktionen. Unflexibel. Das ist das Letzte, was wir sein wollen. Außerdem geht es bei uns nicht um irgendein höheres Wesen, das es gibt oder nicht gibt. Wir sind viel profaner unterwegs. Uns geht es nicht um den Schöpfer, sondern um die Natur des Menschen. Und auch das ist wesentlich simpler, als es erstmal klingt, denn die Wissenschaft hat ja für uns schon die meiste Vorarbeit geleistet und einiges darüber herausgefunden, wie wir Menschen ticken. Alles, was wir bei connect tun ist, diese Erkenntnisse nutzbar zu machen und auszuprobieren, wie ein Leben aussehen kann, das unserer menschlichen Natur entspricht.

N: Aber ihr arbeitet doch auch viel mit Meditation und solchen Dingen. Würdest du nicht zustimmen, dass das zumindest etwas Spirituelles hat?

D: Doch, das schon. Aber das widerspricht nichts von dem, was ich vorher gesagt habe. Der Mensch ist ein zutiefst spirituelles Wesen. Wie sonst lässt sich erklären, dass es über alle Kulturen hinweg den Wunsch gibt, so etwas wie eine höhere Macht zu konstruieren. Alles was ich sage ist: Diese höhere Macht sind wir selbst. Diese höhere Macht ist die Verbindung zwischen uns, die tatsächlich etwas Übernatürliches hat. Und dieser Verbindung kann man in der

Meditation auf die Spur kommen. Es ist ja nicht so, dass alles, was religiöse Gruppen entwickelt haben, Quatsch wäre. Ganz im Gegenteil. Das Singen von Mantras, das Beten von Rosenkränzen und natürlich Meditation, das alles hat ja einen Effekt, sonst hätten sich diese Techniken nicht über Jahrhunderte und Jahrtausende gehalten. Ich bin nur der Meinung, dass der Fokus bisher oft nicht stimmte. Diese Dinge funktionieren nicht deshalb, weil sie eine Verbindung zu einem höheren Wesen herstellen, sie funktionieren, weil sie eine Verbindung zwischen uns herstellen, die uns wie eine größere Macht erscheint. Und im Grunde gibt es ja auch in den Religionen immer wieder Hinweise darauf, dass es zumindest manche gab, die das genauso gesehen haben. Wenn die Rede davon ist, dass Gott in allem ist, dass Gott in uns ist, ist eigentlich genau das gemeint. Nur nenne ich es nicht Gott. Aber es ist eine Kraft, die größer ist als die Summe seiner Teile.

Hier bricht der Artikel ab. Der Rest wurde nicht mitfotografiert. Ava tippt den Titel des Artikels in die Suchmaschine, aber alles was sie findet, ist das Inhaltsverzeichnis des Magazins. Print only existiert wohl doch noch.

Die Tür öffnet sich und Mel trägt einen leichten Zigarettengeruch mit ins Büro. Sie schüttelt sich. »Letzte Woche meint man noch, es ist Sommer, und heute ist wieder Scheiß-Winter.« Sie schließt die Finger fest um ihre Kaffeetasse, als könnte sie sich daran wärmen. »Jan hat mich gerade abgefangen. Wir sollen zu ihm kommen für ein Briefing.«

Ava nickt, schließt das Browserfenster.

9

Ava weiß nicht genau, wann sie aufgehört hat, sich die Frage zu stellen, ob sie freitags in die Halle fahren soll. Es dauert nicht lange, bis die Halle so unbedingt das Ende der Woche markiert, dass es anders gar nicht mehr zu denken ist. Freitags ist offiziell ab 16 Uhr Feierabend, jedenfalls wenn man es vorher geschafft hat, seine Jobs abzuschließen. Ava muss also nicht allzu viele Fragen beantworten, wenn sie um 18 Uhr geht.

Mel und Liz erzählt sie, sie gehe zum Yoga. Mel verbucht das als Erfolg für sich. Sie wollte Ava schon lange dazu bringen, Yoga zu machen. »Seit ich meditiere, hab ich viel bessere Ideen. Und deine Rückenschmerzen wären bestimmt auch weg, wenn du Yoga machen würdest.«

Ihre Rückenschmerzen sind tatsächlich verschwunden, auch wenn es nicht ganz Yoga ist, was jede Woche in der Halle passiert, so ist es doch ähnlich genug, um die gleichen – jedenfalls die gleichen körperlichen – Effekte zu erzielen. Es als Yoga zu verkaufen ist deshalb keine Lüge, bloß eine vereinfachte Darstellung, weil »connect« zu sagen, mit Sicherheit eine Diskussion auslösen würde. Mel meint immer, sie wäre total offen. Aber eben nur für die Dinge, die in ihr Weltbild passen.

Doch es gibt Momente, in denen Ava sich fragt, ob es wirklich an Mel liegt, dass sie das Gespräch über connect vermeidet. Vielleicht liegt es auch bloß daran, dass Ava nicht umhin kann, sich zu fragen, wie sie selbst darauf reagieren würde, wenn ihr jemand von connect erzählte. Sicher wäre sie skeptisch. Mindestens.

Sie weiß, dass connect ihr gut tut, aber sie glaubt, noch nicht sicher genug zu sein, um dieses Wissen auch anderen gegenüber zuzugeben. Vor allem nicht gegenüber Mel. Bei Liz hat sie weniger Bedenken, nur kann die nichts für sich behalten. Also geht sie eben zum »Yoga« und spart sich die Diskussionen.

Ava ist überrascht, als Luca sie eines Abends mit Namen anspricht. »Mir ist aufgefallen, dass du schon öfter bei uns warst. Ich hoffe, das heißt, dass du dich bei uns wohl fühlst.«

Es ist nicht wirklich eine Frage, aber Lucas forschender Blick scheint eine Reaktion zu erwarten. Ava nickt. Sie hätte nicht gedacht, dass Luca ihre Anwesenheit überhaupt aufgefallen ist.

»Das freut mich«, das Lächeln lässt Lucas Gesicht jünger aussehen, weicher. »Ich wollte dir noch mal persönlich sagen, dass du natürlich immer zu mir kommen kannst, wenn du irgendwelche Fragen hast.«

»Danke«, Ava zögert. »Vielleicht hätte ich wirklich eine Frage.«

Luca ermutigt sie mit einem Nicken zum Weitersprechen.

»Vor ein paar Wochen hast du über Social Media gesprochen und darüber, dass es uns nicht verbindet, sondern isoliert.« Luca nickt erneut. »Naja«, wie kann sie es am besten formulieren, ohne dass es wie ein Vorwurf klingt? »Ich habe mir vor ein paar Tagen mal die Social-Media-Kanäle von connect angeschaut.«

»Und jetzt fragst du dich, warum wir da so aktiv sind, wenn Social Media doch angeblich böse ist«, ergänzt Luca, als Ava nicht gleich weiterspricht.

»Ja«, sagt Ava, »so ungefähr.«

Zu ihrer Überraschung fängt Luca an zu lachen. »Wirkt ziemlich widersprüchlich, oder? Aber vielleicht habe ich mich beim letzten Mal nicht ganz klar ausgedrückt. Es ist nicht so, dass connect die Sozialen Medien grundsätzlich ablehnt. Das wäre ziemlich weltfremd. Nein, eigentlich begreifen wir das alles sogar als große Chance. Wir können über diese Kanäle Menschen erreichen, die sonst nie die Möglichkeit hätten, von connect zu erfahren.«

Luca schweigt einen Moment, die Stirn in nachdenkliche Falten gelegt.

»Eins sollte ich wahrscheinlich auch noch mal ganz klar sagen: Wir machen hier niemandem Vorschriften, wie er oder sie zu leben hat. Wir machen nur Vorschläge, regen zum Nachdenken an. Es ist zum Beispiel nicht so, dass wir der Meinung sind, jeder müsse grundsätzlich auf Soziale Medien verzichten. Wir sind nur der Meinung, dass man sich immer wieder die Frage stellen sollte, wie man sie nutzt. Wenn man darüber zum Beispiel mit anderen kommuniziert, wenn man online wirklich bedeutsame Gespräche führt, dann wäre es ja Wahnsinn, darauf zu verzichten.«

Ja, das wäre es. Ava denkt einen Moment über Lucas Worte nach. »Und warum hast du dich dann entschieden, darauf zu verzichten?«

Luca lacht. »Fehlende Selbstkontrolle«, sie hebt die Hände, wie in einer entschuldigenden Geste, und Ava entdeckt, dass die Tattoos auf ihren Unterarmen denen von Dev gleichen, die sie auf einigen Fotos gesehen hat. Aus winzigen Punkten zusammengesetzte, feine Linien und Formen. »Ich schaffe es einfach nicht, damit so umzugehen, dass es gesund für mich wäre«, fährt Luca fort. »Es ist wie mit Alkohol. Ein bisschen ist natürlich nicht schädlich, aber rund um die Uhr besoffen zu sein, ist nicht die beste Idee.«

Etwas übertrieben, denkt Ava, und Luca liest ihr die Gedanken wohl vom Gesicht ab, denn sie legt den Kopf schief und schaut Ava forschend an. »Nicht überzeugt?« Ava spürt, wie ihr die Hitze ins Gesicht steigt. Sie hat ihre Mimik nicht besonders gut unter Kontrolle, hatte sie nie. »Naja«, druckst sie, »der Vergleich ist ein bisschen extrem, oder?«

»Ja, das meint man, oder? Aber es war auch mal normal, sich in der Mittagspause mit den Kollegen ne Flasche Schnaps zu teilen. Würde heute keiner mehr machen. Und ich glaube, in ein paar Jahren wird es mit unserem Medienkonsum genauso sein.«

Ava nickt langsam. »Ja vielleicht, aber die Folgen sind doch etwas andere, oder?«

Luca wiegt den Kopf. »Du meinst, weil man sich nicht die Leber oder irgendwelche anderen Organe zerschießt, nur weil man ein paar Stunden am Tag am PC oder Handy verbringt?«

Ava nickt wieder.

»Das stimmt natürlich. Aber um ehrlich zu sein, sind für mich die körperlichen Konsequenzen noch das geringste Problem. Das Schlimmste ist, dass einem das eigene Leben entgleitet. Man verliert die Beziehung zu sich selbst, weil man so sehr darauf fokussiert ist, ein Bedürfnis zu erfüllen, das sowieso nie gestillt sein wird. Man hat nie genug getrunken, man hat nie genug gesehen und gelesen.«

Vielleicht. Ja. Vielleicht stimmt das tatsächlich, wenn man es übertreibt. Aber nicht alle, die viel trinken, sind Alkoholiker und nicht alle, die viel online sind, internetsüchtig.

»Vielleicht ist meine Sicht etwas extrem«, räumt Luca ein. »Vielleicht bin ich auch einfach besonders anfällig für Suchtverhalten. Ich kann Dinge schlecht nur halb machen, deshalb ist es wichtig, dass ich mir die richtigen Suchtmittel aussuche. Das heißt natürlich nicht, dass es bei dir genauso ist.« Luca überlegt einen Moment. »Aber darf ich dir etwas vorschlagen?«

»Klar, warum nicht.«

»Achte in den nächsten Tagen doch einfach mal darauf, wie es dir geht, nachdem du online warst. Fühlst du dich inspiriert oder deprimiert? Das klingt jetzt furchtbar vereinfacht, aber manchmal ist es so simpel. Ich kenne Menschen, die nutzen das Internet wahnsinnig produktiv, aber nur du kannst wirklich beurteilen, ob das bei dir auch so ist.« Luca fährt sich mit der Hand durch das kurzgeschorene Haar. »Das war jetzt ein ganz schöner Vortrag von mir, ich hoffe, ich habe dich damit nicht verschreckt.«

Ava schüttelt langsam den Kopf, ist mit den Gedanken noch bei Lucas Vorschlag. »Nein. Nein, gar nicht.« Wie ist es denn bei ihr? Sie nutzt das Internet doch, um sich zu inspirieren, oder nicht? Und sie braucht es doch für die Arbeit. Aber wie sieht es mit ihrer Freizeit aus, wie mit Social Media?

Ihr Abschied von Luca gerät etwas fahrig, und auch den Rest des Abends bringt sie mehr in ihrem eigenen Kopf zu als im Gespräch mit anderen.

10

Avas Handy vibriert und ohne erst zu schauen, von wem die Nachricht ist, hat sie sie bereits geöffnet. Ein Bild, geschickt von Tante Gela, aus der Zeitung abfotografiert. *Leitung Stadtmarketing (m/w/d). »Das klingt nach einer tollen Stelle.«*

Eine tolle Stelle. Eine tolle Stelle für jemanden, der Marketing studiert und kein Problem damit hat, bis an sein Lebensende in irgendeiner Behörde seine Zeit abzusitzen. Gela versteht Ava nicht, kennt sie nicht, sonst würde sie ihr so was nicht schicken. In Avas Kopf läuft das nächste Streitgespräch mit ihrer Tante an und sie muss sich zwingen, es zu unterbrechen. Sie atmet langsam und bewusst ein und aus.

»Klingt gut, aber ich fürchte, das passt für mich nicht ganz«, tippt sie schließlich. *»Trotzdem danke.«*

Gela tippt. Braucht lange. *»Ok, ich dachte nur, vielleicht wäre es ja etwas für dich.«* Und natürlich kann sie es sich nicht verkneifen hinzuzufügen: *»Denk aber zumindest mal drüber nach. Da hättest du vielleicht sogar die Chance auf eine Verbeamtung.«*

Es hat wenig Sinn, Gela zu sagen, dass eine Verbeamtung nichts bringt, wenn man einen ganz anderen Job macht. Sie hat nie wirklich verstanden, was genau Ava tut. Vielleicht würde Gela sich davon überzeugen lassen, dass Ava in der freien Wirtschaft viel mehr verdient als im Staatsdienst, zumindest auf lange Sicht. Aber die Sicherheit! Gelas Lieblingsargument, die Sicherheit. Ava dagegen würde lieber jedes Jahr den Arbeitgeber wechseln als dreißig Jahre lang im gleichen Büro zu hocken. Aber weil diese

Diskussionen sowieso nichts nützen, antwortet sie bloß *»Ok, mach ich«* und *»Grüß mama«,* stellt das Handy auf lautlos.

»Wer ist die Beste?«, Mel hat ihren Kopf durch die Tür geschoben, schaut Liz und Ava erwartungsvoll an.

Ava tut, als müsse sie angestrengt nachdenken. »Hab ich nur die Wahl zwischen lebenden Personen, oder zählen auch Tote? Dann wäre ich nämlich eindeutig bei Frida Kahlo.«

Mel verdreht die Augen. »Frida ist ja cool und so. Aber bringt Frida euch auch Geschenke?« Sie stößt die Tür jetzt ganz auf, hält drei Pappkartons im Arm, von denen sie Liz und Ava je einen in die Hand drückt.

»Gymnastikbälle!«, quietscht Liz, reißt ihren Karton auf und zieht einen pinken Lappen daraus hervor. »Oh mein Gott! Pink! Ich liebe dich!«

Mel nickt zufrieden »Das klingt schon besser.«

Auch Ava öffnet jetzt ihren Karton. »Schwarz wie deine Seele«, kommentiert Mel. Ava lacht. »Und welche Farbe hat deiner?«

Mel lässt sich auf ihren Stuhl fallen. »Gelb natürlich. Passend zu meinem sonnigen Gemüt.« Sie verzieht keine Miene, als Ava und Liz in Gelächter ausbrechen. »Lacht schön weiter, vielleicht verirren sich dann ein paar Heftzwecken unter eure Bälle.«

»Oh nein, bitte nicht!« Liz hat bereits die kleine Handpumpe aus ihrem Karton gezogen und ein leichtes Zischen deutet darauf hin, dass ihr Ball sich tatsächlich mit Luft füllt, auch wenn er noch immer unverändert schlaff auf ihrem Schoß liegt.

»Wie hast du die denn gekriegt?«, fragt Ava, während auch sie ihre Luftpumpe aus der Packung zieht.

»Natürlich mit meinem unwiderstehlichen Charme«, zwinkert Mel. Sie richtet sich übertrieben gerade auf, lässt ihre Stimme ein paar Nuancen höher werden. Die Stimmlage, die sie selbst immer »das todesniedliche Rehkitz« nennt. »Oh Jan, wir haben solche Rückenschmerzen, wenn wir den ganzen Tag sitzen. Oh Jan, könnten wir bitte bitte Gymnastikbälle bekommen? Das ist ja sooo gesund für den Rücken. Oh Jan, dann können wir auch noch viel länger am Schreibtisch sitzen.« Sie klimpert mit den Augen einem imaginären Jan entgegen. Ava prustet los. Nicht nur wegen Mels Performance, sondern auch wegen Liz, die so sehr mit ihrem Ball beschäftigt ist, dass sie davon gar nichts mitbekommt. Wie ein Kind unterm Weihnachtsbaum. Der Rest des Hauses könnte unbemerkt abbrennen.

Auch der formlose Lappen auf Avas Schoß füllt sich langsam mit Luft, wird praller, bis das Schwarz schließlich durchlässig wird, sich zu einem ungleichmäßigen Dunkelgrau verfärbt. Kurz zischt die Luft wieder aus dem Ball, als Ava die Pumpe herauszieht, um den Verschluss hineinzustopfen. Liz hüpft bereits auf ihrem Ball auf und ab. »Mach ein Bild von mir!«, verlangt sie und drückt Mel ihr Handy in die Hand, balanciert auf ihrem Ball, die Füße elegant in die Luft gestreckt.

Schon ein paar Minuten später ploppt eine Benachrichtigung auf Avas Handy auf. *»TheIncredibleLiz hat dich in einem Beitrag markiert. #worklifebalance #bestjobever #myagencylife.«*

Ava liked das Bild, aber zwanzig Leute sind ihr bereits zuvorgekommen. »Deine Follower sind echt schnell«, meint Ava und das Lächeln von Liz wird noch ein bisschen breiter.

Auch Ava kann nicht anders, als zu lachen, wann immer sie den Rest des Tages zu Liz hinschaut, die mit seligem Ausdruck hinter ihrem Bildschirm auf und ab wippt wie ein Korken auf dem Wasser. Wenn Liz etwas kann, dann sich begeistern. Ihre Freude hat eine unwiderstehliche Maßlosigkeit. Wenn man Liz anschaut, könnte man meinen, dass es überhaupt nichts Schlechtes gibt auf der Welt. Eine Naivität, auf die man beinahe neidisch sein könnte. Vielleicht ist es das, was ihre Follower so fasziniert, anders lässt es sich kaum erklären, dass sie mit ihrem Blog fast so viel Geld verdient wie mit ihrem Vollzeit-Job. Die Mischung aus Mode-Tipps, DIY-Tutorials und Berichten aus ihrem Berufsleben allein können es jedenfalls nicht sein, immerhin gibt es Tausende, die gleiche oder ähnliche Inhalte posten. Also muss es wohl diese Begeisterungsfähigkeit sein, die die Leute anzieht, und von der, wenn sie ehrlich ist, auch Ava gern etwas mehr hätte.

Es ist Liz, die vorschlägt, dass sie nach Feierabend noch bleiben, um Goldideen zu machen. »Ich glaube, der Ball bringt meinen Kopf in Bewegung«, strahlt sie und Ava will ihr die Freude nicht verderben. Und warum auch nicht, morgen ist Samstag und es ist schon einige Wochen her, dass sie irgendetwas zu dritt unternommen haben. Also bleibt sie und spinnt mit Mel und Liz Ideen, erst mit Hilfe des Bierkühlschranks, später durchforsten sie die Küche nach Schnapsresten von der letzten Party. Ein bisschen Kräuterschnaps, ein Rest Martini, etwas Wodka. Um zehn bestellen sie Pizza auf Agenturkosten, um elf hüpfen sie auf ihren Bällen den langen Flur entlang um die Wette. Ava rutscht auf halben Weg vom Ball und bleibt kichernd auf dem Teppich liegen, während Mel mit ihren langen Beinen davonhüpft und am Ende des Flurs krachend mit der Wand kollidiert. Eine Viertelflasche Gin später schmeißen sie Darts durch die gesamte Küche. Nur einer von zehn Pfeilen landet tatsächlich in der Scheibe, der Rest bleibt in Wand und Boden stecken.

Als sie schließlich mit leichtem Kopf durch die Nacht nach Hause radelt, weiß Ava, dass genau solche Nächte der Grund sind, warum sie, wenn überhaupt irgendwo, dann nur an einem solchen Ort arbeiten will. Dass sie woanders nie würde arbeiten können. Schon gar nicht in irgendeiner Behörde.

11

Ava schreckt hoch, starrt auf ihr Handy, bis sie endlich begreift, dass es nicht der Wecker ist, sondern ein Anruf, der sich in ihren Schlaf geklingelt hat. Linas Name steht auf dem Display.

»Hey!«, Lina klingt verboten frisch. Wahrscheinlich ist es schon viel später als Ava denkt.

»Hi Lina«, Avas Stimme ist schwach und kratzig. Ihre Katerstimme.

»Oh, hab ich dich geweckt? Entschuldige! Ich kann auch später noch mal anrufen.«

Ava setzt sich auf. Sie ist durchgeschwitzt. Wahrscheinlich scheint die Sonne schon eine Weile direkt auf ihr Bett.

»Ich wollte eh gerade aufstehen«, sagt sie halbwegs aufrichtig. »Was gibt's denn?« Sie steht auf und geht ins noch kühle Wohnzimmer, lässt sich aufs Sofa fallen.

»Ach«, antwortet Lina. »Ich hab dich bloß gestern in der Halle vermisst und wollte mal hören, wie es dir so geht.«

Irgendwie hat Ava das Gefühl, sie müsste sich rechtfertigen und murmelt was von Überstunden, doch Lina unterbricht sie. »Es ist völlig ok, wenn du nicht kommst. Ich wollte nur sichergehen, dass bei dir alles in Ordnung ist.« Dann wechselt sie das Thema, erzählt von ihrem aktuellen Kunden, einem Modeunternehmen, das sich als umweltbewusst, billig und qualitativ hochwertig positionieren will und nicht einsieht, dass das keine glaubwürdige Kombination ist.

Ava hat Schwierigkeiten, Linas Erzählung zu folgen. Wie immer, nachdem sie zu viel getrunken hat, fühlt sie sich niedergeschlagen, wie immer hat sie das Gefühl, etwas falsch gemacht, etwas unwiderruflich zerstört zu haben.

»Ist wirklich alles in Ordnung bei dir?«, fragt Lina, und erst jetzt merkt Ava, dass es ein paar Sekunden lang still war in der Leitung.

»Ich sollte weniger trinken«, antwortet Ava und Lina lacht. »Sollten wir das nicht alle? Aber weißt du, was hilft? Wenn du heute Abend in die Halle kommst.«

Ava stöhnt.

»Ich schwör's dir. Nichts hilft besser gegen Kater, als wenn du dich gleich wieder bewegst. Klingt super abwegig, ich weiß, aber du solltest das echt mal ausprobieren.«

Vielleicht weil Ava zu katergeschwächt ist, hört sie sich irgendwann ja sagen. Schon einen Augenblick später bereut sie es, aber da hat Lina schon aufgelegt.

Wieder vergeht der Rest des Tages zwischen zu fettigem Essen und Serienmarathon und wieder ist Ava am Abend doch erleichtert, dass sie einen Grund hat, den Laptop zuzuklappen und rauszugehen. Auch wenn ihr schon beim Gedanken an Bewegung übel wird.

»Man sieht dir den Kater gar nicht an«, begrüßt Lina sie. »Wenigstens etwas«, gibt Ava zurück.

Sie setzen sich weit nach vorne und Ava ist froh, nicht später gekommen zu sein, denn heute ist die Halle noch voller als freitags.

»Wer von euch ist in einer Beziehung?«, fragt Luca nach ihrer üblichen Begrüßung. Überall in der Halle heben sich Hände. »Okay. Und jetzt mal ganz ehrlich: Wer von euch findet trotzdem auch mal andere Leute attraktiv?« Luca schaut sich im Raum um. »Ah ja, schon weniger.« Sie hebt eine Braue. »Und wer von denen, die sich gerade nicht gemeldet haben, ist mit Partner hier?« Fast alle Hände, die verschwunden waren, sind jetzt wieder in der Luft. Luca hebt auch die zweite Braue und die Halle lacht.

»Nein, aber mal ernsthaft«, fährt Luca fort. »Andere Leute attraktiv finden ist normal. Eigentlich ist uns das auch allen klar. Nur unsere Partner sollen das auf keinen Fall wissen, unsere Partner sollen denken, dass sie die Einzigen für uns sind. Aber das ändert nichts daran, dass wir uns zu anderen hingezogen fühlen. Und ich rede jetzt nicht nur von körperlicher Anziehung. Ich rede auch von intellektueller und emotionaler Anziehung. Wäre es nicht auch furchtbar, wenn wir plötzlich jedes Interesse an anderen Menschen verlieren würden, nur weil wir in einer Beziehung sind?« Luca schüttelt den Kopf. »Es ist normal, dass wir uns zu anderen Menschen hingezogen fühlen! Was nicht normal ist, sind exklusive Beziehungen.«

Ein Rascheln und Tuscheln bricht aus und Luca spricht lauter. »Ja, ich weiß, das widerspricht allem, was man euch von klein auf beigebracht hat. Man findet den perfekten Partner und dann wird man nur ihn lieben, für immer und ewig, bis dass der Tod euch scheidet. Aber denkt das doch mal zu Ende. Solche exklusiven Beziehungen sind ja nicht bloß eine Entscheidung *für* jemanden. Sie sind gleichzeitig auch eine Entscheidung *gegen* alle anderen. Sobald man eine exklusive Beziehung eingeht, wird es ein *wir gegen alle anderen*. Und weil wir jetzt ja nur diesen einen Menschen lieben dürfen, werden unsere Ansprüche an ihn auch immer unrealistischer. Wir erwarten, dass dieser Mensch perfekt zu uns passt, dass er all unsere Bedürfnisse befriedigt, dass er uns als ganze Person annimmt und liebt. Gleichzeitig verstecken wir aber die Teile von uns, die wir selbst als nicht akzeptabel oder liebenswert empfinden, versuchen ein Bild von uns zu erschaffen, das unserem Ideal entspricht, aber immer wieder damit kollidiert, wer wir tatsächlich sind. Und wenn das dann nicht gut geht – was ja eigentlich nicht anders zu erwarten ist – dann stehen wir plötzlich ganz ohne diesen Menschen da, der doch kurz vorher noch alles für uns sein sollte.« Luca wirft die Hände in die Luft. »Das ist doch völlig krank, oder?«

Das Gemurmel in der Halle ist inzwischen ganz verstummt. »Und genau deshalb sagt Dev, dass Beziehungen eigentlich wie gute Freundschaften sein sollten. Denn Freundschaften sind viel flexibler als exklusive Partnerschaften. Bei Partnerschaften gilt meistens: ganz oder gar nicht. Du bist alles für mich oder du bist nichts. Freundschaften dagegen können auseinander und wieder zusammen schwingen, man kann sich längere Zeit wenig oder gar nicht sehen und sich dann wieder annähern. Und natürlich kann man gleichzeitig auch mit anderen Menschen befreundet sein.«

Luca schaut sich in der Halle um, lässt ihren Blick über die Gesichter streifen. »Im Grunde ist es doch wie bei den Übungen hier. Ihr berührt jemanden und fühlt euch ganz intensiv mit ihr oder ihm verbunden. Und dann bewegt ihr euch weiter und berührt jemand anderen. Und die eine Berührung, die eine Verbindung ist genau so wertvoll wie die andere. Sie stehen nicht in Konkurrenz zueinander.« Luca legt die Handflächen aneinander, fast wie bei einem Gebet. »Wenn wir gleich mit der Körperarbeit beginnen, dann achtet einmal ganz bewusst darauf, wie es sich anfühlt, mit mehreren Menschen gleichzeitig so intensiv verbunden zu sein. Ohne Eifersucht. Ohne Besitzansprüche.« Sie lächelt in die Runde. »Wollen wir anfangen?«

Als Ava sich an diesem Abend zum ersten Mal mit den Armen hochstemmt, den Kopf nach unten hängen lässt, meint sie kurz, sich übergeben zu müssen. Wie soll sie das bloß sechzig Minuten durchhalten? Doch mit jeder Bewegung wird es besser und bald schon fühlt es sich fast an wie immer.

Beim Tanzen aber ist plötzlich eine Berührung, die sich anders anfühlt, und warmer, zu warmer Atem an ihrem Ohr. Sie öffnet die Augen, sieht kurze Finger, fast rechteckige Nägel, die so kurz geschnitten sind, dass es beim Ansehen schmerzt. Die Berührung dieser Hand bleibt wie ein Abdruck auf ihrer Haut zurück.

»Ist dir das schon passiert«, wendet sie sich später an Luca, »dass du nicht wolltest, dass jemand dich anfasst?«

Luca schaut sie an. »Ist dir das passiert? Hat dich etwa jemand bedrängt?«

Ava beeilt sich, zu verneinen. »Es hat sich nur irgendwie anders angefühlt. Falsch.«

Luca nickt. »Du solltest natürlich auf das hören, was dein Körper dir sagt. Die Frage ist nur, ob er dir etwas über dein Gegenüber sagt oder über dich selbst.«

Ava ist nicht sicher, dass sie versteht.

»Unser Widerwille gegen jemand anderen hat nicht immer etwas mit dieser Person zu tun«, erklärt Luca. »Vielleicht löst diese Person bloß etwas in uns aus, erinnert vielleicht an jemand anderen oder wir erkennen uns wieder auf eine Weise, die uns nicht gefällt.«

Ava nickt langsam.

»Nur du kannst entscheiden, ob du es aushältst, aber wenn ja, würde ich dir raten: Setze dich dem aus. Oder willst du auf Dauer allem ausweichen, was dir unangenehm ist?«

Vielleicht, denkt Ava, war es bloß das Katergefühl, dieser Selbstekel, der sich auf jemand anderen übertragen hat. Am nächsten Freitag also setzt sie sich neben den Mann mit den eckigen Nägeln. Doch es bleibt ein Widerwille, nach dieser Hand zu greifen, es bleibt ihr die Nähe dieses Körpers unangenehm bewusst. Als die Körperübungen vorbei sind, als endlich das Tanzen anfängt, bewegt sie sich weg von ihm, fühlt, wie sich eine schützende Wand aus Körpern zwischen sie schiebt. Sie tanzt all den Widerwillen aus sich heraus und zum ersten Mal kommt sie sich nicht ungelenk dabei vor. Ihr Körper ist Wasser, er fließt, fließt mit den anderen. Zum ersten Mal ist sie beinahe enttäuscht, als die Musik verklingt. Trotzdem achtet sie von jetzt an darauf, bei den Körperübungen nicht neben dem Mann zu stehen und ist froh, dass er bald nicht mehr auftaucht in der Halle.

12

Schon wieder Sonntag. Schon wieder ein Tag auf der Couch. Vielleicht sollte sie rausgehen. Raus, aber wohin? Was ist los in der Stadt? Ava scrollt sich durch mehrere Seiten, findet nichts, worauf sie Lust hat. Vielleicht könnte sie mal wieder zeichnen. Zeichnen, aber was? Als sie ein Moodboard voll Inspiration gesammelt hat, hat sie schon die Lust verloren. Sie öffnet eine News-Website, schließt sie gleich wieder. Sitzt auf der Couch und starrt auf das leere Browser-Fenster. Mit plötzlicher Heftigkeit klappt sie den Laptop zu. Sie wird doch wohl noch in der Lage sein, irgendetwas zu machen, wofür sie nicht online sein muss. Sie tigert durch ihre Wohnung. Kochen? Aber sie hat auf nichts Appetit. Lesen? Warum nicht.

Sie kommt nur ein paar Seiten weit, bevor ihr Handy unter einer Nachricht vibriert. Ihre Mutter. *»Geht es dir gut Schatz? Ruf doch mal …«* Ava öffnet die Nachricht nicht. Irgendwann spät am Abend wird sie antworten, dass sie die Nachricht erst zu spät gesehen hat. Den ganzen Tag unterwegs gewesen. Vielleicht nächstes Wochenende.

Statt der Nachricht öffnet Ava ganz automatisch eine ihrer Apps. Ihr Feed lädt die neusten Bilder. Kann sie wirklich keine halbe Stunde von dem Scheiß wegbleiben? Ava wirft das Handy weg, greift aber gleich wieder danach, löscht eine App nach der anderen, bis nichts mehr übrig ist als ihr Messenger. Dann stellt sie das Handy auf lautlos, liest weiter bis sie irgendwann Hunger hat. Sie widersteht dem Drang, etwas zu bestellen, widersteht auch dem Drang, online nach Rezepten zu suchen, zieht wahllos Dinge aus ihren Schränken und improvisiert etwas, was am Ende nicht einmal schlecht schmeckt. Auch den Rest des Tages verbringt sie lesend, schafft das erste Mal seit Jahren wieder ein Buch an einem Tag und schläft irgendwann spätnachts über dem zweiten ein.

Die ersten Tage fallen nicht leicht. Besonders bei der Arbeit ertappt sie sich selbst immer wieder dabei, wie sie nach dem Handy greift, um eine App zu öffnen, die nicht mehr da ist, wie sie Browserfenster öffnet, nur um sie gleich wieder zu schließen. Am Freitag spricht sie mit Luca darüber. »Das ist normal. Das hört auf«, meint Luca. Die erste Woche sei die schlimmste, sagt Luca, und tatsächlich merkt Ava bald, wie der Drang weniger, wie sie selbst ruhiger wird. Als sie an einem verregneten Tag mit der S-Bahn zur Arbeit fährt, hat sie das Gefühl, die Strecke zum ersten Mal zu fahren. Um sie herum sind fast alle Köpfe Richtung Handy gesenkt.

Ein junger Mann ihr gegenüber tippt eine Nachricht in ein Übersetzungsprogramm und überträgt den Text sorgfältig auf einen linierten Collegeblock. »Leider kann ich nicht zum Unterricht kommen, weil es ein Currywurst-Essen gibt und es für meine geistige Gesundheit schön wäre, daran teilzunehmen.«

Ava ist nicht sicher, ob nur das Übersetzungsprogramm für diese Formulierung verantwortlich ist. Aber es wäre doch schön, denkt sie, wenn man mehr für die eigene geistige Gesundheit tun würde. Und wenn auch nur mit einem Currywurst-Essen.

Ava beobachtet immer mehr solcher kleinen Szenen, die ihr früher entgangen wären, versteckt hinter dem Display ihres eigenen Handys. Sie stellt sogar fest, dass die Arbeit ihr leichter fällt, dass sie die Jobs schneller abschließt, dass ihr auf dem Fahrrad oder in der Bahn Ideen kommen. Fast wie in den ersten Jahren, als sie so viel Bock auf den Job hatte, dass sie auch in ihrer Freizeit ständig über Goldideen nachdachte.

Zuhause schaltet sie ihren Router ganz ab, verbringt ihre Abende lesend, kochend, zeichnend, und gewöhnt sich wieder an das Gefühl der Langeweile. Die Nachrichten verfolgt sie nicht mehr und auch das empfindet sie als Befreiung, auch wenn Mel manchmal über ihre Ignoranz den Kopf schüttelt. »Du musst doch mitkriegen, was passiert. Nur wer informiert ist, kann etwas ändern.« Ava widerspricht ihr nicht. Von da an informiert Mel sie, wenn etwas vermeintlich Wichtiges passiert.

13

»Ich will mal wieder was für mich machen. Ein eigenes Projekt. Etwas, das nichts mit Werbung zu tun hat«, sagt Ava spät am Abend im Garten der Halle.

Die anderen nicken. »Worauf hättest du denn Lust?«, fragt Paul, doch Ava weiß keine Antwort. »Ist ja auch schwierig neben der Arbeit.«

Paul unterbricht sie: »Jetzt nicht wieder gleich alles zurücknehmen. Was hast du denn früher gerne gemacht?«

Ava überlegt. »Fotografiert habe ich immer ganz gerne.«

»Gut!«, Paul strahlt, als hätte Ava gar nichts Besseres sagen können. »Dann fotografier doch mal wieder.«

Ava lacht. »Das klingt so einfach, aber ich muss mir erst mal ein Konzept überlegen und dann ein Shooting organisieren. Ich will ja nicht einfach nur ein bisschen rumknipsen.«

»Wieso nicht?« Paul winkt ab, als Ava gleich widersprechen will. »Ja, ich weiß, ich hab keine Ahnung davon. Aber was hält dich denn davon ab, einfach mal deine Kamera rauszunehmen und zu fotografieren? Ist doch völlig egal, was. Du kannst zum Beispiel hier fotografieren. Luca hat bestimmt nichts dagegen.«

»Ey, das ist ne super Idee«, mischt sich jetzt auch Lina ein. »Mach hier Fotos!«

»Ich weiß nicht«, Ava wünschte, sie hätte gar nicht erst mit dem Thema angefangen. »Ich glaube, Sportfotos sind nicht so mein Ding.« Aber Lina widerspricht. »Wer sagt denn was von Sportfotos? Du kannst doch auch irgendwas Abstraktes machen. Oder Porträts. Gesichter gibt's hier schließlich genug.«

Ava ist froh, als sich das Gespräch schließlich von ihr wegbewegt, als es nicht mehr um ihre, sondern um die Leidenschaften und Träume der anderen geht, die irgendwo zwischen Studium und Arbeit verloren gegangen sind und von denen man nicht immer merkt, wie sehr man sie vermisst.

Beinahe hat sie die ganze Foto-Diskussion schon vergessen, als Luca sie beim Verlassen der Halle abfängt.

»Ava, ich habe von Paul gehört, dass du gerne mal bei uns fotografieren möchtest?«

Ava ist so überrumpelt, dass sie nicht gleich widerspricht, sondern nur ein unverständliches Murmeln von sich gibt, was so ziemlich alles bedeuten könnte.

Luca strahlt. »Ich finde die Idee großartig. Bring doch einfach beim nächsten Mal deine Kamera mit. Und keine Angst«, fügt sie noch hinzu, als sie Avas Miene sieht. »Wir erwarten nicht, dass du irgendwelche Werbefotos für uns produzierst. Du kannst machen, worauf auch immer du Lust hast.« Bevor Ava noch widersprechen kann, hat Luca sie schon leicht an der Schulter berührt und ist wieder in den Garten hinaus verschwunden.

Am nächsten Freitag spielt Ava morgens kurz mit dem Gedanken, die Kamera einfach zu vergessen. Dann ist es ihr eben erst bei der Arbeit eingefallen, dass sie eigentlich fotografieren wollte. Kann man nichts machen, kommt vor. Aber sie lügt nicht gut und eigentlich hat sie auch keinen wirklichen Grund, die Kamera nicht mitzunehmen. Abgesehen von diesem diffusen Gefühl des Nicht-Wollens, das bei ihr meist weniger mit echtem Unwillen, als mit Angst zu tun hat.

Aber was ist schon dabei? Sie wird ein paar Fotos machen und wenn sie nichts werden, muss sie die Bilder ja niemandem zeigen. Aber damit, das weiß sie selbst, hat ihre Angst nichts zu tun. Es geht nicht darum, sich vor anderen zu blamieren. Es geht darum, sich vor sich selbst zu blamieren. Wenn sie Bilder macht, das weiß sie, sollen sie mehr sein als bloßes Geknipse. Dass ihr das nicht gelingen könnte, ist ihre eigentliche Sorge. Trotzdem nimmt sie die Kamera mit, als sie die Wohnung Richtung Arbeit verlässt. Sie muss sie ja nicht benutzen, sagt sie sich. Wenn sie wirklich nicht will, kann sie noch immer behaupten, sie hätte sie vergessen.

Dass sie es nicht tut, liegt an Lina. Es ist Zufall, dass sie im gleichen Moment an der Halle ankommen. Ava schließt gerade ihr Fahrrad ab, als sie eine Hand auf der Schulter spürt. Lina umarmt sie ein wenig stürmischer als sonst, fast aufgeregt. »Du machst Fotos heute, oder?«, fragt Lina mit einem Blick auf Avas Tasche. Und in dem Blick liegt eine so offensichtliche Freude, dass es Ava rührt.

Mehr um Lina nicht zu enttäuschen als aus eigenem Antrieb, setzt sie sich nicht mit den anderen hin, als die Körperarbeit beginnt, sondern zieht die Kamera aus der Tasche, bleibt unschlüssig am Rand der Halle stehen.

Würde sie die Konzentration der anderen nicht stören, wenn sie jetzt fotografiert? Vielleicht sollte sie besser warten, bis das Klacken der Kamera überlagert würde von den schwerer gehenden Atemzügen.

Ihr Blick wandert über die ruhig dasitzenden Körper und bleibt an Luca hängen, die ihren Blick erwidert und mit einem halben Lächeln und einem kaum wahrnehmbaren Neigen des Kopfes Ava auffordert, anzufangen.

Ava hebt die Kamera und durch den Sucher scheinen die Gesichter ein Stück von ihr weg zu rücken, lösen sich auf in grafische Formen aus Licht und Schatten.

Sie drückt den Auslöser das erste Mal. Klack. Der Spiegel schlägt zurück.

Das Geräusch scheint ihr zu scharf und metallisch für die Stille des Raums, doch die Gesichter im Sucher bleiben ruhig, entspannt. Also schweift Avas Blick weiter durch den Raum, sucht nach Formen, nach Farben, lässt den Spiegel wieder und wieder klackend zurückschlagen.

Als die anderen beginnen, sich zu bewegen, bewegt sie sich mit, lässt die Belichtungszeiten länger werden, löst Formen in Bewegung auf, bewegt sich selbst immer näher an die Körper heran, dann zwischen ihnen hindurch, lässt Körperteile sich in mehreren Ebenen überlagern, übereinander wischen, bis sie keine Körperteile mehr sind, sondern bloße sich vermischende, sich streifende Bewegung.

Als die Übungen vorbei sind, atmet auch sie schwer, spürt das Gewicht der Kamera in den Schultern, spürt die vertraute Anspannung im Nacken.

Während der Meditation sitzt sie aufrecht mitten zwischen den liegenden Körpern und fühlt sich viel mehr mit ihnen verbunden als jemals zuvor. Eine Euphorie steigt in ihr auf, und als endlich wieder die Musik einsetzt, bewegt sie sich mit den anderen, tanzt und schaut nicht mehr durch den Sucher, während sie wieder und wieder den Auslöser drückt. Im Rhythmus der immer schneller werdenden Beats.

Als der letzte Ton verklungen ist, richtet sie, schwer atmend, die Kamera auf sich selbst. Löst ein letztes Mal aus.

14

Die nächsten Tage sind ein wahrer Rausch an Produktivität. Es ist wie im Studium, als sie ganze Nächte im Fotolabor verbracht hatte, bis irgendwann die Stunden ineinander schwammen und ihre Hände fast automatisch den Film in den Vergrößerer einlegten, belichteten, das Papier vom Entwicklerbad ins Stopbad ins Fixierbad legten, von vorn begannen.

Stunde um Stunde sitzt sie am Rechner, korrigiert Farben, legt Bilder übereinander, lässt sie nach und nach miteinander, ineinander verschmelzen. Wenn sie nach drei oder fünf Stunden Schlaf die Bilder erneut anschaut, ist es fast, als sähe sie sie zum ersten Mal.

Trotz des wenigen Schlafs ist sie nicht müde. Die Euphorie trägt sie durch den Tag und als hätte das alles in ihrem Kopf etwas zum Schwingen gebracht, geht auch die Arbeit so leicht wie lange nicht. Ihre Produktivität steckt auch Mel und Liz an und abends sitzen sie noch lange über ihren Ideen. Ava hat es nicht eilig, nach Hause zu kommen. Sie hat noch die ganze Nacht, um an den Bildern zu arbeiten.

Schneller als sie es für möglich gehalten hätte, ist wieder Freitag, und sie wieder in der Halle, und noch nie hat sie die Übungen so intensiv erlebt. Beinahe, als bewege sie sich durch ihre eigenen Bilder. Allen, die nach den Fotos fragen, erzählt sie mit Begeisterung davon. Sie kann sich nicht erinnern, schon einmal so zufrieden mit einer ihrer Arbeiten gewesen zu sein.

Doch bald melden sich die altbekannten Zweifel zurück. Der Rausch will sich nicht mehr einstellen und immer wieder sitzt sie stundenlang vor dem Bildschirm, ohne auch nur einen einzigen Klick zu tun.

Lina schreibt ihr fast täglich, und wenn Ava es anfangs noch kaum erwarten konnte, ihr die Bilder zu zeigen, hat sie jetzt zunehmend Angst davor. Was, wenn sie nicht gut sind? Nicht nur Lina würde sie sehen wollen, auch Luca und die anderen. In ihrer Euphorie hatte sie ihnen versprochen, dass sie die Bilder zeigen würde, bald schon. Aber sind sie überhaupt vorzeigbar?

Mit den Zweifeln kommt auch die Erschöpfung zurück. Zweimal verschläft Ava, verpasst allerdings bloß das allmorgendliche Status-Meeting mit Jan, das sie sich sowieso lieber sparen würde.

Wieder rückt der Freitag näher und Ava kann den Gedanken kaum ertragen, auf die Bilder angesprochen zu werden. Am Donnerstag schließlich, als sich ihr Unbehagen zu einer regelrechten Panik ausgewachsen hat, schreibt sie Lina: *»Würdest du dir vielleicht die Bilder mal anschauen und mir sagen, was du davon hältst?«*

Die Antwort folgt prompt. *»Unbedingt! Heute Abend? Bei dir?«*

Ava ist erleichtert, allerdings nur, bis Lina noch ein *»Bin schon super gespannt!«* hinterherschickt.

»Erwarte aber nicht zu viel«, antwortet Ava und wünscht sich erneut, sie wäre zurückhaltender gewesen, hätte weniger begeistert von den Bildern erzählt.

Sie verlässt das Büro pünktlich und redet sich mit Kopfschmerzen heraus. Zuhause bemüht sie sich, im Schnelldurchlauf die Spuren zu beseitigen, die sie letzte Woche in der Wohnung hinterlassen hat.

Zum Glück verspätet sich Lina und so ist die Wohnung beinahe wieder im Normalzustand, als es schließlich klingelt. Das Aufräumen hat Ava abgelenkt, aber mit dem Schrillen der Türklingel setzt auch ihre Unruhe wieder ein.

Lina hat Wein mitgebracht und Ava ist froh, ein Glas zum Festhalten zu haben, während Lina sich durch die Bilder klickt. Ava hält den Blick auf Linas Zeigefinger gesenkt, der weiter klickt, verharrt, klickt. Ihr ins Gesicht zu schauen, die Reaktion zu beobachten, wagt Ava nicht, nimmt stattdessen kleine nervöse Schlucke aus ihrem Glas.

Endlich hört Linas Finger auf zu klicken und in dem »Wahnsinn!«, das sie ausstößt, liegt alles, was Ava erhofft, aber nicht erwartet hat. Mit Linas Euphorie kommt auch ein bisschen von Avas eigener zurück. Noch einmal klickt Lina durch die Bilder, zeigt Ava ihr Lieblingsbild: Lucas Gesicht im Profil, das sich an den Rändern hin auflöst in eine Bewegung aus dunklen Blautönen. »Ich hab darüber bisher nie nachgedacht«, sagt Lina, »aber Luca hat für mich wirklich etwas Blaues. So ein ruhiges, dunkles Blau. Wie tief unter der Wasseroberfläche.«

Es ist, als hätte jemand einen Gurt um Avas Brust gelockert.

Sie sprechen noch lange über die Bilder, über Farben, die sie mit verschiedenen Personen verbinden. Lina wäre ein leuchtendes Violett, denkt Ava, aber sagt es nicht. Ein Violett, das flackert, changiert, mal mehr blau, mal mehr rot.

15

Lina geht erst spät, und als Ava am nächsten Morgen aufwacht, blinkt bereits eine Nachricht von ihr auf dem Handydisplay. *»Zeig die Bilder heute Abend noch nicht. Ich hab da eine Idee! Später mehr.«*

Was soll das heißen, später mehr?

Die Spannung zieht sich durch den ganzen Tag, macht sie fahrig und unaufmerksam. Beinahe hätte sie falsche Druckdaten rausgeschickt. Abends kann sie es kaum erwarten, zur Halle zu kommen, strampelt schneller als sonst, kommt atemlos und viel zu früh an.

Aus Gewohnheit nimmt Ava ihr Handy in die Hand, um Zeit zu überbrücken, aber alle Apps sind gelöscht. Sie öffnet den Chat mit Lina, schreibt *»Wann kommst du heute?«*

Die Antwort folgt fast augenblicklich: *»Bin schon hier. Komm in Umkleide 2, sobald du da bist.«*

Ava öffnet die schwere Eingangstür und geht den Gang entlang zu der Tür mit der abgeblätterten Ziffer 2, der ersten auf der rechten Seite. Die Tür ist geschlossen und fast erwartet Ava, dahinter nichts zu finden als einen leeren, muffigen Raum mit alten Holzbänken und Kritzeleien an den Wänden.

Doch sie klopft und fast im selben Moment öffnet sich schon die Tür. Luca winkt sie herein in einen Raum, der abgesehen von den hoch oben gelegenen Fenstern nichts mehr von einer Umkleide hat. Ein Holztisch mit einem bequemen Stuhl, ein Ecksofa in smaragdgrünem Samt, auf dem Lina sitzt, und davor eine große Holzkiste auf großen, industriell aussehenden Rollen. Ein Raum, der in jeden Einrichtungs-Blog passen würde.

Luca hat ihren Blick wohl bemerkt. »Einrichten ist ein kleiner Spleen von mir. Ein Überbleibsel aus meinem alten Leben als Interior Designerin. Aber komm rein«, sie berührt Ava sanft an der Schulter, dirigiert sie Richtung Sofa. »Setz dich. Möchtest du etwas trinken?«

Ava schüttelt den Kopf, aber Luca nimmt trotzdem eine Tasse von einem kleinen Regal, das über einem altmodischen Metallwaschbecken hängt. »Ich habe uns gerade einen Tee gemacht, vielleicht möchtest du später ja doch noch einen.« Luca stellt die Tasse auf die Holzkiste und setzt sich zu Ava und Lina aufs Sofa.

»Lina hat mir erzählt, dass deine Fotos fantastisch sind. Ich bin schon sehr gespannt darauf, sie zu sehen.«

Avas Blick zuckt zu Lina. Warum hat sie Luca davon erzählt? Hat das mit ihrer Idee zu tun?

Lina sieht zufrieden aus und Lucas nächste Worte erklären, warum. »Lina hat mir einen Vorschlag gemacht, den ich großartig finde. Sie würde gerne deine Bilder ausstellen. Hier. In der Halle.«

Linas zufriedenes Lächeln verbreitert sich zu einem Grinsen. »Überraschung!«

Eine Überraschung ist es wirklich. Allerdings ist Ava nicht sicher, ob es auch eine von der guten Sorte ist.

Sie sollte sich freuen, das weiß sie, immerhin ist es ein Kompliment, dass Lina so begeistert von den Bildern ist, dass sie sie ausstellen will. Aber schon im Studium hasste sie es, wenn sie bei den Jahresausstellungen neben ihre Bilder gestellt wurde und irgendwelche Leute Fragen stellten, die sie weder beantworten konnte noch wollte.

Luca und Lina scheinen auf eine Reaktion von ihr zu warten. Ava bemüht sich um ein Lächeln, aber es gerät etwas unsicher. »Willst du die Bilder nicht erstmal sehen?«

Luca winkt ab. »Ich vertraue Lina da voll und ganz.« Sie schaut Ava durchdringend an. »Und dir vertraue ich auch. Das solltest du ebenfalls tun.«

Ava fühlt sich ertappt. »Ich mag es nicht besonders, im Mittelpunkt zu stehen«, gibt sie zu.

Luca lächelt. »Das spricht für dich. Aber keine Angst, das musst du auch gar nicht. Deine Bilder werden im Mittelpunkt stehen, nicht du. Aber uns würdest du damit einen großen Gefallen tun. Es wäre eine tolle Gelegenheit, um Leute für das zu interessieren, was wir hier tun. Eine Ausstellung bringt Menschen hierher, die sich vielleicht nicht trauen, zu einem unserer Gatherings zu kommen.«

Ava nickt. Wie kann sie da ablehnen? »Und um die Organisation musst du dir keine Gedanken machen«, fällt jetzt auch Lina ein. »Darum kümmere ich mich. Ich habe ewig keine Ausstellung mehr organisiert. Ich hätte mal wieder richtig Bock darauf.«

Es gibt keine wirklichen Einwände mehr, die Ava erheben könnte. Das leichte Unwohlsein, das sie noch immer nicht los wird, hat vor allem mit ihren eigenen Selbstzweifeln zu tun, so viel weiß sie selbst. Nur darauf, dass sie bei der Vernissage nicht in den Mittelpunkt gestellt wird, besteht Ava. Die beiden anderen stimmen zu. Sie muss nichts tun, was sie nicht will, keine Fragen beantworten, niemandem vorgestellt werden, sie muss bloß anwesend sein.

Bis das Gathering beginnt, besprechen Luca und Lina Organisatorisches, während Ava sich nun doch einen Tee einschenkt und mit ihm auch die Nervosität hinunterzuschlucken versucht. Sie wird ausstellen. Sie hat ewig nicht ausgestellt. Sie nimmt noch einen Schluck.

16

Lina hat nicht zu viel versprochen, sie übernimmt tatsächlich alles: den Kontakt zur Druckerei, die Gestaltung von Flyern und Plakaten, alles.

Der Termin für die Vernissage steht und Ava bleibt nichts zu tun, als die Tage zu zählen. Sie hat das Organisieren von Ausstellungen nie gemocht und ist froh, alles Lina überlassen zu können. Erst als diese ihr einen Stapel Flyer in die Hand drückt, wird die Ausstellung in Avas Kopf real. Vorher war es nur eine abstrakte Idee gewesen, eine Möglichkeit.

Zu Hause legt Ava die Flyer auf die Kommode neben der Haustür. Jeden Morgen geht sie daran vorbei, zögert kurz, lässt sie liegen. Erst am Tag vor der Vernissage, einem Freitag, ringt sie sich schließlich dazu durch, Mel und Liz einen der Flyer mitzubringen. Sie bemüht sich um Beiläufigkeit. »Ich hab da eine kleine Ausstellung am Wochenende. Nichts Großes. Aber falls ihr zufällig Zeit habt …«

Mel lässt sie kaum ausreden. »Wow, ich wusste gar nicht, dass du noch fotografierst! Klar kommen wir, oder?« Sie stößt Liz an, die begeistert nickt. »Ich muss noch zu ner Party, aber da kann ich auch später auftauchen.«

Ava weiß nicht, ob sie sich freut oder bedauert, dass die beiden tatsächlich kommen wollen. Mel kann ziemlich bissige Kommentare ablassen, wenn sie auf Ausstellungen ist. Verdammt witzig, zugegeben, allerdings nicht, wenn sie sich gegen einen selbst richten. Aber sicher tut sie Mel Unrecht. Sicher wird sie sich anders verhalten, wenn es Avas Ausstellung ist. Hoffentlich.

Trotzdem: Zu wissen, dass Mel kommen wird, steigert Avas Unruhe. In der Nacht schläft sie schlecht und den ganzen Samstag weiß sie nichts mit sich anzufangen, putzt die ganze Wohnung, duscht lange und ausgiebig und sitzt am Ende trotzdem schon eine Stunde zu früh fertig auf der Couch. Als sie es dort nicht mehr aushält, fährt sie los. Sie wird viel zu früh da sein, aber was soll's.

Doch als sie die Halle erreicht, steht schon eine ganze Flotte von Fahrrädern vor der Halle. Ob sie sich in der Zeit vertan hat? Ava nestelt den knittrigen Flyer aus ihrer Tasche, kontrolliert zum wahrscheinlich zwanzigsten Mal die Uhrzeit. Beginn: 20:00. Es ist gerade 19:15. Pünktlichkeit hin oder her, fünfundvierzig Minuten früher ist doch etwas übertrieben.

Schon im Gang hört sie das Gemurmel und Gelächter. Und als sie die Tür aufstößt ist der Anblick fast wie immer. Sie sieht die verschwommenen Silhouetten von Leuten, die in kleinen Gruppen zusammenstehen, auf dem Boden sitzen. Nur dass jetzt zwischen ihnen große rechteckige Flächen im Raum schweben.

Ava blinzelt, versucht zu fokussieren. Als sich ihre Augen endlich an die Helligkeit gewöhnt haben, sieht sie, dass es ihre Bilder sind, die dort schweben. An dünnen Drähten hängen sie von der Decke, bewegen sich leicht in dem Luftzug, der durch die offenen Glastüren herein weht.

»Ava!« Lina kommt durch den Raum auf sie zu. »Du bist früh dran. Aber wir sind gerade fertig geworden.« Sie wendet sich der Halle zu mit einem Blick, aus dem deutlich der Stolz spricht. »Gefällt's dir?«

Ava schafft bloß ein Nicken. Ihrer Stimme traut sie nicht.

Lina zieht sie an der Hand quer durch die Halle und Avas Begeisterung wächst noch, als sie zwischen ihren Bildern hindurchgeht. Riesige Platten voll Farbe und Bewegung, die schwerelos im Raum schweben. Die Platten sind auf beiden Seiten bedruckt, sodass ein zweites Bild sichtbar wird, sobald das eine sich wegdreht.

Ava hätte sich keine bessere Art vorstellen können, die Bilder zu zeigen.

Erst als sie zusammen mit Lina das andere Ende der Halle erreicht hat, sieht sie das Buffet. Sie weiß nicht, wie es ihr vorher hatte entgehen können. Tisch an Tisch ist vollgestopft mit Salaten, Broten, Kuchen.

Avas Blick wandert zurück zu Lina, die noch breiter grinst als zuvor.

»Wir haben ein paar Leute gefragt, ob sie etwas zu essen mitbringen könnten.« Sie zuckt mit den Schultern. »Mit so viel hatte selbst ich nicht gerechnet.«

Ava sollte etwas sagen, aber ihr Hals ist eng. Sie räuspert sich und Lina drückt ihr die Schulter. »Genieß den Abend, Liebes.« Ava presst ein »Danke« heraus, doch ihre Stimme klingt nicht nach ihr selbst. Lina schüttelt den Kopf. »Nichts zu danken. Ich wusste gar nicht, wie sehr ich es vermisst habe, Ausstellungen zu organisieren.« Sie dreht sich wieder dem Raum zu. »Ich glaube, das ist meine beste bisher.«

Einen Moment stehen sie beide einfach so da und schauen sich in der Halle um, in der Leute zwischen den Bildern herumwandern oder sich auf dem Boden dazwischen niedergelassen haben. Ava muss grinsen, als sie sich vorstellt, wie das typische Ausstellungs-Publikum darauf reagieren würde. Sich mitten in der Ausstellung auf den Boden setzen? Ein Sakrileg. Ava findet es perfekt.

Andere haben jetzt ihre Anwesenheit bemerkt und kommen zu ihr, um zu gratulieren und ihr zu sagen, wie gut ihnen die Bilder gefallen. Ava hat noch nie gewusst, wie sie mit Lob umgehen soll, aber sie genießt es. Vor allem, weil es nicht begleitet ist von der üblichen kühlen Attitüde der Pseudo-Kunstkenner. Die Begeisterung hier ist echt und warm und wird fast immer begleitet von einer langen Umarmung. Avas Gesicht brennt vor Freude und Verlegenheit.

Inmitten der Gespräche merkt sie kaum, dass es acht wird und später, dass sich die Halle noch weiter füllt. Erst, als irgendwann ein Klirren ertönt und die Gespräche verebben, blickt sie sich um.

Lina steht in der Mitte der Halle, ein Glas und ein Messer in der Hand.

»Zu einer Vernissage gehört traditionell auch eine Rede. Weil wir aber hier alles ein bisschen anders machen wollen, werde ich mich kurz halten. Diese Ausstellung ist für mich etwas ganz Besonderes, weil ich Ava nicht nur als Künstlerin bewundere, sondern auch als Mensch und als Freundin sehr schätze.«

Ava hätte nicht gedacht, dass ihr Gesicht noch heißer werden könnte. Ihr Blick trifft den von Lina. »Aber ich weiß, dass Ava in ihrer Bescheidenheit es lieber hätte, wenn ich möglichst schnell mit dem Reden aufhöre. Also bloß noch eins: Fühlt euch Zuhause, genießt die Bilder, esst und trinkt. Und wenn es euch geschmeckt hat, dann freut sich unsere Spendenbox am Buffet über einen kleinen Beitrag.«

Der Applaus ist nicht höflich, sondern euphorisch, begleitet von Johlen und Trommeln auf den Holzboden. Ava muss grinsen, als sie sieht, wie einige Leute zusammenfahren. Man erkennt sofort, wer nicht hierher gehört. Auf einer Vernissage hat es leise und gesittet zuzugehen. Wie kann man es wagen, es anders zu machen?

Jemand drückt Ava einen Teller in die Hand, aber obwohl sie den ganzen Tag kaum etwas gegessen hat, bekommt sie nicht viel herunter. Stattdessen beobachtet sie die Gesichter der Leute, die ihre Bilder betrachten. Konzentriert. Verträumt. Eine Hand legt sich auf ihren Arm. »Herzlichen Glückwunsch Ava, ich glaube die Ausstellung ist ein voller Erfolg.« Luca registriert mit einem Lächeln den kaum angerührten Teller in Avas Hand. »Deinen Appetit hast du noch nicht wiedergefunden?« Ava weiß nichts dazu zu sagen, zuckt mit den Schultern. In Lucas Lächeln liegt Verständnis. »Die Leute sind wirklich begeistert. Einige haben sogar schon gefragt, ob sie eines der Bilder kaufen können.«

»Wirklich?« Ava weiß gar nicht, warum sie darüber vorher nicht nachgedacht hat. Wahrscheinlich hätte sie damit rechnen sollen, aber es überrascht sie.

»Könntest du dir denn vorstellen, zu verkaufen? Ich habe versprochen, dass ich dich fragen würde.«

Ava ist überfordert, nicht in der Lage, sich für oder gegen irgendetwas zu entscheiden. »Ich weiß nicht. Was meinst du?«

Luca fährt sich durch die kurzgeschorenen Haare. »Das kann ich dir nicht sagen, das muss du schon selbst entscheiden.« Sie legt einen Finger an die schmalen Lippen, scheint einen Moment nachzudenken. »Aber wenn du nicht sicher bist, ob du Geld dafür nehmen möchtest, hätte ich vielleicht einen anderen Vorschlag.«

Ava nickt dankbar.

»Wenn du möchtest, könntest du den Erlös aus dem Verkauf der Bilder an connect spenden. Die Spende kannst du dann sogar von der Steuer absetzen. So hätten wir quasi alle was davon.« Luca lacht, wird aber gleich wieder ernst.

»Aber fühl dich bitte zu nichts gedrängt, es ist ganz allein deine Entscheidung. Ich biete dir nur eine weitere Möglichkeit.«

Ava nickt heftig. »Doch, das ist eine großartige Idee.« Sie deutet in die Halle. »Ohne euch hätte ich das alles gar nicht machen können.« Erst jetzt, wo es sich löst, wird ihr das eigene schlechte Gewissen bewusst. Dass sich alle so viel Arbeit gemacht haben. Dass connect die Druckkosten übernommen hat. Dass alle hier sind, um sie zu unterstützen. Natürlich wird sie das Geld spenden. Ohne connect gäbe es gar keine Bilder, ohne Luca und Lina keine Ausstellung.

Luca fasst Avas Schultern, schaut sie einen Moment eindringlich an. »Vielen Dank, Ava.« Ihr Gesicht strahlt jetzt regelrecht. »Ich glaube, du hast die Idee von connect wirklich verstanden.«

Wieder wird Avas Gesicht heiß. Das »Danke«, das sie zur Antwort geben will, kommt völlig tonlos heraus.

Luca lässt ihre Schultern los, aber bleibt noch immer nah vor ihr stehen. »Für alles, was ihr für uns getan habt, möchten wir dir und Lina gerne etwas zurückgeben. Wir würden euch gerne zu einem Workshop auf dem Airfield einladen. Hättest du darauf Lust?«

Ava hat das Gefühl, noch nie so viel genickt zu haben wie an diesem Abend.

Luca verschwindet wieder in der Menge, um mit potentiellen Käufern zu sprechen. Und Avas Kopf ist so voll, dass sie erst nach einigen Augenblicken merkt, dass sie mit leerem Blick genau dahin gestarrt hat, wo jetzt Mel und Liz aufgetaucht sind.

Avas Blick geht unwillkürlich zur Uhr. Halb zehn. Sie stellt ihren Teller auf dem Rand des Buffets ab und bahnt sich einen Weg zu ihren Kolleginnen. Als sie bei ihnen ankommt, macht Liz gerade ein Video von sich selbst vor einem der sich drehenden Bilder, und Mel schaut sich mit einem kaum zu deutenden Blick in der Halle um.

Es ist Liz, die Ava zuerst entdeckt. Sie quietscht, springt auf Ava zu und schießt als erstes ein Selfie von ihnen beiden. »Wahnsinn Ava! Herzlichen Glückwunsch oder was sagt man da? Toi toi toi? Ne, das is Theater, oder? Egal. Der Raum is der Hammer! Guck mal, wie cool das auf den Fotos aussieht.« Sie zeigt Ava einige Bilder auf ihrem Handy, schon durch diverse Filter optimiert. Ava lächelt, nickt, und schon ist Liz wieder weg, um Selfies vor anderen Bildern zu schießen.

Ava wendet sich Mel zu, die mit ihrem typisch schiefen Grinsen auf sie zustakst.

»Glückwunsch Partner.« Sie nickt mit dem Kopf zu dem neben ihr hängenden Bild hinüber. »Aber nicht, dass du jetzt den Kunstmarkt eroberst und uns im Stich lässt. Du weißt hoffentlich, dass ich das nicht zulassen würde.« Ava schüttelt den Kopf. »Das würde ich nicht wagen. Sonst finde ich nachher noch einen Pferdekopf in meinem Bett.«

Mel lacht kurz und laut auf. Eher ein triumphierendes »Ha!«, als ein Lachen. »Ich fand immer schon, dass eine Frau der bessere Pate wäre. Die Rolle übernehme ich gern. Aber«, sie senkt die Stimme, beugt sich näher zu Ava, »wo wir gerade bei Mafia sind. Was ist das denn hier eigentlich für ein Verein?« Ava lacht, aber Mel schaut sie weiterhin mit ernstem Gesicht an.

»Was meinst du denn?«, fragt Ava.

»Naja«, Mel lässt ihren Blick durch die Halle schweifen. »So ein paar Typen haben mich angequatscht. Ob ich mich manchmal isoliert fühlen würde oder so was. Ich wär so auf Angriffshaltung, aber dagegen könnte man was machen.

Irgend so ein Schwachsinn halt. Außerdem sehen hier irgendwie alle gleich aus.« Ihr Blick taxiert Avas schmales schwarzes Shirt, die weite schwarze Hose. »Du übrigens auch. Was ist das, so ne Art Uniform? Back to black?«

Ava lacht unwillkürlich auf. »So ein Quatsch. Hier kann jeder anziehen, was er will.«

Mel will antworten, aber da taucht Liz wieder neben ihnen auf. »Man Ava, das ist echt der Wahnsinn hier, aber leider müssen wir jetzt weiter, nicht Mel? Wir sind schon echt spät dran für die Party.« Mel nickt. »Ich würd dich ja gern mitschleppen, aber du kannst dich wohl schlecht von deiner eigenen Vernissage verpissen, oder?« Ava schüttelt den Kopf. »Ne, eher nicht.« Schon wenige Augenblicke später sieht sie Mel und Liz durch die Tür verschwinden.

Alles, was Ava von dem Gespräch bleibt, ist ein flaues Gefühl im Magen. Sie hätte damit rechnen müssen, denkt sie. Mel passt nicht hierher, wer hätte das besser gewusst als sie. Trotzdem ist da etwas in ihr, was sich nach Enttäuschung anfühlt. Aber Ava kommt nicht dazu, diesem Gefühl weiter nachzuspüren. Leute wollen mit ihr reden und in den Gesprächen löst sich auch das flaue Gefühl langsam auf.

Bis zum frühen Morgen ist sie in der Halle, spricht mit Lina, spricht mit anderen, findet irgendwann sogar ihren Appetit wieder, als die Halle leerer wird und mehr Leute zwischen den Bildern sitzen als stehen.

Ein fast perfekter Abend, denkt Ava, als sie auf dem Rücken unter einem der Bilder liegt, das sich langsam, fast unmerklich dreht. Fast perfekt ist perfekt genug.

17

»Du bist schon da?« Mel balanciert Kaffeetasse, Wasserkaraffe und Glas durch die Tür und zwischen den Gymnastikbällen hindurch. »Ich dachte, du wärst noch im Hangover-Modus. Gehört sich das nicht so als Künstlerin?«

Ava kommt nicht dazu, zu antworten, weil im gleichen Moment auch Liz zur Tür hereinkommt und Ava gleich ihr Smartphone unter die Nase hält. »Meine Follower rasten völlig aus wegen deiner Ausstellung.« Sie scrollt durch die Kommentare unter einem Panoramabild, das Liz zwischen den schwebenden Bildern zeigt. Herzchen und noch mehr Herzchen, von klassisch rot bis regenbogenfarben.

»Eine hat sogar gefragt, ob sie ein Bild kaufen kann. Geht das?«

Ava brummt erst mal nur etwas Unverständliches, gibt schließlich aber doch zu, dass alle Bilder schon verkauft sind. »Alle?« Mel gibt ein beeindrucktes Schnalzen von sich. »Dann musst du uns heute Abend einen ausgeben. Da ist doch bestimmt einiges bei rausgesprungen.«

»Weiß nicht genau«, sagt Ava und setzt sich wieder. »Hab das Geld gespendet.« Sie aktualisiert ihre Mails, obwohl sie das gerade erst getan hat.

»Gespendet?« Ava hört das Misstrauen in Mels Stimme. »An wen denn bitte gespendet?«

Ava murmelt irgendwas von »connect« und »haben alles organisiert« und »eigentlich brauch ich's eh nicht« und weiß selbst, dass sie defensiv klingt, dass es seltsam wirken muss für jemanden, der nicht versteht, worum es bei connect geht. Sie würde es gerne erklären, aber weiß nicht wie.

»Ava, du kannst dich doch von denen nicht so ausnutzen lassen«, sagt Mel überraschend heftig. »Erst benutzen die dich für ihre Publicity und dann sacken sie auch noch dein ganzes Geld ein.«

Ava schnaubt. »Die haben sich gar nichts eingesackt. Ich hab mich entschieden, das Geld zu spenden. Ich bin durchaus noch in der Lage, meine eigenen Entscheidungen zu treffen. Außerdem reden wir hier schließlich nicht über ein Vermögen. Ich bin nur irgendeine unbekannte Möchtegern-Fotografin. Meinst du, da zahlen die Leute viel Geld für?«

»Verdammt, deine Bilder sind echt gut und das wissen die ganz genau. Die haben bestimmt einiges an Kohle dafür rausgeschlagen.«

»Ach, sie sind gut? Wirklich?«, schnappt Ava. »Wär nett gewesen, wenn du das gestern vielleicht auch mal mit einem Wort erwähnt hättest.«

»Die nehmen dich nur aus Ava, merkst du das echt nicht?«, Mel reagiert nicht einmal auf den Vorwurf und Ava wird immer wütender. »So ein Bullshit.« Liz schaut mit aufgerissenen Augen zwischen Mel und Ava hin und her, ohne einen Ton zu sagen.

»Ach?«, Mels Stimme trieft geradezu vor Sarkasmus. »Geben sie dir also was zurück ja? Was denn?«

»Einen Workshop. Nächstes Wochenende«, gibt Ava zurück und bereut es sofort.

»Na super«, lacht Mel. »Ein Gratis-Brainwashing bitte, danke. Danach wirfst du denen wahrscheinlich noch dein restliches Geld hinterher.«

»Du spinnst doch«, Ava wendet sich ab und starrt auf ihren Bildschirm, ohne etwas zu sehen. Sie will das Gespräch beenden, aber Mel hat sich festgebissen.

»Ava, irgendwas stimmt mit diesen Leuten nicht. Du siehst das irgendwie nicht, aber da war ein ganz komischer Vibe am Samstag.«

»Ach wirklich?«, Ava schaut jetzt zu Liz. »Siehst du das genau so?« Aber Liz ist starr wie ein plötzlich ins Scheinwerferlicht geratenes Kaninchen.

»Ihr könnt ja mal mitkommen«, meint Ava, wenn auch in nicht gerade einladendem Ton. »Vielleicht versteht ihr es dann. Aber wenn ihr das nicht wollt, können wir uns die Diskussion auch einfach sparen.« Sie steht auf, noch bevor Mel oder Liz reagieren können, holt sich einen Kaffee, auf den sie keine Lust hat. Als sie zurückkommt, schauen die anderen nicht von ihren Laptops auf.

Ava hat nichts zu tun, aber auch keine Lust, die anderen zu fragen, ob sie Hilfe brauchen. Also sucht sie stattdessen wieder nach connect. Sie will das Airfield sehen, doch erstaunlicherweise findet sie keine Bilder. Jedenfalls keins, auf dem viel zu erkennen wäre. Stattdessen stößt sie auf ein altes Interview mit Dev.

Isabel: Dev, ich darf doch Dev sagen, oder?

Dev: Bitte! Ich halte nichts von Nachnamen. Und vom Siezen sowieso nicht. Ich finde, das »Sie« sollte ganz abgeschafft werden.

I: Wieso?

D: Es gibt doch nichts Unnatürlicheres, als sich zu siezen. Das macht direkt eine Distanz auf. Man spricht zwar miteinander, aber so richtig nah kommen will man sich dann doch nicht. Furchtbar. Dann kann man es auch gleich lassen. Was bringt mir denn ein Gespräch mit jemandem, der mich ständig auf Armlänge von sich weghält?

I: Du sprichst von Nähe und Distanz. Das ist ein ziemlich wichtiges Thema für dich, oder?

D: Oh, das Wichtigste! Das ist eigentlich das Einzige, worum es bei connect geht. Um Nähe. Der Name sagt es ja schon und viel mehr steckt tatsächlich nicht dahinter. Verbindungen zwischen Menschen schaffen. Das ist alles.

I: Warum ist dir das so wichtig? Ich meine, diese Verbindungen zu schaffen. Das scheint ja so etwas wie eine Lebensaufgabe für dich zu sein.

D: Ja, das ist es auch. Aber eigentlich müsste das die Lebensaufgabe von uns allen sein. Wenn wir uns nämlich fragen, was wir im tiefsten Wesen sind, dann ist die Antwort sehr einfach: Wir sind soziale Wesen.

I: Okay, aber wenn das so ist, versteh mich nicht falsch aber ... wozu braucht man dann connect?

D: Oh nein, das ist genau die richtige Frage. Wir bräuchten connect nicht, wenn uns allen bewusst wäre, wie wichtig die Tatsache ist, dass wir soziale Wesen sind. Das allerdings ist leider nicht der Fall.

I: Und worin äußert sich das?

D: Naja, dafür muss ich etwas weiter ausholen. Unterbrich mich bitte, wenn ich allzu sehr ins Schwafeln gerate. Es ist nämlich so, als Menschen sind wir biologisch dafür vorgesehen, sozial zu handeln. Und das nicht aus einem egoistischen Antrieb heraus, wie es oft behauptet wird. Vielmehr ist das soziale Denken sozusagen die natürlichste Art des menschlichen Denkens. Im Ruhezustand ist der Teil des Gehirns aktiv, der für soziales Denken zuständig ist. Ein Hirnforscher könnte das sicher viel besser erklären als ich, aber ich denke das Prinzip wird klar. Es ist aber nicht nur unser Denken, das darauf angelegt ist, sozial zu sein. Wir sind auch sozusagen darauf programmiert, die körperliche Nähe zu anderen zu suchen. In verschiedenen Studien hat sich zum Beispiel gezeigt, dass Berührungen Stress abbauen, uns leistungsstärker machen, dafür sorgen, dass wir uns kooperativer verhalten, unser Immunsystem stärken. Berührungen sind also so was wie natürliches Doping für uns. Das Problem ist aber, dass wir uns immer weniger berühren und dass wir immer weniger überhaupt sozial interagieren. Die meisten Menschen haben heutzutage nur noch wenige Minuten am Tag Körperkontakt zu anderen Menschen. Wenn überhaupt. Das ist natürlich viel zu wenig!

I: Klingt erstmal einleuchtend. Aber was sind die Gründe dafür, dass wir uns so wenig berühren?

D: Naja, ich will nicht wie ein Anti-Internet-Aktivist klingen, aber die Digitalisierung ist sicher mitverantwortlich für diese Entwicklung. Viele unserer Beziehungen haben sich in die sozialen Medien verlagert.

I: Wir sollten also alle unsere Computer und Handys aus dem Fenster schmeißen und lieber eine Runde kuscheln gehen?

D: (lacht) Eine ganz schöne Vorstellung, aber wohl auch etwas naiv. Nein, ich will auch gar nicht sagen, dass Soziale Medien nur schlecht sind. Ich bin keineswegs radikal anti-digital. Aber ich finde, dass wir die digitalen Möglichkeiten sinnvoller und verantwortungsvoller nutzen sollten.

I: Was bedeutet das genau?

D: Naja, die Digitalität bietet uns ja durchaus viele Möglichkeiten. Zum Beispiel, Menschen zu finden, die unsere Interessen teilen. Nur müssen wir dann auch wieder den Schritt zurück in die reale Welt machen. Wir müssen uns wieder real treffen, statt nur zu chatten.

I: Was genau ist denn das Problem am Chatten?

D: Naja, unserem Intellekt mag das reichen, aber wir sind eben nicht nur Intellekt. Unserem Körper, unserer ganzen menschlichen Natur reicht es eben nicht. Wir brauchen die körperliche Anwesenheit anderer Menschen, im besten Fall ihre Berührungen. Aber auch Körpersprache und Stimme spielen eine große Rolle. Wir verstehen den anderen viel besser, wenn wir ihn vor uns haben. Aber auch diese Fähigkeit geht verloren, wenn wir bloß noch digital kommunizieren. Die Körperlichkeit fehlt, das Gegenüber ist abstrakt, eine reine Idee. Genauso gut könnten wir mit einer Maschine sprechen.

I: Und was genau ist jetzt die Idee bei connect?

D: Im Grunde geht es bei connect darum, die Verbundenheit mit anderen wieder zu erlernen. Klingt simpel, aber ist gar nicht so einfach, wenn man sein halbes Leben damit zugebracht hat, sich möglichst von anderen zu distanzieren. Deshalb fangen wir auch ganz einfach an, indem wir uns gegenseitig berühren, halten, spüren. Und nein, um die Frage vorweg zu nehmen, das hat gar nichts mit Sex zu tun.

I: Die Frage wird oft gestellt?

D: Oh ja, ständig. Bezeichnend, oder? Für viele Leute sind Berührungen gleichbedeutend mit Sex. Kein Wunder, dass wir in einer völlig übersexualisierten Gesellschaft leben. Sex ist für viele die einzige Möglichkeit, überhaupt noch jemand anderen zu spüren.

I: Aber worum geht es dann, wenn nicht um Sex?

D: Es geht erst mal darum, die Berührungen anderer überhaupt wieder zulassen zu können. Dabei geht es natürlich immer auch darum, sich besser zu fühlen, gesünder zu werden. Wie ich ja vorhin schon gesagt habe, können Berührungen unsere Lebensqualität enorm verbessern. Und das höre ich auch immer wieder von connect-Neulingen.

Schon wenn sie ein paar Mal da waren, fühlen sie sich viel ruhiger, ausgeglichener, energievoller. Es ist wirklich Wahnsinn, was so ein bisschen Körperkontakt auslösen kann.

I: Klingt fast schon ein bisschen zu einfach, um wirklich wahr zu sein.

D: Ist es eigentlich auch. Deshalb wundere ich mich ja selbst, dass man es immer wieder sagen muss.

I: Aber das ist doch bestimmt noch nicht alles, oder?

D: Nein, das ist noch nicht alles, aber es ist ein wichtiger erster Schritt. Aber natürlich kann man noch weiter gehen. Und ich persönlich finde, man sollte das unbedingt tun. Wenn ein bisschen zusätzliche Berührung schon so viel bewirken kann, was passiert dann erst, wenn wir uns noch näher kommen. Wie viel Energie können wir damit noch freisetzen?

I: Was meinst du denn, wohin das noch führen kann?

D: Also unter dem Weltfrieden mache ich es nicht. (Lacht) Nein, aber ganz ernsthaft. Ich bin vielleicht ein hoffnungsloser Optimist, aber ich glaube daran, dass die Art und Weise, wie wir im Kleinen mit einander umgehen, auch das System verändern kann. Deshalb hoffe ich irgendwie schon, dass connect diesen Planeten ein kleines bisschen besser macht.

I: Auf jeden Fall ein schöner Gedanke. Aber sag mal, Dev, wie kommt man denn auf so etwas? Also du bist doch sicher nicht eines Tages aufgestanden und hast gesagt: So, jetzt werde ich mal die Welt verändern, indem ich Leute einander anfassen lasse.

D: (lacht) Schön gesagt. Aber nein, natürlich nicht. Ich habe auch eine ganze Weile gebraucht, bis ich verstanden habe, worum es eigentlich geht. Mit Anfang zwanzig war ich ziemlich normal. Ich habe mir nicht besonders viele

Gedanken gemacht, ich wollte nur so wenig wie möglich arbeiten und so viel wie möglich reisen. Und das habe ich dann auch gemacht und bin ein paar Jahre lang durch die Welt gereist. Das war wirklich großartig die ersten Monate. Ich meine, man trifft wirklich die unglaublichsten Menschen und ich habe Orte gesehen, von denen ich im Leben nicht gedacht hätte, dass so was überhaupt existiert. Aber nach einer gewissen Zeit kann einen nichts mehr so richtig begeistern, weil man schon so viel gesehen hat. Und dann merkt man doch, dass da irgendetwas fehlt. Als ich das gemerkt habe, bin ich erst mal in ein ziemliches Loch gefallen. Ich dachte mir: Wenn mich das hier schon nicht glücklich macht, was kann mich dann überhaupt glücklich machen? Ich glaube, an diesem Tag hätte nicht viel gefehlt und ich hätte mich von der nächsten Klippe gestürzt.

I: Und was hat dich davon abgehalten?

D: Tatsächlich ein Gespräch. Ich war damals mit einer Gruppe von Leuten unterwegs und da war dieses Mädchen dabei. Irgendwie muss sie gespürt haben, dass mit mir etwas nicht stimmte, denn sie hat sich zu mir gesetzt und wir haben angefangen, zu reden. Und dann ging es plötzlich nicht mehr um das letzte oder nächste Reiseziel oder Pläne für den Abend, sondern es ging um Dinge, die uns wirklich beschäftigten. Da habe ich gemerkt, dass das, was mir fehlte, echte, tiefe Verbindungen waren. Und dass ich die niemals finden würde, wenn ich weiter durch die Welt reiste. Am nächsten Tag bin ich ins Flugzeug gestiegen und zurückgekommen.

I: Und hast connect gegründet.

D: Ja relativ bald danach. Ich habe erst mal nur mit einer kleinen Gruppe von Leuten angefangen. Es war eigentlich eher so etwas wie ein Experiment für uns. Wir wollten ausprobieren, wie wir ein Workout mit Berührungen verbinden können. Und beobachten, was das mit uns macht. Ich hatte damals gerade viel über Hirnforschung gelesen und über die Wichtigkeit von Berührungen. Und so habe ich nach und nach das connect-Programm entwickelt. Seitdem hat sich natürlich wahnsinnig viel getan. Ich wusste ja anfangs selbst nicht so genau, was ich da eigentlich tat. Aber ich hatte immerhin auf meinen Reisen einige Erfahrungen gesammelt mit Körperübungen aus verschiedenen Kulturkreisen. Das hat sicher sehr geholfen.

I: Gibt es denn schon Pläne, was noch mit connect passieren soll?

D: Ein wichtiger nächster Schritt ist auf jeden Fall ein eigenes connect-Gelände. Um unsere Idee auf die nächste Stufe zu heben, glaube ich, dass wir auch räumlich näher zusammenrücken müssen. Und wir haben sogar schon ein passendes Gelände dafür gefunden. Ich will noch nicht zu viel verraten, aber ich kann schonmal sagen, dass wir es unter uns »Airfield« nennen. Der Projektname sozusagen. (Lacht)

I: Das klingt ziemlich spannend. Ich hoffe, ich kann es mir anschauen, wenn es soweit ist.

D: Unbedingt, bei uns ist jeder willkommen!

I: Ich freu mich darauf. Danke, Dev, für dieses Gespräch.

Etwas in Avas Innerem flattert. Am Wochenende schon wird sie selbst dort sein. An dem Ort, der zum Zeitpunkt des Interviews nicht mehr war als eine Idee.

Mel steht auf, um sich Kaffee zu holen, und Ava schließt das Browserfenster. Wenn Mel sieht, was sie liest, führt das nur zu weiteren unnützen Diskussionen. Noch einmal aktualisiert Ava ihr Mailprogramm.

18

Ava versteht nicht gleich, was sie von ihr will, die ausgestreckte Hand. Sie blickt auf und entdeckt, dass die Hand zu einem lächelnden Gesicht gehört, unter dessen dichten Sommersprossen kaum noch helle Haut sichtbar ist. »Wir verzichten auf Handys. Wer hier ist, soll wirklich nur hier sein.«

Ava tippt schneller. *»Bin das Wochenende über nicht erreichbar. Meld mich Montag.«* Sie schließt den Chat mit ihrer Mutter, denkt kurz darüber nach, das Handy ganz auszuschalten, aber es wird schon niemand etwas anstellen damit. Prinzip zwei: Vertrauen.

Die sommersprossige Frau steckt das Handy in einen Umschlag, lässt Ava ihren Namen daraufschreiben. Auch die Handys der anderen verschwinden nach und nach in Umschlägen. Einige brauchen länger für ihre Nachrichten oder rufen schnell jemanden an. Auch Lina tippt noch etwas. Ava wartet. Kickt kleine Stückchen Asphalt von sich weg. Der Boden, auf dem sie steht, ist aufgebrochen. Durchzogen von Adern aus Gras und Unkraut. Wüsste sie es nicht besser, hätte sie gedacht, hier sei jahrelang, jahrzehntelang niemand mehr gewesen.

»Ich bin Cloe und ich werde mich in den nächsten Tagen besonders intensiv um euch kümmern«, die Stimme der sommersprossigen Frau hat etwas von einer Lehrerin, die ihre Schüler zur Ordnung ruft. »Haben alle ihre Handys abgegeben?« Cloe wartet einen Moment, aber niemand antwortet. Sie holt eine kleine Fernbedienung aus der Tasche, drückt darauf und das schwere Eisentor schwingt langsam, beinahe lautlos auf. »Willkommen auf dem Airfield.«

Hinter dem Tor führt die aufgeplatzte Straße schnurgerade durch den Wald und auf ein großes Backsteingebäude zu. Das muss der Hangar sein. Eine Frau wenige Meter vor Ava greift reflexhaft an ihre Gesäßtasche, in der kein Handy mehr steckt, schaut sich verstohlen um, ob jemand ihre Geste bemerkt hat. Ava schaut schnell zurück zum Hangar, sieht aus den Augenwinkeln, wie der forschende Blick auch sie selbst streift, aber erwidert ihn nicht.

Cloe geht ihnen voran durchs Tor und sie folgen. Doch schon nach wenigen Metern biegt Cloe rechts in einen Waldweg ab. Niemand sagt etwas, doch die Schritte werden langsamer, bevor sie den Pfad betreten, die Blicke gehen über die Schultern zurück. Auf dem schmalen Weg kann man nebeneinander kaum gehen, ohne alle paar Schritte das Gebüsch zu streifen oder sich mit den Haaren in einem tiefhängenden Ast zu verfangen. Ava dreht sich noch einmal um, sieht den Beginn des Pfades hinter einer Biegung verschwinden, bleibt mit dem Blick an der Frau hängen, die hinter ihr geht. Sie ist die Letzte aus der Gruppe und etwas ist seltsam an der Art, wie sie läuft. Den Blick starr vor sich auf den Boden gerichtet, setzt sie sorgfältig Fuß vor Fuß, als folge sie einer nur für sie sichtbaren Linie.

Es dauert nicht lange und der Pfad öffnet sich zu einer Lichtung, an deren Rand einige Hütten stehen: Quader aus hellem Holz, leicht erhöht auf Pfählen stehend, halb zwischen den Bäumen, halb auf der Lichtung. Und in der Mitte eine größere Hütte, ein Pavillon eher, rundum verglast. Wie ein Wintergarten ohne das dazugehörige Haus.

Auf der offenen Rasenfläche wartet Cloe. »Sind wir vollzählig?« Sind sie.

»Wunderbar.« Cloe schaut in die Runde. »Wer von euch ist zusammen hierher gekommen?« Einige heben die Hand, darunter auch Lina und Ava. »Schön«, Cloe dirigiert diejenigen, die sich gemeldet haben, auf verschiedene Plätze, weist ihnen andere Leute zu, bis sie in fünf Gruppen von jeweils vier Personen zusammen stehen. Cloe lächelt zufrieden. »Das werden für die nächsten Tage eure Mitbewohner sein. Sucht euch jeweils eine der Hütten aus und legt eure Sachen ab. Danach treffen wir uns wieder hier.«

Ava hat dieses hohle Gefühl im Magen, wie wenn man sich alleine auf einer Party wiederfindet, auf der man niemanden kennt. Sie will nicht mit irgendwem in eine Gruppe, will mit Lina zusammen bleiben. Mit ihr fühlt sie sich sicher oder zumindest nicht allein. Aber genau das, denkt Ava, ist wohl der Punkt.

Also bloß ein Lächeln rüber zu Lina, bevor sie ihrer Gruppe in ihre gemeinsame Hütte folgt. Ben, Sheila, Steve. Eine Umarmung für jeden, dann geht es durch knöchelhohes Gras hinüber zu ihrer Hütte. Nummer drei. Sechs Stufen hinauf und durch die unverschlossene Tür, die sich fast nahtlos in die Holzfassade einfügt.

Honiggelb ist der erste Eindruck, als Ava über die Schwelle tritt. Licht fällt durch ein Fenster, das die gesamte Rückseite der Hütte einnimmt, fällt auf vier Betten, einen Tisch, vier Stühle, alle aus dem gleichen Holz gezimmert wie die Hütte selbst. Wände, Decke, Boden, alles dasselbe Honiggelb der Sperrholzplatten. Beinahe, denkt Ava, als würde man in einem lebensgroßen Architektur-Modell stehen. Nur dafür gedacht, Formen und Proportionen festzulegen, Farben und Texturen folgen erst im nächsten Schritt. Das Einzige, was davon abweicht, sind die weißen Laken auf den Betten. Und der Blick hinaus in die locker stehenden Bäume, durch die hindurch Licht in die Hütte flutet.

»Minimalistisch«, kommentiert Steve und wirft seinen Rucksack auf eines der Betten am Fenster. Auch die anderen legen ihre Rucksäcke ab. Ava wäre gern kurz ins Bad gegangen, hätte ihr Gesicht in kaltes Wasser getaucht, doch die anderen verlassen schon wieder die Hütte, und sie folgt ihnen. Sheila geht neben Ava und erzählt, dass sie 300 Kilometer weit angereist sei, dass sie unbedingt herkommen wollte, dass sie kaum erwarten könne, Dev zu sehen. Sie spricht ein bisschen zu schnell, findet Ava, doch vielleicht ist es bloß die Aufregung.

Auch die anderen Gruppen kommen von ihren Hütten zurück, formieren sich wieder um Cloe herum, schauen sie erwartungsvoll an.

»Ihr fragt euch bestimmt, warum unsere Gästehäuser nicht am Hangar untergebracht sind.« Cloe lächelt in die Runde. Ein schönes Lächeln, findet Ava. Eins, das ihr früh Falten in die Augenwinkel graben wird. Die gute Art von Falten.

»Das hat einen ganz einfachen Grund. Für euch ist das hier ein besonderes Wochenende. Für uns, die wir hier leben, ist es unser Alltag. Und wir haben mit der Zeit festgestellt, dass ständige Besucher diesen Alltag zu sehr durcheinander bringen.« Gemurmel brandet auf. »Das heißt allerdings nicht«, fährt Cloe etwas lauter fort, »dass ihr den Rest des Airfields gar nicht zu sehen kriegt. Natürlich werdet ihr an den Gatherings teilnehmen. Aber ich möchte intensiv mit euch arbeiten und das können wir am besten hier. Also«, Cloe klatscht in die Hände. »Noch Fragen? Sonst fangen wir gleich an.«

Sie legen ihre Sachen ab und wandern barfuß über das Gras. Die Augen geschlossen, streifen sie einander leicht mit den Fingerspitzen. Es ist, als wäre Ava von allen Seiten von Grashalmen umgeben, die unter den Fußsohlen, an ihren Armen, an ihrem Nacken entlang streichen. Sie ist umschlossen von Grün, sich wiegendem, waberndem Grün. Ava spürt, wie sich die feinen Haare auf ihren Armen aufrichten, als wollten sie sich der Berührung der anderen entgegenstrecken.

Unwillkürlich stellt sie sich kleine Hände vor, die an den Enden ihrer Haare sitzen und spürt einen plötzlichen Lachreiz in sich aufsteigen. Sie müssen albern aussehen, wie sie sich so blind über das Gras tasten. Mit Mühe schluckt Ava das Lachen hinunter, versucht, sich wieder in das Grün hineinfallen zu lassen, aber es gelingt ihr nicht. Sie ist froh, als Cloe die Übung beendet.

In einem Kreis setzen sie sich ins Gras.

»Ihr wisst ja, dass wir bei connect viel von Nähe sprechen«, sagt Cloe und obwohl sie nicht laut spricht, ist sie in der entspannten Stille auf der Lichtung gut zu verstehen. Nur ein leises Blätterrascheln mischt sich unter ihre Stimme. »Dabei scheinen wir immer zu unterstellen, dass wir alle die gleiche Vorstellung davon haben, was Nähe ist. Aber davon kann man natürlich nicht einfach ausgehen. Deshalb möchte ich euch gerne fragen, was Nähe für euch bedeutet.«

Einige Augenblicke lang antwortet niemand. Cloe schaut ruhig von einem zum andern, bis schließlich, zaghaft, eine Stimme rechts von Ava zu vernehmen ist.

»Für mich bedeutet Nähe, dass ich mich jemandem auch mit den Seiten zeigen kann, die ich an mir scheiße finde.«

Ein Lächeln huscht über Cloes Gesicht. »Schön gesagt. Seht ihr das ähnlich?« Ja, denkt Ava. Auch andere nicken.

»Okay, was noch?« Cloe blickt sich wieder um und weitere Stimmen melden sich.

»Wenn ich weiß, dass jemand mich nicht verurteilt, ganz egal was ich mache.«

»Wenn ich jemanden vierundzwanzig Stunden am Stück ertragen kann.«

Ein paar Lacher folgen auf diese Aussage von Steve und auch Cloe lacht ein bisschen. »Ja, das ist keine Selbstverständlichkeit. Einander ertragen.« Sie schweigt einen Moment, denkt nach. »Das Bedürfnis allein zu sein, rührt ja meist daher, dass man in Gegenwart von anderen nicht genug Raum für sich selbst hat. Wenn man einander aber erträgt, heißt das, dass man diesen Raum bekommt. Dann verschwindet das Bedürfnis, allein sein zu wollen. Einander ertragen ist also nicht das Minimum von Nähe, sondern das Maximum.«

Cloe hebt den Blick, schaut in die Runde.

»Könnt ihr mir sagen, welche Menschen ihr ertragen könnt?«

Die Antworten sind erwartbar. Familie. Enge Freunde. Partner.

»Es ist schon interessant, oder?«, meint Cloe. »Wirkliche Nähe scheinen wir alle nur einem sehr exklusiven Kreis von Menschen zuzugestehen. Ein Privileg, das man sich erst verdienen muss.«

Cloe schweigt einen Moment, fährt dann fort. »Ich möchte euch ein Experiment vorschlagen. Sucht euch bitte einen Partner aus, den ihr noch nicht kennt. Und mit dieser Person teilt ihr etwas, was ihr sonst nur jemandem erzählen würdet, dem ihr absolut vertraut.«

Ava schaut sich um, aber noch macht niemand Anstalten, Cloes Anweisung zu folgen.

»Bitte«, sagt Cloe und lächelt ihnen aufmunternd zu. »Diese Übung ist sehr wichtig. Ihr könnt euch über das Gelände verteilen, wenn ihr nicht möchtet, dass euch jemand zuhört. Aber ich bitte euch, seid wirklich ehrlich und offen zueinander.«

Zögerlich treffen sich jetzt Blicke und die ersten Paare erheben sich, bewegen sich weg von der Gruppe.

Avas Blick trifft den der Frau, die im Wald hinter ihr gegangen ist. Auch jetzt hat sie etwas Angespanntes. Ava lächelt ihr zu. »Sollen wir woanders hingehen?« Sie scheint einverstanden, doch Ava meint, eine unterdrückte Panik in ihrem Blick aufflackern zu sehen.

»Ist es okay, wenn wir uns da rüber setzen?« Sie deutet auf den Pavillon in der Mitte der Lichtung.

Ava hat nichts dagegen, also gehen sie hinüber und setzen sich auf die unterste der drei Stufen, die zur Tür des Glaspavillons hinaufführen. Das Holz unter ihren nackten Beinen ist rau und warm.

Marie heißt sie und Ava könnte sie sich gut auf einem Renaissancegemälde vorstellen mit ihren weichen Zügen, auf denen der ständige Schatten eines Leidens zu liegen scheint. Maries Schultern entspannen sich etwas, nachdem sie sich gesetzt haben.

»Entschuldige, ich komme dir bestimmt seltsam vor.«

Ava weiß nicht, was sie dazu sagen soll. Ja, sie kommt ihr seltsam vor, aber das zu sagen, wäre wohl etwas hart. »Ist ja auch nicht gerade eine normale Situation«, sagt sie stattdessen.

Ein paar Augenblicke ist es still, in denen Ava krampfhaft überlegt, was sie von sich erzählen könnte. Marie wirkt sowieso schon verunsichert genug, da sollte Ava vielleicht besser den Anfang machen. Aber wie? Sie versucht zu denken, aber ihr Kopf scheint eine einzige weiße Fläche zu sein, auf der sich nichts befindet als sie selbst. Wie sie mit Marie auf der Treppe des Pavillons sitzt.

»Also«, Maries Augen zucken kurz zum Waldrand hinüber. »Vielleicht sollte ich erklären, wieso ich so komisch bin.« Sie knetet mit der rechten Hand ihre linke. »Wo wir doch offen sein sollen. Also es ist so, ich«, wieder stockt sie kurz, »ich habe ziemliche Angst vorm Wald. Genauer gesagt«, Marie verdreht die Augen, als ob sie sich selbst lächerlich fände, »habe ich Angst davor, von einem runterfallenden Ast erschlagen zu werden.«

Ava muss sich zusammenreißen, um nicht loszulachen. »Das ist eine ziemlich spezifische Angst«, sagt sie.

Marie lacht. »Ja, und ziemlich unwahrscheinlich. Schon klar.«

Beide schweigen einen Moment. »Aber«, meint Ava dann, »das ist vielleicht eine blöde Frage, aber wenn du eine solche Panik davor hast, warum kommst du dann ausgerechnet hierher?«

Maries Gesicht verzieht sich unter einem gequälten Grinsen. »Ganz ehrlich? Hätte ich gewusst, dass wir hier mitten im Wald hocken, wäre ich wohl nicht gekommen. Aber ich dachte ja, wir wären im Hangar. Mit genug Backstein zwischen mir und irgendwelchen Bäumen.« Ava lacht, aber stoppt sich gleich wieder. Sie will nicht, dass sich das Gespräch so schnell schon in Gelächter auflöst. »Wissen deine Freunde davon?« Marie schüttelt den Kopf. »Soweit die wissen, stehe ich einfach nicht besonders auf Ausflüge ins Grüne.« Sie tippt sich an die Stirn. »Muss ja nicht jeder wissen, dass ich ein bisschen irre bin.«

»Aber das hat doch nichts mit irre zu tun«, widerspricht Ava heftiger, als sie wollte. Sie räuspert sich, fährt mit ruhigerer Stimme fort. »Weißt du denn, warum du diese Angst hast?« Marie zuckt die Schultern. »Dafür muss man kein Psychologe sein. Mein älterer Bruder wurde von einem Baum erschlagen.«

Ava erstarrt. Nicht nur wegen dem, was Marie gerade erzählt hat, sondern auch, weil ihre Stimme dabei vollkommen ausdruckslos geblieben ist. »Dein Bruder?«, fragt sie. »Oh Gott, das tut mir leid.« Es ist wie automatisch aus ihr herausgekommen und sie wünschte, sie könnte es zurücknehmen, etwas anderes sagen, das weniger austauschbar wäre, weniger beliebig. Wieder zuckt Marie mit den Schultern. Fast könnte man auch diese Bewegung für einen Tick halten. »Ist lange her. Ich erinnere mich kaum noch an ihn.«

Es ist, als hätte sich in Avas Magen ein Loch geöffnet, durch das Kälte in sie hineinströmt.

»Was ist denn?« Marie schaut sie forschend an und Ava zwingt sich ein Lächeln ab. Sie weiß selbst nicht, warum es sie so plötzlich trifft. Es ist doch lange her, ewig her. »Ich kenn das«, sagt sie. »Mein Vater ist gestorben, als ich drei war, und ich erinnere mich auch kaum an ihn. Nur noch ein paar Bruchstücke, aber eigentlich weiß ich auch da nicht, ob das wirklich Erinnerungen sind.«

Marie nickt. Sie versteht. »Erzählst du Leuten davon?« Ava schüttelt den Kopf. »Die meisten fühlen sich unwohl, wenn man so was erzählt. Sie wissen nicht, wie sie damit umgehen sollen und dann winden sie sich förmlich, um bloß nichts Falsches zu sagen. Das ist für alle Beteiligten bloß unangenehm.«

Marie lacht und es ist ein anderes Lachen als zuvor. Nicht mehr zittrig, sondern offen, wie befreit. »Oh Gott, ja. Wenn ihre Stimmen dann so verhuschen, als hätte man sie direkt auf einen Friedhof verfrachtet.«

Auch Ava lacht, lauter als sie wollte, schlägt reflexartig die Hände auf den Mund, hält die Luft an, bis Maries Blick sie trifft, beide erneut losprusten. Und jetzt hält Ava sich nicht länger zurück, lacht, lacht mit Marie, presst die Hände auf den Bauch, der unter ihren Fingern zuckt.

Als ihr Lachen endlich verebbt, fühlt Ava sich auf eine angenehme Art erschöpft, genießt das Ziehen in den Bauchmuskeln, befühlt ihre heiß gewordenen Wangen.

»Weißt du«, sagt Marie, ihr Gesicht ist wieder ernst geworden, »alle meinen immer, dass mir mein Bruder fehlen müsste. Aber was keiner so richtig versteht, ist, dass ich am meisten meine Eltern vermisse.«

Wieder tut sich das Loch in Ava auf. Sie sieht das Gesicht ihrer Mutter vor sich. Blass und ausdruckslos zwischen weißen Laken.

»Bei euch ist ja gute Stimmung.«

Ava zuckt zusammen. Sie hat Cloe nicht kommen hören.

»Toll, wie ihr zusammen lachen könnt«, Cloe blickt zu ihnen hinunter. »Dev sagt, Lachen öffne den ganzen Körper. Man kann nicht lachen und gleichzeitig seine Kontrollmechanismen aufrechterhalten.«

Stimmt, denkt Ava und lächelt zu Marie hinüber.

»Aber ich hoffe, dass ihr trotzdem die Aufgabe nicht ganz vergesst. Versucht euch auch noch ein bisschen ernsthaft zu unterhalten.«

Ava schaut zu Marie hinüber, dann schnell wieder zu Boden. Sie schluckt das aufsteigende Lachen hinunter, atmet tief ein, tief aus. Als sie wieder aufschaut, kann sie Cloes Blick ruhig begegnen, nicken, lächeln. Und auch Cloe lächelt, wendet sich ab, geht weiter zum nächsten Paar.

19

»Ich hoffe, ihr hattet gute Gespräche«, übertönt Cloes Stimme das noch anhaltende Getuschel. »Möchtet ihr vielleicht mit den anderen teilen, welche Erfahrungen ihr dabei gemacht habt?« Sie lächelt ermutigend, und schließlich ist es Lina, die sich als erstes zu Wort meldet. »Uns beiden ist es anfangs schwer gefallen.« Sie lächelt der jungen Frau zu, die neben ihr sitzt. Sie ist klein und irgendwie weich und strahlt eine Wärme aus, die fast körperlich spürbar ist. »Aber als wir erst mal angefangen haben, da war es, als wollte alles gleichzeitig heraus. Ich weiß gar nicht, ob ich mich schon mal so intensiv mit jemandem unterhalten habe, erst recht nicht beim ersten Treffen.« Ava spürt einen Stich.

Jemand anderer meldet sich zu Wort. »Mir ging es genauso. Und ich habe überlegt, vielleicht ist es gar nicht so, dass wir Menschen mehr vertrauen, denen wir uns nahe fühlen. Vielleicht ist es umgekehrt. Vielleicht ist es so, dass wir uns ihnen nahe fühlen, weil wir ihnen Dinge über uns anvertrauen. Vielleicht verwechseln wir da was.«

Cloe strahlt. »Ganz genau! Diese Überlegung hatte auch Dev. Er hat sich viel mit dem menschlichen Verhalten beschäftigt und sich dabei einige Fragen gestellt. Zum Beispiel: Warum vertrauen wir einem Psychiater die intimsten Dinge an, obwohl wir ihn persönlich gar nicht kennen? Und wieso hilft uns das? Dev hat einige Experimente gemacht, um diese Verhaltensmuster zu untersuchen, und ihm ist dabei immer klarer geworden, dass Nähe etwas ist, was wir aktiv beeinflussen können. Wir können Nähe herstellen, indem wir einander Dinge erzählen. Es ist also keineswegs so, dass wir uns nur ganz wenigen Leuten nahe fühlen können. Theoretisch können wir diese Erfahrung mit jedem beliebigen Menschen machen.«

»Wieso nur theoretisch?«, fällt jemand Cloe ins Wort.

Cloe lächelt etwas bitter. »Nun, unsere Gesellschaft ist nicht unbedingt eine, die ein solches Verhalten fördert. Ganz im Gegenteil, wir werden von klein auf darauf getrimmt, Abstand zu wahren, anderen unsere Gefühle nicht aufzudrängen. Seine Gefühle offen zu zeigen, gilt beinahe schon als schlechtes Benehmen. Und das führt dann dazu, dass viele sogar die Verbindung zu ihren eigenen Emotionen verlieren. Sie funktionieren wunderbar im sozialen Gefüge, sind aber zu echter Nähe und Verbundenheit nicht mehr fähig. Dev nennt solche Menschen »Isolierte«. Sie haben die Fähigkeit verloren, mit anderen in bedeutsamen Austausch zu treten. Mit solchen Menschen ist es beinahe unmöglich, die Art von spontaner Nähe herzustellen, die ihr eben erlebt habt.«

Ava weiß selbst nicht, warum sie bei diesen Worten an ihre Tante denken muss. Ist Gela denn isoliert? Ava ist nicht sicher. Aber jedenfalls haben sie es nie geschafft, eine emotionale Nähe zueinander aufzubauen. Und das, obwohl sie fast sechzehn Jahre in derselben Wohnung verbracht haben.

»Also, ich hatte Probleme mit dieser Übung.« Die Stimme, die das sagt, hat etwas beinahe Herausforderndes und gehört zu einem großen Kerl mit kurzgeschorenem Haar und Augenbrauenpiercing.

Cloe nickt verständnisvoll. »Ja, die Übung ist nicht ganz einfach. Magst du uns erzählen, was genau dein Problem war?«

Sein Gesicht verliert jetzt etwas von seiner Selbstsicherheit, wird nachdenklich. »Es ist nicht so, dass ich nichts erzählen wollte«, sagt er in einem Tonfall, der nach Rechtfertigung klingt. »Aber ich konnte es irgendwie nicht. Das ist wie«, er überlegt einen Moment, »als sollte man auf Kommando weinen. Das fühlte sich irgendwie«, er überlegt wieder, »unnatürlich an.«

Cloe nickt. »Ja, so geht es vielen beim ersten Mal. Danke, dass du das mit uns teilst. Es klingt vielleicht seltsam, aber wie vieles Andere erfordert auch Nähe Übung. Die meisten von uns sind es nicht gewohnt, so offen zu sein. Und selbst wenn wir es sein möchten, was gibt es denn überhaupt über uns zu sagen? Meist wird uns erst im Gespräch mit anderen klar, was es alles zu erzählen gibt. Für uns selbst sind wir ja Normalität. Erst im Gespräch mit anderen haben wir die Möglichkeit, die Perspektive zu ändern, uns mit dem Blick eines anderen zu sehen. Aber ich sage es noch einmal«, ihre Stimme wird eindringlich. »Das erfordert Übung! Einige von euch haben heute schon einen ersten Eindruck davon bekommen, wie sich Offenheit und Nähe anfühlen können. Aber das ist noch nichts im Vergleich dazu, wozu ihr eigentlich fähig seid, wenn ihr weiter daran arbeitet.« Sie legt die Hände zusammen, wie zu einem Gebet. »Ihr werdet an diesem Wochenende schon feststellen, dass sich bei euch einiges verändert, aber auch das ist nur ein erster Schritt hin zu einer Erfahrung, die über alles hinausgeht, was ihr euch vorstellen könnt.«

Bei diesen letzten Worten hat Cloes Stimme etwas Drängendes bekommen und ihre Hände flattern wie nervöse kleine Vögel. Aber es dauert nicht lange, bis sie sich wieder beruhigt.

»Gibt es vielleicht jemanden von euch, der mit der ganzen Gruppe teilen möchte, was ihr mit eurem Partner besprochen habt?«

Vielleicht sollte sie es tun, denkt Ava. Sicher ist es wichtig, sich mehreren Leuten mitzuteilen, aber in ihr sträubt sich etwas mit aller Kraft dagegen. Mit Marie war es leicht gewesen. Aber hier wären alle Augen auf sie gerichtet. Und was hat sie denn schon zu erzählen? Auch vorher hat größtenteils Marie geredet und jetzt ärgert Ava sich beinahe, dass sie die Gelegenheit nicht genutzt hat, wenigstens Marie gegenüber mehr zu sagen. Denn vor der Gruppe kann sie es nicht. Auf keinen Fall. Aber es gibt andere, die weniger Probleme damit haben, vor der ganzen Gruppe zu sprechen.

Liv erzählt, dass sie manchmal in Geschäfte geht und etwas klaut. Und das, obwohl ihre Eltern immer Geld hatten und sie inzwischen selbst sechsstellig verdient. Danach ekelt sie sich vor sich selbst und stopft das Geklaute in Kisten, die sie in ihrem Keller lagert. Sie kann es nicht wegwerfen, aber benutzen mag sie es auch nicht.

Livs Gesicht ist immer dunkler angelaufen, während sie ihre Geschichte erzählt hat, und sie wagt es offenbar nicht, die Blicke der anderen zu erwidern. Sie ist eine zarte, eher schüchtern wirkende Person. Die weite Hose und das eng am Hals sitzende schwarze Shirt sind schlicht, aber sehen teuer aus. »Manchmal«, sagt sie, »wünsche ich mir fast, jemand würde mich endlich erwischen. Vielleicht könnte ich dann damit aufhören.«

Sie ist offensichtlich erleichtert, als der Nächste an der Reihe ist. Ava jedoch beobachtet sie weiter und als Liv schließlich vorsichtig den Blick hebt, lächelt Ava ihr zu. Sie meint Dankbarkeit und Erleichterung in ihrem Gesicht zu lesen. Man verabscheut sie nicht, verurteilt sie nicht, lächelt ihr zu. Liv entspannt sich.

20

»Danke für eure Offenheit!«, beendet Cloe schließlich die Runde. »Ihr habt wirklich tolle Arbeit geleistet. Aber ich wette, inzwischen seid ihr alle ziemlich hungrig.« Erst jetzt merkt Ava, dass ihr Magen sich hohl anfühlt.

»Wir essen im Tempel«, fährt Cloe fort und lacht. »So nennen wir den Glaspavillon hinter mir. Irgendwer hat ihn mal im Scherz so genannt, aber irgendwie ist der Name hängen geblieben. Allerdings müsst ihr vor dem Letzten Abendmahl noch ein bisschen arbeiten, wir kümmern uns hier nämlich immer gemeinsam um das Essen. Ich habe alle Zutaten für einen Salat besorgt. Natürlich mit Nüssen und Brot, damit ihr auch satt werdet. Die meisten Zutaten stammen aus unserem eigenen Garten. Und es ist alles vegan.« Sie schaut sich um, fast als erwarte sie Widerspruch. »Das Airfield soll ein Ort sein, an dem niemandem Schmerz oder Zwang auferlegt wird. Deshalb haben wir entschieden, dass nur eine vegane Lebensweise damit vereinbar ist.« Sie schaut in die Runde. »Ich hoffe, ihr könnt es verschmerzen, ein paar Tage lang auf tierische Produkte zu verzichten?« Na klar, auch Ava nickt.

Ein paar Leute stehen auf, aber Cloe bedeutet ihnen, noch kurz zu warten. »Während wir das Essen vorbereiten und auch während der Mahlzeit möchte ich euch wieder um etwas bitten: Sprecht mit den anderen, öffnet euch, seid ehrlich. Versucht, auf Smalltalk zu verzichten, und nutzt die Zeit, um wirklich mit den anderen in Kontakt zu kommen.« Sie lässt die Hände auf die Oberschenkel klatschen. »Ok, dann lasst uns mal anfangen, mein Magen frisst sich schon gleich selber auf.«

Unter Lachen erheben sich jetzt alle, gehen zum Tempel. Auch darin ist alles aus dem gleichen hellen Holz gezimmert wie in der Hütte. Der lange, niedrige Tisch, um den herum dicke Kissen liegen, die Kochinsel in der Mitte des Raums, die Schränke, die sich fast nahtlos in die Wände einfügen und in denen sich Geschirr, Besteck, Gläser verstecken.

Ava schneidet Paprika in grobe Stücke, während Lina neben ihr Walnüsse knackt und aus ihren Schalen löst. Ein Gefühl der Dankbarkeit durchflutet Ava, als Lina jetzt auch ihr sagt, was sie vorher ihrer Partnerin erzählt hat.

Sie ist das mittlere von drei Kindern. Vorzeigefamilie. Aber Tatsache ist, dass sie ihre Eltern hasst. Nicht nur nicht mag. Hasst. Das aber konnte sie nie jemandem erzählen. Einmal hat sie es versucht, zu Schulzeiten noch, aber ihre Freunde verstanden es nicht. Linas Eltern waren doch cool. Sie erlaubten ihr, abends lange wegzubleiben, und wenn Linas Freunde zu Besuch kamen, gab es jede Menge Süßigkeiten, später Alkohol. Dass die Hölle losbrach, sobald alle Gäste aus dem Haus waren, glaubte ihr niemand.

Aus Gewohnheit besucht sie ihre Eltern heute noch zu Weihnachten und ruft zu den Geburtstagen an. »Aber damit ist jetzt Schluss«, sagt Lina und durchbricht die Schale einer besonders hartnäckigen Nuss. »Nicht mehr so tun, als ob. Keine beschissene Pseudo-Beziehung.«

Ava bestärkt sie in ihrem Entschluss, und auch während des Essens sprechen sie über dysfunktionale Familien und warum die Gesellschaft noch immer die klassische Familie als Ideal propagiert.

»Darf ich so dreist sein und mich in euer Gespräch einmischen?«, unterbricht sie irgendwann Cloe, die ihnen gegenüber sitzt. Ava und Lina haben nichts dagegen, im Gegenteil.

»Die Frage, die ihr stellt, ist wirklich spannend. Wisst ihr, dass Dev sich auch damit beschäftigt hat?« Nein, wussten sie nicht. »Es ist ja so«, fährt Cloe fort, »das traditionelle Familienmodell sorgt dafür, dass sich viele kleine Gruppen bilden.« Sie schiebt die Essensreste auf ihrem Teller zu kleinen Häufchen zusammen. »Diese Gruppen sind voneinander isoliert. Vielleicht gehen sie Verbindungen zu anderen ein«, sie schiebt ein paar Stücke Paprika an einen Haufen Gurkenstückchen heran, »aber die Kernfamilie als abgeschotteter Kreis bleibt trotzdem bestehen. Von klein auf werden Kinder darauf konditioniert, Sicherheit mit familiären Strukturen gleichzusetzen. Hier drinnen bei uns ist es sicher, da draußen in der Welt ist es gefährlich. Mit einer solchen Weltsicht wird es natürlich viel einfacher, Feindbilder aufzubauen. Alles, was außerhalb der Familie liegt, ist eine potentielle Bedrohung.« Sie zieht mit der Gabel eine imaginäre Grenzlinie um den Paprikahaufen herum. »Im Kleinen sind das vielleicht die Nachbarn, die nicht erfahren sollen, wie es wirklich hinter der Fassade der eigenen Familie aussieht. Im Großen sind das andere Nationen, von denen unsere Nation glaubt, sich schützen zu müssen. Sicher bist du nur unter Menschen, die du gut kennst, das wird uns immer wieder vermittelt. Am sichersten musst du also bei deiner Familie sein.«

Lina schnaubt und Ava muss daran denken, was sie ihr gerade über ihre eigene Familie erzählt hatte.

Doch Cloe ist so konzentriert, dass sie es nicht bemerkt, einfach weiter spricht. »Und so wachsen wir auf«, fährt sie fort, »und gehen mit einem ständigen Misstrauen durch die Welt.« Sie hebt die Hände. »Und es ist ja auch nicht so, dass dieses Misstrauen komplett unbegründet ist. Es gibt ja diese Leute, denen es absolut gleichgültig ist, ob sie uns schaden. Und warum? Weil wir eben nicht zu *ihrem* familiären Kreis gehören. Warum sollte sie unser Wohlergehen also kümmern?« Cloe sieht die beiden an, als würde sie eine Antwort erwarten, fährt aber gleich selber fort. »Angst und Gewalt gründen sich also in familiären Strukturen, meint Dev. Sobald wir in Hierarchien bestimmen, wer unsere Hilfe oder unser Mitgefühl am meisten verdient, legen wir den Grundstein für Gewalt.«

Lina hat sich während Cloes Monolog immer weiter zu ihr vorgebeugt. »Und wie kommen wir da raus?«, fragt sie jetzt mit einer Atemlosigkeit, die Ava überrascht. Cloe wiegt den Kopf. »Das ist nicht einfach. Man kann über Jahrtausende gewachsene Strukturen nicht einfach auslöschen. Im Grunde könnte man ja auch uns hier vorwerfen, dass wir auch nur eine weitere isolierte Gruppe sind, wie alle anderen auch.«

Auch Ava beugt sich jetzt näher zu Cloe, denn genau das hatte sie nur einen Moment zuvor gedacht.

»Aber was wir tun, ist nur ein Anfang«, sagt Cloe. »Erst mal brechen wir traditionelle Familienstrukturen auf. Und wenn wir irgendwann so weit sind, werden Kinder in dieser Gemeinschaft aufwachsen. Kinder, die nicht mehr zwei Eltern haben, sondern hundert. Kinder, die mehr Geschwister haben, als sie zählen können. Kinder, für die Sicherheit nicht mehr Abgrenzung bedeutet, sondern Vielfalt.«

Lina nickt wie aufgezogen und Ava stellt sich vor, wie es gewesen wäre. So aufzuwachsen. Die Realität ihrer eigenen Kindheit versetzt ihr einen schmerzhaften Stich.

»Jetzt habe ich mich aber ziemlich verquatscht«, lacht Cloe. »Ich glaube, langsam wird es Zeit, dass wir auch die anderen wieder ins Boot holen.«

21

»Okay«, Cloe hebt die Stimme über das allgemeine Gemurmel. »Sind alle satt geworden?«

Ava nickt mit den anderen, obwohl satt nicht das richtige Wort ist. Sie hat kaum etwas gegessen, aber sie fühlt sich gut. Weder hungrig, noch satt. Leicht. Satt ist Schwere, Trägheit, Übelkeit. Warum sollte man je wieder satt sein wollen?

»Super, dann können wir weitermachen. Das Nachmittagsprogramm ist etwas theoretischer als der Vormittag. Ich hoffe, ich langweile euch damit nicht, aber das Wissen ist wirklich enorm wichtig für euch. Ich meine«, Cloe hebt die Hände, »ich könnte euch natürlich einfach irgendwelche Übungen machen lassen und am Ende behaupten: Das ist die Antwort auf all eure Probleme.« Sie reibt sich das rechte Ohrläppchen. »Aber das wäre nicht so richtig überzeugend, oder?«

Ava lacht mit den anderen.

Cloe beginnt, langsam vor ihnen auf und ab zu gehen und Ava setzt sich aufrechter hin. »Als Dev connect gegründet hat, war ihm eins immer besonders wichtig, nämlich dass Leute die Idee von connect verstehen und nicht einfach blind hinter ihm herlaufen. Religionen machen das ja gerne so, die sagen: Wir kennen die große, die einzige Wahrheit, also folgt uns gefälligst.« Sie zieht eine Grimasse. »Nach Beweisen braucht man da nicht fragen. Die Wahrheit braucht keine Beweise.« Sie schüttelt den Kopf. »Dev hat es nie nötig gehabt zu verheimlichen, woher seine Ideen kommen. Er hatte keine plötzliche Erleuchtung, er hat sie sich erarbeitet.«

Cloe legt zwei Finger an die Lippen, scheint einen Moment nachzudenken. »Eigentlich lässt sich Devs Idee ja mit einem einzigen Wort zusammenfassen: connect. Das ist alles. Verbindungen wiederzubeleben oder überhaupt erst herzustellen.« Wieder überlegt sie einen Moment. »Aber wieso eigentlich?« Sie wirft einen fragenden Blick in die Runde. »Was soll das? Wieso soll das wichtig sein?«

Sie geht weiter auf und ab. »Tatsächlich ist das nicht einfach nur irgendeine fixe Idee von Dev, sondern sie stützt sich auf jede Menge wissenschaftlicher Erkenntnisse. Ich will euch hier keine wissenschaftliche Vorlesung halten und, ehrlich gesagt, bin ich dafür auch nicht qualifiziert genug, aber ganz grob zusammengefasst ist es so: Man hat herausgefunden, dass es Bereiche im Gehirn gibt, die für soziale Interaktion zuständig sind.« Sie bleibt stehen. »Und es sind ausgerechnet diese Bereiche, die anspringen, wenn unser Gehirn mit nichts anderem beschäftigt ist. Soziales Denken ist also sozusagen unser Default Modus.«

Sie zuckt mit den Schultern. »Okay, aber was sagt uns das? Immerhin ist uns allen klar, dass ein großer Teil unseres Lebens aus sozialer Interaktion besteht.« Wieder geht sie langsam auf und ab. »Aber geht es dabei trotzdem immer darum, für uns selbst das Beste herauszuholen? Arbeiten wir nur mit anderen zusammen, um unsere persönlichen Ziele zu erreichen?«

Cloes Blick trifft Ava und Ava nickt zögernd. Ja, wahrscheinlich. Cloe wiegt den Kopf. »Ja und nein. Wenn es allein darum ginge, wären wir ständig darauf aus, unseren eigenen Vorteil zu suchen. Wir würden anderen nur dann helfen, wenn es für uns selbst etwas zu gewinnen gäbe. Aber ist das wirklich so?« Cloe legt den Kopf schief, blickt in die Runde. »Es gibt dazu eine interessante Studie. Wissenschaftler haben Probanden fünf Dollar gegeben. Einen Teil dieser Probanden hat man nun gefragt, ob sie bereit wären, zwei Dollar davon an eine soziale Einrichtung zu spenden.« Wieder blickt sie in die Runde. »Wisst ihr, was dabei herauskam?«

Aber Cloe erwartet keine Antwort. »Die Probanden«, fährt sie fort, »die einen Teil ihres Geldes spendeten, zeigten größere Aktivität im Belohnungszentrum ihres Gehirns, als die Probanden, die das ganze Geld behalten durften.« Cloe lacht. »Das alte Sprichwort stimmt also wirklich: Geben ist seliger denn Nehmen.«

Ist das so? Vielleicht ja. Vielleicht hat es sich deshalb so viel besser angefühlt, denkt Ava, das Geld für ihre Fotos zu spenden, als es selbst zu behalten.

Cloe berichtet von weiteren Studien. Von Probanden, deren Schmerzzentren aktiv werden, wenn sie sehen, wie anderen Schmerz zugefügt wird. Von anderen Probanden, die lieber selbst den Platz von jemandem einnehmen, der Elektroschocks erhält, als weiter dabei zuzusehen. Davon, dass Berührungen den Pegel an Stresshormonen senken und sogar die Sterblichkeitsrate von Frühchen um ein Viertel reduzieren können.

Nach einer Weile hat Ava das Gefühl, dass ihr Kopf mit Wissen gesättigt ist. Aber sie will noch mehr erfahren, mehr verstehen, will auf keinen Fall etwas verpassen. Es ist, als schäle sich mit jedem von Cloes Sätzen ein klareres Bild heraus, das sie trotzdem nie ganz zu fassen kriegt. Im entscheidenden Moment schweifen ihre Gedanken ab, bis sie sich mit einem Ruck wieder dazu bringt, zuzuhören. Als würde sie einnicken und vom Zucken ihres eigenen Körpers gleich wieder wachgerüttelt.

»Das war jetzt ziemlich viel Input«, sagt Cloe schließlich und wirft einen Blick auf die schmale Uhr an ihrem Handgelenk. »Und ich muss auch langsam mit dem Quatschen aufhören, sonst kommen wir zu spät zum Gathering.«

Erst jetzt merkt Ava das leichte Ziehen im Rücken. Wie lange haben sie wohl hier gesessen? Sie wünschte, sie hätte eine Uhr.

»Bestimmt habt ihr noch Fragen, aber darüber können wir heute Abend sprechen. Jetzt habt ihr ein paar Minuten, um zur Toilette zu gehen oder etwas zu trinken, und dann gehen wir zusammen rüber zum Hangar.«

Sofort gerät wieder Unruhe in die vorher so konzentrierte Gruppe. Endlich. Zum Hangar.

22

Um zum Hangar zu kommen, müssen sie zurück durch den Wald. Marie geht vor Ava, hält den Blick starr auf den Boden gerichtet. Ava würde ihr gerne eine Hand auf die Schulter legen, aber die antrainierte Distanz in ihr ist wohl doch noch zu stark. Lina, da ist sie fast sicher, würde es tun.

Der Waldweg öffnet sich auf den von Moos durchbrochenen Asphalt. Statt nach links zurück zum Tor wenden sie sich nach rechts. Zum Hangar. Die riesigen Metalltore stehen offen und zwischen ihnen bewegt sich eine Masse dunkel gekleideter Gestalten wie ein wabernder Schatten.

Gesichter wenden sich ihnen zu, als sie näherkommen. Einladende Gesichter, neugierige Gesichter. Zehn oder mehr Leute umarmen Ava, nennen Namen, die sie gleich wieder vergisst, weil schon der Nächste da ist, sie umarmt, einen Namen nennt. Eine Frau, die Maike heißt oder Melanie, zieht Ava mit sich in den Hangar. Die hohen Wände sind grob verputzt und tragen noch die Spuren jahrelanger Arbeit. Flecken, Verfärbungen und an einer Wand einen langen hellen Kratzer, wo vielleicht der Flügel eines kleinen Flugzeugs vorbeigeschrammt ist. Hoch oben zieht sich zu beiden Seiten ein Gitternetz aus geschwärztem Metall entlang. Die Glasscheiben darin aber sind sauber und lassen das weiche Abendlicht ungehindert in den Raum fluten. Nur die Wand, die den Metalltoren gegenüber liegt, lässt kein Licht ein. Auch dort sind hoch oben große Fenster in die Wand eingelassen, doch durch sie ist kein Grün zu sehen, kein Himmelblau. Wahrscheinlich liegt ein Raum dahinter, doch die Spiegelung der Scheiben verhindert, dass Ava mehr als das erkennt.

»Wollen wir hierbleiben?« Ava nickt und setzt sich neben ihrer Begleiterin auf den mit hellem Parkett ausgelegten Boden. Sie wäre gerne gerne weiter nach vorn gegangen, näher an das Podest heran, das sie an der Rückwand unter den undurchsichtigen Scheiben entdeckt hat. Bestimmt würde Dev später darauf erscheinen, und sie würde ihn gerne von Nahem sehen. Aber um weiter nach vorne zu kommen, hätten sie sich zwischen den Leuten hindurchdrängeln müssen, die schon den halben Raum besetzt haben.

Die Leute neben ihr wenden sich ihr zu, stellen sich vor. Noch mehr Namen, die sie gleich wieder vergisst. Angeblich soll es helfen, wenn man die Namen gleich wiederholt, aber daran denkt Ava immer erst zu spät.

Es ist ihr peinlich, die Namen der Leute nicht zu kennen, die sie selbst mit Namen ansprechen, die teilweise sogar von ihrer Ausstellung wissen. »Ich war echt beeindruckt«, sagt ein Typ mit glattrasiertem Kopf und von Ringen gesäumten Ohren.

Ava wusste nicht, dass auch Leute vom Airfield dort waren. Aber jetzt kommt sie sich dumm vor, nicht daran gedacht zu haben. Immerhin sind sie hier nicht eingesperrt. Er – wie auch immer er heißt – schwärmt jedenfalls von den Bildern, der Stimmung, dem ganzen Abend.

Die anderen waren zwar nicht bei der Ausstellung, doch sie wollen wissen, wo Ava studiert hat, welche Ausstellungen sie vorher gemacht hat, welche Themen sie in ihren Arbeiten besonders interessieren. Und obwohl es Ava ein bisschen unangenehm ist, so im Mittelpunkt zu stehen, genießt sie doch das Interesse, versucht ehrlich zu sein und erkennt beim Erzählen mit einer Klarheit, die sie vorher nie hatte, dass es in ihren Arbeiten immer eine Leere gab.

Eine Abwesenheit, nicht nur in den leergefegten Räumen, die sie fotografierte, sondern sogar in den Porträts. Bis jetzt. Bis zu den Bildern, die sie bei connect machte. Als fielen Teile an ihren Platz, wird ihr mit einem Mal klar, warum sich die Arbeit daran so anders, so viel besser anfühlte.

Sie will auch das sagen, es mit den anderen teilen, doch da explodiert der Raum in einem plötzlichen Jubel. Ava dreht sich zum Podium. Dev ist da. Zu weit weg, als dass Ava sein Gesicht deutlich sehen könnte, aber sie erkennt die große schlanke Gestalt von den Fotos wieder. Die nackten Arme, die wie von einem feinen Netz aus schwarzen Zeichnungen überzogen sind. Selbst auf den nackten Fußrücken setzt sich das Muster fort. Das Johlen um sie herum lässt nicht nach, wird eher noch lauter und auch Ava spürt ein Pochen irgendwo tief in ihrem Magen, das schneller wird, drängender.

Sie brüllt nicht mit, hält stumm den Blick auf Dev gerichtet, der jetzt die Hände hebt. Als er sie senkt, langsam, kontrolliert, fällt der Geräuschpegel, als hätte Dev einen Lautstärkeregler verschoben. In der Stille danach meint Ava, ihr eigenes Blut in den Ohren pumpen zu hören.

»Ihr seid echt der Wahnsinn«, Dev könnte gleich neben Ava stehen, so klar ist seine Stimme. Sie blickt sich unauffällig um, aber entdeckt die Lautsprecher nicht, die wahrscheinlich über den gesamten Raum verteilt sind.

»Wir haben heute wieder Gäste, ich hoffe also, ihr zeigt euch von eurer besten Seite«, Dev lacht und lässt sich in einer einzigen fließenden Bewegung in den Schneidersitz sinken. Ava weiß nicht, was es ist, aber sie hat das Gefühl, noch nie jemanden gesehen zu haben, der sich so mühelos bewegt. Es ist, als hätte sein Körper gar kein Gewicht, als würde er wie ein Ballon an einem Band zu Boden gezogen.

»Ich freue mich immer, wenn wir Besucher haben«, sagt Dev. »Das ist eine gute Gelegenheit, um all das hier«, er deutet um sich herum »mal wieder aus einer ganz frischen, unvoreingenommenen Perspektive zu sehen. Gewohnheit mag bequem sein, aber sie ist gefährlich, sie sorgt nur allzu schnell für starre Systeme, für Schranken im Kopf. Wenn euch also bei uns etwas seltsam vorkommt, dann sagt es uns. Wahrscheinlich gibt es gute Gründe dafür, aber vielleicht«, er deutet ein Schulterzucken an, »sind wir auch bloß betriebsblind geworden. Also keine Scheu, sagt uns ruhig, wenn wir spinnen!« Ein paar vereinzelte Lacher ploppen im Raum auf wie Popcorn.

Da ist etwas an Dev, das Ava merkwürdig vertraut ist. Nicht sein Aussehen, sondern die Art, wie er mit der flachen Hand über das kurzgeschorene Haar streift, seine gelassene Art zu sprechen, die einen beinahe vergessen lässt, dass man in einer Halle mit mehreren Hundert Menschen sitzt. Es ist vielmehr so, als säße man mit ihm bei einem Glas Wein zusammen. Eine kleine Gruppe von Freunden.

Und plötzlich weiß Ava, wieso er ihr so vertraut ist, weiß es mit einer Klarheit, dass sie sich darüber wundert, so lange dafür gebraucht zu haben. Er erinnert sie an Luca oder vielmehr: Luca hat sie immer schon an ihn erinnert.

Es ist, als hätte man ein Gemälde schon zig Mal gesehen und stehe dann plötzlich und unerwartet vor dem Original. Natürlich kennt man es, doch es ist auch völlig neu, weil die Farben anders sind, die Struktur, weil es eine ganz andere Tiefe hat.

»Ich habe euch heute ein Zitat mitgebracht«, sagt Dev und sein Ton ist jetzt ernsthafter, weniger spielerisch. »›The things you own end up owning you.‹ Wisst ihr, wer das gesagt hat?« Im Raum brechen einige Nester aus Gemurmel auf, die aber schnell wieder verstummen. Niemand scheint die Antwort zu wissen, oder immerhin nicht mit Sicherheit.

»Tyler Durden«, ein paar Lacher verraten, dass manche den Namen wieder erkennen. Und auch Ava kommt er vage bekannt vor, auch wenn ihr Kopf sich weigert, dem Namen ein Gesicht oder einen Zusammenhang zu geben. »Die meisten von euch wissen wahrscheinlich, wer das ist. Tyler Durden ist das Alter Ego des Protagonisten aus Fight Club. Jetzt fragt ihr euch wahrscheinlich, wieso ich ausgerechnet einen Film zitiere, in dem sich die Leute gegenseitig vermöbeln. Das ist ja eigentlich genau das Gegenteil von dem, was wir hier machen, oder?« Dev wiegt den Kopf. »Ja und nein. Natürlich versuchen wir, uns gegenseitig eben *nicht* zu verletzten. Natürlich wollen wir keine Banken in die Luft sprengen. Aber unter der Oberfläche, da haben wir doch eigentlich sehr viel mit diesen Leuten gemeinsam. Wir wollen wieder etwas spüren. Wir wollen einander spüren. Wir widersetzen uns einem System, in dem es immer nur darum geht, mehr Geld zu verdienen, um mehr besitzen zu können. Und Tyler Durden hat doch Recht! Die Dinge, die wir besitzen, besitzen schließlich uns. Denn um unseren Lebensstandard zu halten, müssen wir mehr und mehr arbeiten, und für die viele Arbeit belohnen wir uns mit Dingen, die uns nicht glücklich machen. Also arbeiten wir noch mehr, um teurere Dinge kaufen zu können, die uns genauso wenig glücklich machen werden. Ein kaputtes System! Man kann verstehen, dass jemand dieses System einreißen will, notfalls mit Gewalt.« Dev schüttelt den Kopf. »Nur dass Gewalt natürlich nichts nützt. Man kann niemanden dazu zwingen, seine Einstellung zum Konsum zu ändern. Man kann niemanden dazu zwingen, ein erfüllteres Leben zu führen. Aber wir können es ihnen anbieten. Wir können ein Gegenmodell entwerfen und wir können Menschen einladen, sich uns anzuschließen. Das ist unsere Form des Widerstands.« Wieder bricht Jubel aus und diesmal johlt auch Ava mit, trommelt auf den Boden.

»Also«, übertönt Dev erneut den Lärm. »Werft die Dinge ab, die euch besitzen und spürt. Spürt einander. Spürt euch selbst.« Er steht auf. »Lasst uns anfangen.«

Noch nie hat Ava die Körperübungen so intensiv erlebt. Devs Stimme ist um sie herum, ist in ihr. Seine Stimme ist es, die ihren Körper bewegt. Sie überlässt sich dieser Stimme. Sie ist seine Stimme. Als sie schließlich am Boden liegt, mit vom Tanzen pumpenden Lungen, will sie laut lachen vor Glück.

Dev gibt ihnen Zeit, wieder zu sich zu kommen. Eine ganze Weile liegen sie einfach nur da. Atmen. Spüren nach. Dann erhebt Dev sich wieder.

»Für unsere Gäste sollte ich noch ein paar Worte sagen, bevor es weitergeht. Teil eines jeden Gatherings hier auf dem Airfield sind nicht nur die Körperübungen, sondern auch etwas, was wir ›Opening‹ nennen. Jeder hat die Möglichkeit, hier vorne zu stehen und den anderen etwas über sich mitzuteilen, sich zu öffnen.« Sein Blick schweift über die auf ihn gerichteten Gesichter. »Warum tun wir das? Weil wir die Verschlossenheit überwinden wollen. Die Scham. Die Lüge. Hier vorne kann man alles über sich preisgeben und man kann sicher sein, dass man dafür nicht verurteilt wird. Diese Erfahrung müssen wir immer wieder machen, um endlich die Angst abzulegen, die man uns von klein auf antrainiert hat. Die Angst, uns anderen zu zeigen. Uns ihnen wirklich zu zeigen.« Dev tritt zurück und jemand erhebt sich, steigt die wenigen Stufen zum Podium hinauf und wendet sich dem Hangar zu.

»Ich bin Ole«, sagt er mit etwas zu leiser Stimme. Dev flüstert ihm etwas zu und er räuspert sich, spricht dann lauter weiter. »In meinem früheren Leben war ich Lehrer«, sagt er. »Irgendwann bekamen wir einen neuen Kollegen. Daniel. Mathe und Geschichte. Er war ziemlich schüchtern und man hat nie viel mitgekriegt von ihm. Deshalb hab ich mich auch gewundert, als er mich irgendwann gefragt hat, ob wir mal was trinken gehen wollen.« Er unterbricht sich, starrt auf den Boden, als könnte er die Szene dort noch einmal sehen.

»Und dann?«, Devs Stimme ist sanft, vorsichtig.

Ole schüttelt sich leicht, wie um sich selbst wachzurütteln. »Ich weiß selbst nicht genau, warum ich nein gesagt habe. Wahrscheinlich meinte ich, keine Zeit zu haben oder ich fand, ich hätte schon genug Freunde. Aber wahrscheinlich fand ich ihn einfach nicht interessant genug.« Er spricht jetzt schneller, als wollte er es bloß schnell hinter sich bringen. »Eigentlich ist es auch egal, warum. Ich hab jedenfalls nein gesagt. Und zwei Wochen später hat er sich in seiner Wohnung aufgehängt.« Er fährt sich mit der Hand durchs Gesicht. »Das ist jetzt fünf Jahre her und trotzdem gibt es keinen Tag, an dem ich nicht daran denke, an dem ich mich nicht frage, ob ich es hätte verhindern können.« Seine Hand liegt jetzt an seinem Hals, reibt darüber, bis die Haut rot wird. »Meinen Freunden bin ich damit ziemlich auf den Sack gegangen. Die meinten immer nur, ich muss das hinter mir lassen, und es wär nicht meine Schuld, und ich weiß ja auch, dass es nicht meine Schuld war, aber ...«, »... aber es war doch deine Schuld«, unterbricht ihn Dev.

Ava hält die Luft an. Hat er das wirklich gesagt? Auch Ole sieht verwirrt aus. Verwirrt und verletzt.

»Sicher bist du nicht allein schuld daran«, fährt Dev fort. »Aber du warst Teil des Systems, das Daniel im Stich gelassen hat.«

Ole fühlt sich sichtlich unwohl, weiß nicht, was er antworten soll. Und Dev wendet sich von ihm ab und den anderen im Hangar zu.

»Wir sind schnell dabei, unsere Verantwortung kleinzureden. Ich hab's ja nicht gewusst, also ist es auch nicht meine Schuld. Aber stimmt das wirklich?«, er dreht sich zu Ole. »Wenn er dich heute ansprechen würde, meinst du, du würdest wieder nein sagen?«

Ole hält den Kopf gesenkt, denkt nach. Dann, langsam, schüttelt er den Kopf. »Wahrscheinlich würde ich heute merken, dass etwas nicht stimmt.« Wieder denkt er nach. »Und selbst wenn nicht, würde ich heute niemanden wegstoßen, der Zeit mit mir verbringen möchte.«

Dev greift seine Schulter, drückt sie kurz. »Du kannst nicht ändern, was du getan hast«, sagt er. »Aber du musst zu deiner Verantwortung stehen. Deine Scham ist berechtigt, denn du hast damals deine Verantwortung gegenüber Daniel nicht erfüllt. Aber du bist heute nicht mehr derselbe Mensch. Und vielleicht hast du dich auch durch ihn verändert.« Ole nickt heftig.

»Also nimm deine Schuld an und mach dir klar, dass sie ein wichtiger Teil von dir ist. Ohne deine Schuld wärst du vielleicht heute nicht hier. Sie hat dich wachgerüttelt und es dir ermöglicht, andere Menschen wirklich zu sehen, statt nur auf dich selbst fokussiert zu sein.«

Ole nickt und schluckt einige Male schwer. Dev umarmt ihn. »Danke, dass du das mit uns geteilt hast«, sagt er und Ole sieht erleichtert aus, als er wieder in der Menge verschwinden darf.

Noch zwei weitere Leute gehen hoch aufs Podium und danach ist Ava froh, als irgendwer anfängt, einen Rhythmus auf den Boden zu klopfen. Nach und nach setzen Instrumente ein und überall im Hangar fangen Leute zu tanzen an. Auch Ava tanzt und es ist, als löse sich im Tanzen all die Schwere, die die Geschichten über den Hangar gelegt haben. Eine kollektive Katharsis.

Der Abend vergeht schnell zwischen Tanz und Gesprächen und es ist spät, als sie wieder zurück in ihre Hütten gehen. Trotzdem kann Ava nicht einschlafen. Es ist, als wäre alles in ihr so sehr in Bewegung geraten, dass es jetzt fast unmöglich scheint, wieder zur Ruhe zu kommen. Sie versucht, in den Bauch zu atmen, sich ganz auf ihren Atem zu konzentrieren, doch die Gespräche des Tages blitzen immer wieder in ihr auf.

23

Es ist, als sei der Schlaf nur ein kurzes Blinzeln gewesen. Zwischen zwei Lidschlägen ist es hell geworden und Cloe steht in der Tür der Hütte. »Guten Morgen, ihr Lieben. In fünfzehn Minuten treffen wir uns draußen.« Schon ist sie wieder verschwunden und vielleicht würde Ava sich fragen, ob sie überhaupt da gewesen ist, wenn die anderen sich jetzt nicht aus ihren Betten schälen würden.

Auch Ava steht auf, kann es kaum erwarten, nach draußen zu kommen. Waschen, anziehen, Haare hochbinden. Zeit zum Haarewaschen ist nicht, aber was macht das schon.

Die Luft legt sich wie Nebel auf ihre Haut, als Ava aus der Hütte tritt. Sie trägt keine Schuhe, genießt die Kühle unter ihren Fußsohlen.

Lina steht mit Cloe gleich neben dem Tempel und Ava schließt sich ihnen an. »Morgen Abend«, hört sie Cloe noch sagen, bevor die beiden ihr Gespräch unterbrechen und sich Ava zuwenden. Cloe sieht fast unnatürlich fit aus. Auch sie muss eine kurze Nacht gehabt haben, aber sie sieht so ausgeruht aus wie nach zehn Stunden Schlaf. Vielleicht braucht man einfach weniger Schlaf, wenn man hier ist, denkt Ava. Normalerweise wäre sie selbst völlig fertig nach einer so kurzen Nacht, aber tatsächlich fühlt sie sich viel wacher als an einem gewöhnlichen Morgen. Wenn sie zur Arbeit muss, stellt sie den Wecker oft noch dreimal weiter, bevor sie es endlich aus dem Bett schafft. Vielleicht fällt es hier leichter, weil sie mehr Grund zum Aufstehen hat?

»Du siehst nachdenklich aus«, unterbricht Lina ihre Grübeleien. Ava lächelt, schüttelt den Kopf. »Ich habe nur gerade gedacht, wie wenig Schlaf man eigentlich braucht.«

»Oh ja«, bestätigt Cloe. »Es ist erstaunlich, aber die meisten brauchen hier viel weniger Schlaf. Ich weiß auch nicht genau, woran es liegt, aber ich habe die Theorie, dass es da draußen viele Dinge gibt, die eine enorme Energie verbrauchen. Natürlich die Reizüberflutung, aber auch die ständige Selbstkontrolle. Was kann ich von mir preisgeben, welches Verhalten wird von mir erwartet? Einen großen Teil davon kann man hier einfach ablegen. Das setzt wahnsinnige Energien frei.« Ava nickt. Ja, vielleicht.

Auch die anderen treffen jetzt ein und Cloe bedeutet ihnen, ihr in den Tempel zu folgen, wo Schalen mit Obst und Nüssen bereitstehen. »Morgens nehmen wir nur einen leichten Snack zu uns, damit wir unsere Körper für die Übungen nicht zu sehr belasten. Also bedient euch, aber esst nicht zu viel. Glaubt mir«, sie zieht eine Grimasse. »Ich habe es jedes Mal bereut, wenn ich die Übungen mit vollem Magen gemacht habe.«

Ava nimmt sich eine Handvoll Nüsse und einen Apfel, knabbert langsam daran, während sie Lina und Sheila zuhört, die sich über letzte Nacht unterhalten. Lina hat etwas Unruhiges an sich, als wüsste sie nicht, wohin mit ihrem Übermaß an Energie. Das fällt umso mehr auf, als Sheila ein Gähnen nur mühsam unterdrückt.

Nach dem Snack geht es wieder nach draußen. Während sie die Körperübungen machen, geht die Sonne vollends auf, steigt über die Baumwipfel und streift ihre Köpfe und Arme.

Sie stehen im Kreis, atmen, den Blick zum Boden. Atmen ruhig, atmen tief. Dann ein tieferer Atemzug, der die Arme hebt, wieder senkt. Ringsum heben und senken sich die

Arme im selben Rhythmus, mal nur wenig, mal fächern sie sich weit auf, berühren sich fast. Keine getrennten Körper, sondern ein einziger atmender, pulsierender Organismus. Ava spürt die Grenzen des eigenen Körpers sich verschieben. Sie lässt sich vom Atem der anderen bewegen, ist der Atem der anderen.

»Verbundenheit ist der Urzustand«, sagt Cloe. »Das Ego kommt erst später. Kleine Kinder müssen erst lernen, dass die Welt nicht unmittelbar zu ihnen gehört, dass andere Menschen getrennt von ihnen existieren. Wir versuchen das wieder zu verlernen«, sagt Cloe und Ava hätte nie gedacht, dass es so leicht sein könnte. Es ist wie nach Hause kommen, nur dass sie gar nicht gewusst hat, dass sie weg war.

Beim Kochen schneiden sie im selben Rhythmus. Ein Körper, viele Hände. Ava hat keinen Hunger, isst bloß, um sich Energie zuzuführen.

Sie ist keinen Moment allein, aber es stört sie nicht, weil die anderen zu ihr gehören.

Cloe sagt: »Wer wirklich connected ist, kann niemanden mehr hassen, weil das bedeuten würde, einen Teil von sich selbst zu hassen.« Cloe sagt: »Wir können die Generation sein, die den Hass vernichtet.« Cloe sagt: »In zwanzig Jahren wird der Gedanke, dass wir alle verbunden sind, so selbstverständlich sein wie der, dass man Kinder nicht schlagen soll. Wir sind der nächste Schritt der kulturellen Evolution.«

Cloe lässt sie einander umarmen und Ava umarmt Steve, der sich steif anfühlt in ihren Armen, bis irgendetwas wegschmilzt, die Grenzen zwischen ihnen verwischen. Als sie sich voneinander lösen, sieht Steve verwirrt aus und verschwindet Richtung Tempel.

»Als Kind habe ich meiner Schwester einen Ast zwischen die Speichen geworfen«, erzählt Steve später, als sie wieder im Kreis zusammensitzen. »Sie hat sich das Schlüsselbein gebrochen. Ich war eben schon als Kind ein hoffnungsloser Fall«, sagt er und zieht eine Grimasse.

»Wieso sagst du das?«, fragt Cloe mit einer Ernsthaftigkeit, die nicht zu Steves Tonfall passt. Er zieht die Schultern weit hoch, fast bis zu den Ohren, lacht, aber unsicher jetzt.

»Hat das irgendwer über dich gesagt?«, fragt Cloe und Steve reibt sich den Nacken. »Vielleicht«, sagt er. »Also, ja, eigentlich hat das ständig irgendwer gesagt. Vor allem meine Mutter. Aber ich war auch echt ein verdammt anstrengendes Kind«, schiebt er schnell hinterher. »Ich hätte mich auch scheiße gefunden.«

Cloe schüttelt den Kopf. »Nur weil man dir das immer wieder gesagt hat, stimmt das noch lange nicht.« Sie legt den Kopf schief. »Was meinst du denn«, fragt sie, »hast du das gemacht, um deiner Schwester wehzutun?«

»Nee, wahrscheinlich wollte ich einfach nur wissen, was passiert, wenn man einen Stock in die Speichen steckt. Ich hab ständig so was gemacht. Einmal habe ich das Telefonkabel durchgeschnitten, einfach weil ich wissen wollte, ob das geht. Ich hab dann die Brotdose meiner Schwester draufgestellt, damit's keiner merkt.« Er lacht. »Haben sie natürlich trotzdem.«

Cloe schaut ihn aufmerksam an. »Du warst also eigentlich nur ein ziemlich neugieriges Kind«, stellt sie fest.

»Naja, meine Mutter würde das sicher anders sehen«, scherzt Steve.

»Ja und genau da liegt das Problem«, meint Cloe. »Statt deine Neugier zu erkennen und zu fördern, hat man dir die ganze Zeit das Gefühl gegeben, dass du alles falsch machst.

Deine eigene Mutter hat nicht erkannt, wer du eigentlich bist. Das muss sehr schmerzhaft sein.«

Endlich sickert das Dauergrinsen aus Steves Gesicht. Er sieht getroffen aus, antwortet nicht.

»Und genau das ist der Grund, warum Dev schon oft gesagt hat, dass wir uns von der Diktatur unserer Eltern befreien müssen«, sagt Cloe jetzt zur ganzen Gruppe. »Das, was unsere Familie über uns sagt und denkt, bestimmt allzu oft, wie wir uns verhalten. Deshalb brauchen wir manchmal den Abstand zu ihnen, um überhaupt herauszufinden, wer wir ohne sie sein könnten.«

Später führt Cloe sie über das Airfield. Am Abend zuvor war Ava so auf den Hangar fokussiert, dass sie nicht darüber nachdachte, wo man hier schläft, isst, arbeitet. Jetzt folgen sie Cloe einen breiten, an einer Seite von Bäumen gesäumten Weg am Hangar vorbei bis zu dessen Rückseite.

Erst hier sieht Ava, dass der Hangar nicht nur eine einzige große Halle ist, sondern dass sich auf seiner Rückseite eine Art Anbau anschließt, unterteilt in mehrere Etagen – sichtbar an den von helleren Steinen umrahmten Fensterreihen.

Dahinter liegen mehrere Gebäude, unterschiedlich große Quader aus Backstein mit großen Fensterflächen. Obwohl die Gebäude sich so ähnlich sehen, entsteht nicht der Eindruck einer Neubausiedlung, in der ein Haus kaum vom anderen zu unterscheiden ist. Die Fenster sind bei allen Gebäuden unterschiedlich angeordnet, mal ist das ganze Erdgeschoss verglast und es wirkt beinahe, als schwebe ein Gebäude mitten im Wald, mal ziehen sich mehrere schmale Glasbänder an der Fassade entlang, mal sind quadratische Fenster unregelmäßig über die Fassade hingestreut. Zwischen den Gebäuden stehen Bäume, die sich vielfach in den Scheiben spiegeln.

Ava wäre gern hineingegangen in eines der Backsteingebäude, doch Cloe führt sie nur kurz zwischen ihnen hindurch und dann wieder um den Hangar herum zu dessen Vorderseite. Sie wollen nicht zu spät zum Gathering kommen.

»Die Menschen haben so eine lächerliche Angst vorm Sterben«, sagt Dev. »Wisst ihr, warum?«

Niemand antwortet. »Weil es der ultimative Kontrollverlust ist. Wir wissen nicht, was danach kommt. Wir wissen nur, dass dieser Körper, an den wir uns so verzweifelt klammern, zerfallen wird. Unser Körper, den wir doch so mühsam mit Sport in Form gebracht haben, entgleitet uns, ohne dass wir auch nur das Geringste dagegen tun könnten. Der Tod ist die ultimative Niederlage im Kampf um unseren Körper.« Er seufzt. »Verdammt deprimierend, oder?«

Gegen ihren Willen muss Ava lachen. Zu sehr hat sie sich darin wiedererkannt.

»Aber es gibt einen grundsätzlichen Denkfehler dabei«, fährt Dev fort. »Der Körper ist nicht das Entscheidende. Wir müssen lernen, mit ihm zu leben, ihn für uns zu nutzen, doch er ist bloß das Mittel zum Zweck, nicht der Zweck selbst.« Er deutet in die Halle. »Bei all den Übungen, die wir hier machen, geht es nie wirklich um den Körper, sondern um das, was zwischen unseren Körpern passiert. Das, worum es eigentlich geht, ist frei von Materie, ist pure Energie. Wenn ihr die anderen berührt, dann spürt ihr viel mehr als deren Haut. Ihr spürt ihr Wesen. Und das«, Dev hebt die Hand, als halte er dieses »Wesen« darin, »das geht mit dem Tod nicht verloren. Es wird bloß aus seiner menschlichen Hülle gelöst und verbindet sich endlich wieder mit allem, wozu es immer schon gehört hat. Es ist das, was ihr in der Meditation erlebt, nur um ein Vielfaches stärker. Es ist das reine Eins-Sein mit allem.«

Einige Augenblicke lang ist er still, überlässt sie ihrer eigenen, ganz persönlichen Vorstellung davon, was es bedeuten würde, in allem aufzugehen, eins mit allem zu sein. Und Ava, der der Tod immer mehr als alles andere Angst gemacht hatte, spürt für den Bruchteil eines Moments, wie es sein könnte, keine Angst mehr zu haben. Dann flüstert hinter ihr jemand, und Ava ist wieder zurück in ihrem Körper, spürt das Holz unter den nackten Beinen und kann sich nicht, will sich nicht vorstellen, wie es wäre, das alles nicht mehr zu fühlen. Kälte legt sich über ihre Arme und sie schaut wieder hoch zu Dev, der völlig selbstvergessen dasteht, das Gesicht ruhig, der Blick ins Leere gerichtet. Auf etwas vielleicht, was außer ihm noch niemand erkennt.

24

Die Zeit vergeht weder schnell noch langsam, sondern beides gleichzeitig. Ava hat das Gefühl, seit Ewigkeiten hier zu sein, schon immer hier zu sein, und trotzdem kommt der Sonntagabend zu schnell. Sie will sich gegen das Vergehen der Zeit anstemmen, damit es nicht Abend wird, damit es danach nicht Morgen wird, damit sie nicht gehen muss, nicht zurück muss in ihr »eigentliches« Leben, das sich schon jetzt nicht mehr wie ihres anfühlt.

Aber die Zeit vergeht, auch ohne dass Ava es will, es wird Sonntagabend und wieder nehmen sie den Pfad durch den Wald. Marie geht aufrecht vor ihr.

Schon als sie den Hangar betritt, merkt Ava, dass etwas anders ist. Der Raum scheint geradezu zu vibrieren, und als Dev durch die Tür tritt, entlädt sich die Anspannung und diesmal brüllt auch sie mit den anderen. Wieder heben sich Devs Hände und mit ihnen senkt sich die Lautstärke. Nicht nur im Raum wird es ruhig, sondern auch in Ava.

»Ich habe letztens etwas Interessantes gelesen«, sagt Dev. »Den Gastbeitrag eines Priesters in einer Tageszeitung«, er hebt beschwichtigend die Hände, als in einigen Ecken des Raumes Gemurmel ausbricht. »Ja, ich weiß, ich habe oft genug auf die institutionalisierten Religionen geschimpft, also warum fange ich jetzt davon an? Naja, der besagte Priester hat einige Feststellungen gemacht, und ich war selbst überrascht, wie oft ich ihm zugestimmt habe. Er sprach davon, dass für viele Menschen die Arbeit zu einer Art Ersatzreligion geworden ist. Ganz grob zusammengefasst meinte er: Sinnhaftigkeit wurde ersetzt durch Nützlichkeit. Bei der Arbeit kann man sich nützlich fühlen, man hat das Gefühl, einen notwendigen Beitrag zu leisten und sei er noch so klein. Und dieses Gefühl, sagt er, führt in eine Abhängigkeit. Wir wollen es öfter erleben, also arbeiten wir härter, bis wir vielleicht sogar das Gefühl haben, unersetzbar zu sein. Aber selbst dann sind wir nicht zufrieden. Weil es eben nicht stimmt. Wir sind nicht unersetzbar, jedenfalls nicht bei der Arbeit. Und falls wir es doch sind, haben wir unseren Job verfehlt, denn was passiert mit dem Unternehmen, wenn wir krank werden oder sterben? Was passiert mit unseren Mitarbeitern? Also ich denke, so weit können wir dem Priester zustimmen, oder?«

Ava muss an Detlef denken, der bekannt dafür ist, regelmäßig im Büro zu übernachten. Sie hat ihn schon öfter morgens mit dem Rasierer aus dem Bad kommen sehen.

»Der Priester kommt am Ende seines Kommentars allerdings zu einem Schluss, den ich nicht teilen kann«, fährt Dev fort. »Er plädiert dafür, dass die Menschen zur Religion zurückfinden.« Jemand vor Ava lacht laut auf und auch Dev kann ein Grinsen kaum unterdrücken.

»Ja, ich würde sagen, bei sich selbst ist der gute Mann etwas betriebsblind«, kommentiert Dev und erntet einige weitere Lacher. »Denn eigentlich macht er genau das, was er anderen vorwirft, oder? Er klammert sich an die Nützlichkeit seines eigenen Berufs, obwohl ihm mehr und mehr der Boden wegbricht. Auch er will nützlich sein, will unersetzlich sein. In seinem Fall eben für das Seelenheil der Menschheit.« Ava lacht. Mit einem Mal weiß sie, was sie immer so irritierte an den Messen, in die ihre Tante sie an Weihnachten und Ostern schleppte. Es war nicht bloß die Scheinheiligkeit der Gemeinde, die nur zu den Feiertagen in der Kirche erschien, sondern vor allem die verzweifelte Rage des Priesters, der auf eben diese Feiertags-Christen schimpfte, um sich seine eigene Überflüssigkeit nicht eingestehen zu müssen.

Dev spricht über das allgemeine Gelächter hinweg weiter. »Eins möchte ich klarstellen. Ich bin nicht der Meinung, dass Religion immer überflüssig war. Sie hatte die Funktion, ein sozialeres Zusammenleben zu ermöglichen. Sie bot Antworten auf Dinge, die Menschen sich nicht erklären konnten. Aber heute sind wir weiter. Wir brauchen keine Religion mehr, die uns die Welt erklärt. Dafür haben wir Wissenschaftler. Und wir brauchen keine religiösen Schriften mehr, die uns sagen, wie wir unser Leben zu führen haben. Ganz im Gegenteil, vieles davon ist in der heutigen Zeit einfach nicht mehr zu rechtfertigen. Denkt nur an die Homophobie, die in den meisten institutionalisierten Religionen noch immer vorherrscht. Diese Überzeugungen heute noch zu verbreiten, ist ignorant und gefährlich.« Spontaner Jubel bricht aus und Dev nickt. »Also«, sagt er schließlich, »der Weg zurück ist keine Lösung. Wir brauchen neue Formen des Zusammenlebens. Wir brauchen zeitgemäße Grundsätze, die uns nicht ein himmlisches Paradies versprechen, sondern ein besseres Leben hier auf der Erde möglich machen. Ein besseres Leben nicht nur für uns, sondern auch für nachfolgende Generationen.« Wieder bricht Jubel aus, lauter noch diesmal. Auch Ava johlt und trommelt mit.

»Anders als die institutionalisierten Religionen ignorieren wir nicht einfach, was die letzten Jahrhunderte uns gelehrt haben«, übertönt Dev den Lärm. »Wir wissen, dass wir nicht die Illusion eines Gottes brauchen oder die Androhung einer Hölle, um einander anständig zu behandeln. Wir wollen ein neues Miteinander prägen. Eines, das frei ist von Gewalt und auf wirklichem Respekt und Verständnis für einander beruht. Und das tun wir, indem wir einander spüren. Genau darin werden wir wieder Sinn finden.« Er legt die Hände an einander. »Also. Lasst uns genau das tun.«

Und wieder sortieren sie sich in Reihen und Ava meint, nicht nur die Hände spüren zu können, die sie hält, sondern auch die der anderen, die ganze Reihe entlang, eine Kette von Berührung, die durchströmt wird von derselben Energie. Alles ist eins, denkt Ava in einer Welle aus Euphorie, denkt es nicht nur, fühlt es, weiß es. Alles ist eins.

Als sie am Ende wieder schwer atmend am Boden liegt, meint sie, es noch immer zu spüren, dieses Alles, was jetzt durch Linas Hand in sie hinein strömt.

»Heute Abend wird es keine Openings geben«, sagt Dev irgendwann, doch Ava hält die Augen weiter geschlossen, will noch ein bisschen in ihrer Blase bleiben. Sie spürt wie Linas Hand leicht in ihrer zuckt. Kaum zu glauben, dass es schon fast vorbei ist, dass sie schon morgen wieder zurück müssen.

»Lina, würdest du zu mir nach vorne kommen?«, fragt Dev und Ava denkt »Noch eine Lina«, als sich plötzlich die Hand aus ihrer löst.

Avas Augen schnappen auf und sie drückt sich hoch, folgt Lina mit dem Blick. Es ist tatsächlich ihre Lina, die sich jetzt durch die kreuz und quer liegenden und sitzenden Körper nach vorn zu Dev schlängelt.

Nicht nur Lina, auch Sheila und Steve werden aufgerufen, gehen nach vorne. Nacheinander steigen sie die drei Stufen zum Podest hinauf, wo Dev sie erwartet, umarmt, und sie anweist, auf einem Kissen Platz zu nehmen. In Avas Ohren rauscht es. Dev sagt etwas, aber sie hört es kaum. Erst als er sich wieder an alle richtet, schafft sie es, ihm zuzuhören. »Es ist keine Entscheidung, die man leichtfertig treffen sollte«, sagt er gerade. »Auf das Airfield zu ziehen, ist eine Entscheidung gegen das Ego, gegen Karriere und vermeintlichen Reichtum. In gewisser Weise muss man ein Stück seiner Freiheit aufgeben, wenn man hierher kommt. Die Freiheit, immer nur das zu tun, wonach einem gerade ist. Die Freiheit, durch die Welt zu reisen. Und die Freiheit, den ganzen Tag auf dem Sofa zu hocken und Serien zu schauen.«

Der Hangar lacht, aber Ava fühlt sich wie abgeschnitten von der Heiterkeit um sie herum. Dev wird wieder ernst, als er sich an die drei Sitzenden wendet. »Aber ihr gewinnt auch unendlich viel hinzu«, sagt er. »Ihr gewinnt die Freiheit über euren Geist und euren Körper zurück, die nicht länger betäubt werden von pausenloser Medienbeschallung und gefesselt von einem beruflichen Alltag.« Er deutet in den Hangar hinein. »Und ihr gewinnt eine Großfamilie.«

Der Boden unter Ava zittert unter einem spontanen Ausbruch von Jubel und Devs Lächeln wird noch breiter, während er seinen Blick über die Menge streifen lässt. Dann hebt er die Hand und der Lärm verebbt langsam. Erneut wendet er sich Lina und den anderen zu. »Bevor ihr ganz Teil von uns werdet, stelle ich traditionsgemäß ein paar Fragen. Die dienen dazu, dass ihr selbst euch noch einmal klar macht, ob das hier wirklich das ist, was ihr mit eurem Leben tun wollt. Ihr könnt euch alle Zeit nehmen, die ihr braucht, um mir zu antworten. Und wenn ihr auch nur eine dieser Fragen mit nein beantwortet, dann würde ich euch raten, heute noch nicht hierzubleiben. Niemand wird schlechter von euch denken, wenn ihr aufsteht und zurück an euren Platz geht. Und ihr seid jederzeit willkommen, wenn ihr bereit seit, diesen letzten Schritt zu tun. Einverstanden?«

Die drei nicken. Sheila sieht irgendwie verängstigt aus und Steve kann das Witzeln wieder nicht lassen, tut so, als würde er angestrengt nachdenken, bevor er dann doch zustimmt. Lina aber sitzt hoch aufgerichtet da und leuchtet geradezu, als sie Devs Frage mit einem einzigen kräftigen Nicken bejaht. Und mehr, als sich zu wünschen, dass Lina nicht dort säße, sehnt Ava sich nach dieser Sicherheit, die aus jeder von Linas Bewegungen spricht, dieser Überzeugung, nur hier und nirgendwo anders sein zu wollen.

»Entscheidet ihr euch gegen ein Leben, das euch selbst in den Mittelpunkt stellt, und verpflichtet ihr euch der Gemeinschaft?«, fragt Dev und »Ja« sagen die drei fast synchron.

»Entscheidet ihr euch aus freien Stücken für ein Leben, das die Ausbeutung von Tieren und Menschen nicht länger schweigend toleriert, sondern sich ihr aktiv entgegen stellt?« Selbst Steve sieht jetzt ernst aus, als er noch einmal bejaht.

»Ihr seid die Generation, die Hass, Krieg und Ausbeutung eliminieren kann«, sagt Dev, »doch dafür müsst ihr euer Ego zerschlagen. Seid ihr bereit, diese Verantwortung zu tragen, seid ihr bereit, euch ganz in der Gemeinschaft aufzulösen?«

Noch einmal bejahen die drei.

»Dann gibt es nur noch eine letzte Frage«, sagt Dev und führt die Hände wie zum Gebet zusammen. »Seid ihr bereit, das Zeichen eurer Zugehörigkeit auf der Haut zu tragen, damit euer Körper ebenso zu uns gehört, wie jetzt schon euer Geist?« Wieder nicken die drei und Dev gibt jemandem ein Zeichen, der ihm einen langen Stab reicht.

Drei weitere Leute steigen jetzt auf das Podest. Mit Trommeln in den Händen platzieren sie sich einige

Meter hinter Lina und den anderen. Und während Dev auf Lina zugeht, fangen sie erst leise, dann immer lauter zu trommeln an.

Ava will sehen, was passiert, doch überall im Raum stehen jetzt Leute auf, fangen an, sich zum schneller werdenden Rhythmus zu bewegen. Auch Ava steht auf, nicht um zu tanzen, sondern um das Podest wieder sehen zu können. Doch immer, wenn sich gerade eine Lücke auftut, schiebt sich auch schon ein neuer Körper in ihr Blickfeld.

Ava spürt eine Hand in ihrer, dreht sich um. Es ist Marie, die sich im Rhythmus der Trommeln wiegt. Und es dauert nicht lange, dass auch Ava in den Rhythmus einfällt, sich im Tanz verliert. Sie weiß nicht, wie lange sie tanzt. Es müssen Stunden sein.

Irgendwann ist Lina da, mit einem Kreis aus feinen Punkten auf der rechten Schulter. Sie ist da und umarmt Ava und sie tanzen in dem winzigen Raum ihrer Umarmung bis Lina sich löst. Und Ava tanzt, tanzt weiter, bis sie beinahe vor Erschöpfung zusammenbricht, bis sie sich draußen vor dem Hangar auf den noch immer warmen Asphalt legt und hinaufschaut in den mit Sternen vollgestopften Himmel.

Niemand von ihnen schläft in dieser Nacht. Sie vergeht wie ein einziger Rausch und sie kehren nur kurz in die Hütten zurück, um ihre Rucksäcke zu holen, bevor der Bus sie in die Stadt zurückbringt. Es ist ein unwirkliches Gefühl, als sich das Tor hinter ihnen schließt.

Im Bus herrscht schläfrige Ruhe und auch Ava dämmert kurz weg, ist orientierungslos, als der Bus mit einem plötzlichen Ruck zum Stehen kommt.

Sie hat noch Zeit, nach Hause zu fahren und zu duschen, bevor sie ins Büro muss. Aber alles fühlt sich seltsam weit weg an. Vom Wasser auf ihrer Haut, über ihr eigenes Gesicht im Spiegel, bis zu den Stimmen der Pendler in der S-Bahn.

Es ist früh, als sie im Büro ankommt, Fahrstuhl und Büros sind noch leer.

25

Einige Augenblicke lang sitzt Ava bewegungslos am Schreibtisch, bevor ihr einfällt, dass sie ihren Laptop rausholen sollte. Die Bewegungen, die sie seit Jahren Tag für Tag wie automatisiert ausführt, haben mit einem Mal jeglichen Sinn verloren. Sie ist sich überdeutlich der Hand bewusst, die den Schlüssel unter der Tastatur hervorzieht, die Schublade des Rollschranks öffnet, den Laptop herausnimmt. Sie streicht über die metallene Oberfläche, die sich matt und kühl anfühlt unter ihren Fingern. Wie ein von den Wellen glattgeschliffenes Stück Glas.

Sie streicht noch immer darüber, als die Tür aufgeht und Mel hereinstürmt, gleich zu reden anfängt. Ava schaut sie an, aber versteht nichts von dem, was Mel sagt. Es ist, als bewege sich ihr Mund, aber nur unzusammenhängende Laute kommen heraus. Ava schüttelt den Kopf, wie um sich Wasser aus den Ohren zu schütteln. Mel stockt. »Alles okay bei dir?«

Ava nickt und bemüht sich, ihre Mundwinkel nach oben zu ziehen, doch es fühlt sich falsch an. Auch Mel scheint es nicht zu überzeugen, jedenfalls beäugt sie Ava weiter. »Du warst auf diesem Workshop am Wochenende, oder?«

Ava nickt. »Ja, der war super. Ich hab nur ziemlich wenig geschlafen.«

Noch mal versucht sie sich an einem Lächeln und diesmal scheint sie damit erfolgreicher zu sein, immerhin setzt Mel sich endlich, zieht den Laptop aus ihrer Tasche. Auch Ava erinnert sich wieder an ihren Laptop, klappt ihn auf, starrt darauf. Was macht sie eigentlich hier? Sie öffnet ihre Mails, um überhaupt irgendetwas zu tun, aber die dreißig ungelesenen Nachrichten, die sich an einem einzigen freigenommenen Freitag angesammelt haben, überfordern sie. Sie kann sich nicht überwinden, eine davon zu öffnen.

Ava merkt nicht, dass Liz hereinkommt. Irgendwann ist sie da und spricht mit Mel. Ava starrt konzentriert auf ihren Laptop, um nicht mitreden zu müssen. Da scheint eine dünne Haut zu sein zwischen ihr und den anderen. Ava versucht, dem Gespräch zu folgen, verliert aber schon nach wenigen Worten den Faden, schweift mit den Gedanken ab. Erst, als es auf eine seltsame Art still wird, schaut Ava wieder auf, begegnet den Blicken von Mel und Liz.

»Entschuldigung«, ihre Stimme hört sich fremd an, wie in einem stark hallenden Raum. »Habt ihr was gesagt? Ich war abgelenkt.«

Mel zieht die Brauen zusammen. »Du hast dich seit ein paar Minuten nicht mehr bewegt. Ist echt alles okay bei dir?«

Ava nickt. »Jaja, ich bin wirklich nur müde.«

»Ich hab dich schon oft müde gesehen«, in Mels Stimme ist etwas, was Ava einen Stich versetzt. »Irgendwas stimmt doch nicht mit dir.«

Ja, etwas stimmt nicht, aber Mel und Liz würden es ohnehin nicht verstehen, weil sie die Haut nicht wahrnehmen, die zwischen allem liegt. Auch Ava spürt sie erst jetzt. Erst jetzt, wo sie weiß, wie es sich anfühlt, wenn da keine Haut ist, wie es sich anfühlt, mit allem verbunden zu sein.

»Ava?«, Liz Stimme klingt verängstigt. Ava lächelt ihr zu. »Keine Sorge, alles gut. Ich fühl mich nur nicht so toll heute. Vielleicht sollte ich mich besser hinlegen.« Sie merkt selbst, dass sie den unbekümmerten Ton nicht ganz hinbekommt. Sie kann diese Spielchen nicht mehr spielen.

Ava klappt ihren Laptop zu, legt ihn in den Schrank unter ihrem Schreibtisch, dreht den Schlüssel.

»Du willst gehen?« Mels Gesicht ist anders, als Ava es je gesehen hat. Irgendwie verletzlich, denkt Ava. Aber gleich glättet es sich wieder, wird hart. »Ava, verdammt, du kannst doch jetzt nicht einfach abhauen. Sag mir jetzt sofort, was am Wochenende passiert ist.«

Doch Ava schüttelt bloß den Kopf, sagt noch einmal, dass sie wahrscheinlich bloß krank wird. Dann greift sie sich ihre Tasche und verlässt das Büro. Mels Stimme, die ihren Namen ruft, ist das Letzte was sie hört, bevor die Tür zwischen ihnen zuschnappt.

Die Erleichterung hält nur kurz an, nur bis Jan wie aus dem Nichts vor ihr auftaucht. Es kostet sie alle Konzentration, ihm zu sagen, dass sie sich nicht gut fühlt, dass sie nach Hause geht. Jan setzt seine verständnisvolle Miene auf und Ava will sie ihm vom Gesicht schütteln. Es erschöpft sie, ihm dabei zuzusehen, wie er sich besorgt gibt, wie er ihr rät, sich gleich ins Bett zu legen. »Meinst du, du bist morgen wieder fit?«

»Vielleicht«, sagt Ava, »ich weiß nicht«, und schafft es endlich an ihm vorbei, die Treppe hinunter und nach draußen.

Es ist, als würde sie nach minutenlangem Tauchen endlich an die Oberfläche kommen.

Die Enge um ihre Brust lockert sich ein wenig.

26

Die Bahn kommt in zwei Minuten, doch Ava geht an der Haltestelle vorbei. Vielleicht hilft es, draußen zu sein. Als sie den Park erreicht, zieht sie die Schuhe aus, spürt die einzelnen Halme unter den Fußsohlen.

Sie schließt die Augen, geht langsam weiter und das Gras stülpt sich vom Boden hoch, wächst an ihr empor, bis um sie nichts als Grün ist, bis sie selbst Grün ist. Ein zischelndes Geräusch holt sie zurück in die Realität des Parks. Ein älteres Paar beäugt sie misstrauisch von einer Bank, tuschelt miteinander.

Ava spürt Wärme in ihrem Gesicht aufsteigen und weiß nicht, ob es mehr Scham oder Wut ist. Vor allem aber macht es ihr unangenehm bewusst, dass die dünne Haut zwischen ihr und der Welt noch immer da ist, dass sie sie nicht mit dem Schritt aus der Bürotür abgestreift hat.

Auf einmal ist da ein Gefühl, das sie selbst überrascht. Eine Sehnsucht, nach Hause zu kommen. Nicht in ihre eigene Wohnung, die sich, das merkt sie erst jetzt, nie wie ein Zuhause angefühlt hat. Und weil sie Impulsen folgen sollte, steigt sie in die nächste S-Bahn und am Bahnhof in den Zug, steht nur eine Stunde später vor der Wohnung ihrer Tante.

Sie klingelt nicht gleich, steht einige Augenblicke vor der Haustür und schaut auf das Namensschild, auf dem die zwei Namen stehen. Ihr eigener, der auch der ihrer Mutter ist, und der von Tante Gela, der früher einmal der ihrer Mutter war.

Es ist, als schöben sich zwei Zeitebenen übereinander. Das Heute, in dem sie vor dem Haus steht, in dem der spärliche Rest ihrer Familie lebt, und das Damals, in dem sie selbst hier gelebt und Tag für Tag den Schlüssel ins Schloss gesteckt hat, ohne je auf die Klingelschilder zu achten. War da immer schon dieser kleine Knick gewesen hinter dem Namen ihrer Mutter? Sie tastet nach dem Schlüsselbund in ihrer Tasche, doch mit einem plötzlichen Ruck bewegen sich die Zeitebenen voneinander weg, und sie ist wieder unzweifelhaft im Heute, in dem es undenkbar ist, selbst die Türe zu öffnen. Sie drückt die Klingel und in ihrem Kopf schrillt der Ton, den sie nicht hören kann. Dann schnappt surrend das Schloss auf.

Avas Schritte hallen im leeren Treppenhaus. Ihre Tante steht bereits in der Tür und ihr Gesichtsausdruck wechselt von Misstrauen zu Überraschung, als sie Ava erkennt. Doch auch die Überraschung kippt gleich wieder, wird zu Besorgnis. »Ava, was machst du hier? Ist alles in Ordnung?«

Ava steigt die letzten Stufen hinauf, bemüht sich um ein entspanntes Lächeln. »Ja, alles gut. Ich wollte euch nur mal wieder besuchen.« Sie macht noch einen Schritt, schlingt ihre Arme um Gela, die sich nicht rührt, die nur noch starrer wird in Avas Umarmung.

»Aber es ist Montag!«, beharrt Gela und Ava macht einen Schritt zurück, lässt sie los. »Müsstest du nicht arbeiten?«

»Nein«, antwortet Ava bloß. »Nein, heute nicht.«

»Na, dann komm schon rein«, schnappt Gela und tritt zur Seite. »Du hast Glück, dass deine Mutter heute nicht arbeitet. Zieh bitte die Schuhe aus.« Sie drückt die Tür hinter Ava ins Schloss, geht ihr voran den langen Flur entlang ins Wohnzimmer.

»Schau mal Mia, wer überraschend zu Besuch gekommen ist.« Ava meint, einen leisen Vorwurf herauszuhören. Gela hält nichts von Überraschungen.

Avas Mutter sitzt auf dem Sofa, die Füße unter den Körper gezogen, liest in einem Buch. Als sie aufschaut, bleibt ihr Blick einen Moment leer, scheint durch Ava hindurchzuschauen. Die Zeiten geraten noch einmal durcheinander und Ava ist wieder drei, steht neben dem Bett ihrer Mutter, die wie tot daliegt. Die Augen geöffnet, aber blind selbst für ihre Tochter, die wenige Schritte vor ihr steht und ihren Namen sagt, ihren Namen flüstert, ihren Namen brüllt. Dann die Arme ihrer Tante, die sie hochheben und wegtragen. Sie wehrt sich, windet sich in Gelas Armen, während die Tür mit einem endgültigen Knall zuschlägt.

Mias Augen fokussieren, erkennen Ava und ein Lächeln wischt über ihr Gesicht. »Ava, Schatz, was machst du denn hier?« Doch anders als bei Gela ist nichts Forderndes in dieser Frage.

Statt zu antworten, geht Ava zum Sofa hinüber und beugt sich zu ihrer Mutter hinunter, um auch sie in den Arm zu nehmen. Mia lässt es geschehen.

»Willst du etwas trinken?«, fragt Gela. »Kaffee?« Und ohne noch eine Antwort abzuwarten, ist sie auch schon zur Tür hinaus.

Avas Blick trifft den ihrer Mutter. Derselbe Blick, den sie früher immer getauscht hatten. Ihr gemeinsames Gela-Augenrollen. Ava unterdrückt ein Lachen und zum ersten Mal an diesem Tag wird die Haut um sie herum ein wenig durchlässiger. Es war richtig, herzukommen. Sie setzt sich zu Mia aufs Sofa, zieht die Füße unter sich. Ein zwanzig Jahre jüngeres Spiegelbild ihrer Mutter.

Gela braucht nicht lange. Schon wenige Minuten später rauscht sie mit einem Tablett voller Tassen, Untertassen, Schüsseln voller Gebäck, wieder zur Tür herein. Alles selbst gebacken natürlich. Vor ein paar Jahren hat sie Rezeptseiten im Internet entdeckt.

Ava hat keinen Hunger aber nimmt trotzdem einen der Kekse, als Gela ihr den Teller hinhält. »Du siehst dünn aus. Isst du nicht genug?«

»Doch«, erwidert Ava. »Ich habe nur mehr Sport gemacht in letzter Zeit.«

Gela schenkt ihnen Kaffee ein. »Dann solltest du erst recht genug essen. Pass auf, dass du nicht noch dünner wirst!«

Ava könnte Gela an die diversen Diäten erinnern, denen sie selbst sich unterzogen hat, aber sie entscheidet sich dagegen. Sie nimmt noch einen Schluck von ihrem Kaffee, legt den Keks auf der Untertasse ab. Sie will mit Gela und Mia sprechen, richtig sprechen. Keine Pseudo-Gespräche. Aber das, was auf dem Airfield so leicht war, scheint ihr hier wieder unmöglich. Sie will sprechen, aber nimmt stattdessen noch einen Schluck.

»Wie läuft es denn bei der Arbeit?«, fragt Gela und kurz ist Ava versucht, mit einem knappen »Gut« zu antworten. Aber vielleicht ist das ein Einstieg, denkt sie und entscheidet sich für Offenheit. Dass sie unzufrieden ist, sagt sie, dass sie nicht weiß, ob sie noch lange in diesem Beruf bleiben kann. Und nach einer kurzen Pause: »Ich weiß ehrlich gesagt nicht, ob ein normaler Fünf-Tage-Job überhaupt noch für mich in Frage kommt.«

Wie zu erwarten springt in Gelas Gesicht der Alarmmodus an. »Was soll das heißen, du kannst doch nicht einfach aufhören zu arbeiten, wie stellst du dir das vor?«

Ava schluckt den Impuls hinunter, sich von Gelas Konfrontationshaltung anstecken zu lassen, atmet ein, aus. Widerstand gegen konditionierte Verhaltensmuster.

»Darf ich dich um etwas bitten?«, fragt sie stattdessen. »Könntest du mir erstmal zuhören, bevor du dich dazu positionierst?« Gela will etwas erwidern, doch Ava unterbricht sie. »Ich weiß, dass du dir Sorgen machst, und ich bin dir dafür auch dankbar. Meine Bedürfnisse sind aber andere als deine und ich würde mir wünschen, dass du zumindest versuchst, meine Position zu verstehen.«

Gela ist zum Schweigen gebracht, verschränkt die Arme und presst die Lippen zu einer dünnen Linie. Wenn der Körper auf Abwehr ausgerichtet ist, kann auch der Geist nicht offen sein, denkt Ava, aber sagt es nicht. Stattdessen versucht sie zu erklären, wieso sie sich bei ihrer Arbeit nicht mehr wohlfühlt, wieso sie glaubt, sich bei keiner Arbeit mehr wohlfühlen zu können. Die Oberflächlichkeit, die Isolation. Aber sie merkt selbst, dass ihre Worte nicht so herauskommen, wie sie es eigentlich will, dass sie sich unterwegs zerfasern und verwirren. Sie setzt neu an.

27

Ava liegt im Bett, aber weiß nicht, wo. Die Laken riechen vertraut, doch nicht wie ihre eigenen. Sie versucht, die Augen zu öffnen, aber die Sonne blendet. Ihr Kopf ist dick und schwer, wie wenn man im Sommer in der Mittagshitze einschläft.

Sie rollt sich auf die Seite, öffnet erneut die Augen und blickt direkt in Gelas Gesicht. Die Erinnerungen fallen wieder an ihren Platz. Wie sie in den Zug steigt, an der Tür klingelt, im Wohnzimmer sitzt und Kaffee trinkt. Aber wann ist sie schlafen gegangen? Und seit wann sitzt Gela schon in dem Sessel, der ihrem Bett gegenüber steht? Denn ja, es ist ihr Bett, ihr altes Bett, dass sie hier gelassen hat, als sie ausgezogen ist. Sonst ist nicht viel geblieben von dem, was mal ihr Zimmer war. Nur der große Schrank, der schon hier stand, als Gela aus ihrem Arbeitszimmer Avas Kinderzimmer machte. Kaum war Ava ausgezogen, wurde es wieder zum Arbeitszimmer, und das ist es geblieben, auch wenn Gela inzwischen keins mehr braucht.

»Ich dachte schon, du wachst gar nicht mehr auf«, Gelas Stimme ist noch eine Spur schroffer als sonst.

Ava stemmt sich hoch in eine halb liegende, halb sitzende Position. »Wie viel Uhr ist es denn?«

»Acht Uhr.«

Ava versteht den Vorwurf in der Stimme nicht. Acht Uhr ist doch früh.

»Du hast zwanzig Stunden geschlafen.« Gelas Stimme klingt jetzt fremd. Wenn Ava es nicht besser wüsste, würde sie es für Panik halten. »Was ist denn los mit dir, du standest ja gestern völlig neben dir.«

Ava versucht sich zu erinnern, aber der Tag verschwimmt ihr vor den Augen. Sie muss wirklich müde gewesen sein. Kein Wunder, sie hatte ja kaum geschlafen und mit wenig Schlaf ist sie noch nie gut klargekommen. Sie stemmt sich aus dem Bett hoch. »Ich brauche eine Dusche.«

»Erstmal wirst du mir meine Fragen beantworten!« Gelas Stimme ist schrill. Wie damals, wenn sie versuchte, Ava vorzuschreiben, wann sie zu Hause zu sein hätte. Damals brüllte Ava zurück, heute schüttelt sie nur den Kopf. »Ich kann nicht denken, bevor ich geduscht habe. Mach doch einfach schon mal einen Kaffee und dann reden wir.«

Gela sackt zusammen wie ein zu früh aus dem Ofen genommenes Soufflé. Sie hat nie gelernt, Ava ihren Willen aufzuzwingen, dabei hat sie es oft genug versucht.

Beinahe tut es ihr leid, Gela so zu sehen, aber anders kommt man gegen sie nicht an. Oder? Ava schaut ihrer Tante nach, die das Zimmer verlässt, ohne die Tür zu schließen. Eigentlich hat sie es nie anders versucht, denkt Ava.

Während Ava unter der Dusche steht und kaltes Wasser über ihren Kopf rauschen lässt, stellt sie sich vor, wie es wäre, nicht gegen Gela anzukämpfen. Und mit einem plötzlichen Schock taucht in ihr die Frage auf, ob sie andere Entscheidungen getroffen hätte, wenn nicht jede Lebensentscheidung auch eine gegen Gela gewesen wäre. Gegen Sicherheit. Gegen das Kleinstadtleben. Gegen die immer gleichen Tage und die unerschütterlichen Meinungen.

Ihre Beziehung zu Gela ist das Gegenteil von allem, worum es bei connect geht. Da ist keine Offenheit, keine Nähe, kein Verständnis füreinander. Aber das liegt nicht nur an ihrer Tante. Ava war so sehr damit beschäftigt, nicht wie sie zu werden, dass sie sich nie auch nur einen Moment

Gedanken darüber gemacht hat, wieso Gela ist, wie sie ist. So zwanghaft. So besessen von dem Streben nach Sicherheit. So voller Angst vor allem Unbekannten. Gela hatte nie Verständnis für Avas Lebensentscheidungen, aber Ava ging es andersherum genauso. Sie hat nie versucht, Gela zu verstehen.

Während Ava frühstückt, sitzt Gela stumm neben ihr. Mit ineinander verknoteten Armen und einem unruhig wippenden Fuß. Ava versucht, nicht darauf zu achten, sich auf den Geschmack des Brots zu konzentrieren, den der Marmelade. Aber das Brot pappt ihr den Mund zusammen und die Marmelade schmeckt zu süß. Nach einer Scheibe gibt sie auf und stellt den Teller in die Spülmaschine.

»Du hast ja gar nichts gegessen«, Ava kann den missbilligenden Blick auf ihrem Hinterkopf spüren und zwingt sich, nicht gleich zu antworten, ruhig zu atmen, bevor sie sich umdreht. Sie lächelt. »Ich frühstücke eigentlich nie«, sagt sie, obwohl es nicht stimmt. »Aber das Brot ist toll. Neues Rezept?«

Bei Komplimenten über ihr Essen taut Gela auf, weiß Ava, und tatsächlich hört ihr Fuß kurz zu wippen auf. »Das Rezept habe ich von einem Blog. Ich kann es dir schicken, wenn du willst.«

Ava nickt. Sie hat nicht vor, Brot zu backen, aber sie weiß, dass Gela gern Rezepte tauscht. Doch genug Pseudo-Unterhaltung, denkt Ava und setzt sich wieder auf ihren Stuhl. Wichtige Gespräche führt man besser auf Augenhöhe.

»Ich glaube, ich habe mich nie bei dir bedankt, dass du uns damals bei dir aufgenommen hast«, sagt sie und sofort ist das Misstrauen zurück in Gelas Gesicht.

»Was soll das werden? Bist du bei den Anonymen Alkoholikern oder so was? Ist das einer von den zehn Schritten?«

»Zwölf«, korrigiert Ava und lacht. Gelas Blick bleibt starr. »Natürlich nicht«, Ava bemüht sich um einen beruhigenden Ton. »Mir ist nur aufgefallen, dass wir nie darüber gesprochen haben, wie das für dich damals war. Ich meine«, sie sucht nach den passenden Worten, »du hattest dir dein Leben doch sicher auch anders vorgestellt.«

Gela schüttelt den Kopf, unwirsch, als wollte sie jegliche Erinnerung daran abschütteln. »Das war doch keine Frage. Ihr seid schließlich Familie.«

Ava muss an Cloe denken und daran, was sie über Familien gesagt hat. Ist das familiäre Pflichtgefühl für Gela zum Fluch geworden? Was hätte sie für ein Leben geführt, wenn es Ava und ihre Mutter nicht gegeben hätte? Doch da versagt Avas Vorstellungskraft. Sie kann sich Gela nicht anders vorstellen, als so wie sie eben ist. Die ewig helfende, meckernde, harsche Präsenz im Leben von anderen.

»Würdest du mir jetzt bitte mal sagen, was gestern mit dir los war?«, unterbricht Gela Avas Überlegungen. »Hast du ein Burnout oder sowas? Am besten rufe ich Dr. Klamp an. Der soll dich mal richtig durchchecken.« Typisch Gela. Immer lösungsorientiert.

»Mir geht es gut«, antwortet Ava. »Du musst dir keine Sorgen machen. Ich musste nur mal richtig ausschlafen.«

Aber Gela spricht weiter, als hätte Ava gar nichts gesagt. »Am besten schreibt er dich ein paar Tage krank, dann kannst du hier bleiben und dich ausruhen.«

Und mir danach die Kugel geben, denkt Ava. »Du solltest dir nicht immer so viele Sorgen um andere machen«, sagt sie. »Was ist denn mit dir? Was würdest du gerne für dich tun?«

»Für mich?«, Gela macht ein Gesicht, als wäre das eine völlig absurde Frage. »Was soll ich denn wollen?« Sie steht auf, nimmt einen Lappen und wischt über den schon sauberen Tisch. »Du solltest nicht so viel arbeiten«, beginnt sie ihre übliche Tirade abzuspulen und Avas Aufmerksamkeit driftet weg. Es hat keinen Sinn. Gela steckt so fest in ihren Denkstrukturen, dass sie nicht einmal die Frage zu stellen wagt, was sie eigentlich selbst will.

Ava lässt ihre Tante reden, nickt manchmal, wenn es ihr passend erscheint und antwortet erst wieder, als Gela sie fragt, was sie zu Mittag essen will. »Nichts, danke. Ich muss gleich los.«

»Wieso? Ich dachte du bleibst ein paar Tage hier!« Wie kommt es nur, dass in Gelas Sätzen immer ein Vorwurf mitschwingt? Selbst in denen, von denen Ava weiß, dass sie besorgt gemeint sind.

Ava schüttelt den Kopf. Das falsche Lächeln gelingt ihr inzwischen wieder, doch sie weiß nicht, ob sie froh darüber sein soll. »Nein, es geht mir schon viel besser, danke. Ich geh einfach früh ins Bett heute und dann bin ich morgen wieder fit für die Arbeit.«

»Aber das ist wirklich unvernünftig«, fällt Gela ihr schroff ins Wort. »Du hast zwanzig Stunden durchgeschlafen. Das ist doch nicht normal. Ich sollte wirklich Dr. Klamp anrufen. Vielleicht hast du ja irgendeinen Mangel oder sowas.« Natürlich. Für Gela sind alle Probleme rein körperlich. Ein paar Wartungsarbeiten, dann läuft die Maschine wieder.

»Ich werde zu Hause zum Arzt gehen«, verspricht Ava, obwohl sie weiß, dass sie es nicht tun wird. Sie weiß schon, wo sie hin muss, um sich besser zu fühlen.

Mia hat von der ganzen Diskussion nichts mitbekommen. Sie sitzt wie schon am Vortag mit angezogenen Beinen auf dem Sofa im Wohnzimmer und blättert in einem Buch. Erst als Ava sich verabschiedet, blickt sie mit einem Gesichtsausdruck auf, als würde sie sich unvermittelt in einer völlig unerwarteten Umgebung wiederfinden.

»Du gehst schon?« Eine erstaunte Weichheit in der Stimme, die Ava schmerzt. Sie muss an Marie denken, die sagte, sie hätte mit ihrem Bruder auch ihre Eltern verloren. War es bei ihr genauso? Oder war Mia einfach immer schon so? Nicht geeignet zur Mutter. Besser geeignet zur Tochter, zur kleinen Schwester, die man verhätschelt und der man alles abnimmt, was auch nur entfernt mit Verantwortung zu tun hat.

Wieder umarmt Ava ihre Mutter und wieder erwidert Mia die Umarmung mit einer zerstreuten Überraschung. »Komm bald mal wieder«, sagt sie und wendet sich im nächsten Moment schon wieder ihrem Buch zu, blättert vorsichtig die Seiten um, fährt mit dem Finger die Zeilen entlang, bis sie den letzten gelesenen Satz wiedergefunden hat, verschwindet im Buch.

Ava wendet sich abrupt um, geht zur Tür. Es gibt keinen Grund, warum man mit seiner Familie eng verbunden sein sollte. Familie ist nichts weiter als ein veraltetes soziales Konstrukt.

»Warte kurz«, befielt Gela, als Ava an ihr vorbei aus dem Zimmer drängt. Ava wartet, wenn auch widerwillig, während Gela in ihrem Zimmer verschwindet und wenige Augenblicke später mit einem Mantel über dem Arm zurückkehrt. »Die Temperaturen sind über Nacht gefallen. Da frierst du in deinem T-Shirt.«

Eine plötzliche Woge von Zärtlichkeit geht durch Ava und wieder umarmt sie Gela, diesmal fester, bestimmter. »Was hast du nur plötzlich mit dieser Umarmerei«, brummt Gela, aber Ava ignoriert es, hält ihre Tante noch einige Augenblicke länger fest.

Als sie in Gelas Mantel gehüllt aus dem Haus tritt, trifft sie mit der kalten Luft auch eine diffuse Traurigkeit. Mitleid mit Gela, die zärtlich sein will, aber nicht kann, die sich um andere kümmert, ohne sie überhaupt klar zu sehen. Ja, Gela ist eine Isolierte. Und auch Mia ist eine, wenn es sich bei ihr auch ganz anders äußert. Sie leben in derselben Wohnung und spüren einander doch nie. Und nach all diesen Jahren, weiß Ava, wird sich daran auch nichts mehr ändern.

Sie wickelt sich enger in ihren Mantel. Es ist, als hätte sich die Kälte aus ihrem Innern nach außen gestülpt. Aber es wird wieder warm werden, denkt sie. Bald schon wird es es wieder warm werden, weiß sie, während sie im Wintermantel durch überreife Kirschen läuft, die der Wind auf den Gehweg geschüttelt hat.

28

Sie ist noch da, die Haut zwischen ihr und den anderen, aber immerhin fällt es Ava inzwischen leichter, so zu tun, als gäbe es sie nicht. Mel aber traut der wieder eingekehrten Normalität scheinbar nicht. Immer wieder schaut sie über den Tisch hinweg zu ihr herüber und starrt auch dann noch weiter, wenn Avas Blick sie trifft. Meist ist es Ava, die den Blick zuerst senkt, weiterarbeitet oder zumindest so tut, als ob.

Sie kann sich nicht konzentrieren oder vielmehr fragt sie sich ständig, wieso sie es überhaupt versuchen sollte. Sie findet keine befriedigende Antwort.

Noch sieben Stunden bis zum Feierabend. Sechs. Viereinhalb.

Die Falte zwischen Mels Augenbrauen verhärtet sich und Ava geht sich einen Kaffee holen. Schwarz. Obwohl sie schwarzen Kaffee nicht ausstehen kann und das Aufschäumen der Milch ihr einige Augenblicke mehr Zeit gegeben hätte. Sie nimmt einen Schluck. Widerlich. Zu bitter und irgendwie sauer. Sie öffnet den Kühlschrank ohne zu wissen, wonach sie sucht. In den Regalen stapelt sich literweise Milch. Ihr wird übel.

Irgendwer hat eine Tüte Hafermilch in die Tür gestellt und Ava schüttet sich einen großen Schluck davon in die Tasse. Privateigentum gibt es nicht. Sie grinst in sich hinein. Man kann sich seine Moralvorstellungen zurechtbiegen wie man mag. Früher hätte sie sich nie an den Sachen von anderen bedient, auch wenn sie nie etwas dagegen hatte, wenn es jemand bei ihr tat. Doppelmoral zum eigenen Nachteil.

Ava lässt sich Zeit auf dem Weg zurück ins Büro. Als sie die Tür öffnet, bricht das Gespräch zwischen Mel und Liz abrupt ab. Liz sieht irgendwie schuldbewusst aus, aber Ava hat keine Lust sich zu fragen, warum.

Der Nachmittag vergeht noch schleppender als der Vormittag. Alle paar Minuten schaut Ava auf die Uhr, kann kaum glauben, wie langsam die Zeit vergeht. Sie will endlich raus hier, weg von der angespannten Stille, die zwischen ihnen hängt. Sie greift nach ihrem Handy, hat schon die ersten Worte getippt, als ihr einfällt, dass Lina ihr nicht antworten wird, nicht antworten kann.

Lina ist auf dem Airfield und das heißt: ohne Handy, ohne Computer, ohne irgendeine Möglichkeit zur Kontaktaufnahme. Plötzlich hat der Gedanke an den Feierabend nichts Beruhigendes mehr. Panik steigt in Ava auf bei dem Gedanken, den Abend allein zu Hause verbringen zu müssen. Sie will nicht, kann nicht. Ihre Hände fühlen sich eiskalt an und sie merkt, wie sich ihre Lungen zusammenziehen.

Aber kann sie nicht einfach in die Halle gehen? Bisher ist sie immer nur freitags hingegangen, manchmal am Wochenende, zog die Möglichkeit der anderen Tage nie in Betracht. Meistens arbeitete sie sowieso zu lange, um es pünktlich zu schaffen. Die Aussicht auf einen Abend in der Halle macht Ava sofort ruhiger. Sie atmet tief in den Bauch. Noch zwei Stunden und fünfzehn Minuten.

»Ich muss heute pünktlich raus«, antwortet Ava auf Mels fragenden Blick, als sie um kurz nach sechs ihren Laptop zuklappt.

»Aber du wolltest doch noch auf meine Layouts schauen, bevor ich sie rausschicke«, auch Liz schaut irritiert zu ihr auf. »Kannst du mir morgen früh zeigen«, Ava schultert ihren Rucksack. »Aber das muss doch heute noch raus«, Liz' Stimme hat jetzt etwas von einem bockigen Kind. Das selbe schmollende Fordern.

»Na, dann müssen sie halt mal einen Tag länger warten. Wird sie schon nicht umbringen, wenn die Seite ein bisschen später live geht.« Ava ist zur Tür raus, bevor Mel und Liz noch etwas sagen können.

Auf der Straße steht Detlef und zieht gierig an seiner Zigarette. Er raucht immer gleich zwei, drei hintereinander. Auf Vorrat. »Na, halben Tag heute?« Ava presst sich ein Lachen ab, beschleunigt ihre Schritte. Scheiß Witze, die keine sind. Weil jeder weiß, dass sie eigentlich ernst gemeint sind, weil pünktlich gehen bitte eine Ausnahme bleibt. Pünktlich, wohlgemerkt, nicht früher. Pünktlich.

Erst als Ava an ihrem Fahrradschloss herumnestelt, merkt sie, dass sie zittert. Einen Moment schließt sie die Augen, zwingt sich, tiefer zu atmen. Spürt, wie sich ihre Bauchdecke hebt und senkt, wie sie ruhiger wird. Es ist die Aufregung nicht wert. Sie versucht, zu lächeln. Wenn der Körper etwas macht, folgt das Gefühl schon irgendwann nach. Alles ist verbunden. Sie steigt aufs Rad, fährt zur Halle.

Es sind weniger Leute da als freitags, die meisten aber kennt sie. Sie setzt sich zu Marie, ist froh, mit ihr über den Workshop reden zu können. Darüber, wie es ist, wieder draußen zu sein.

Auch Marie tut sich schwer damit. Sie ist Lehrerin und seit dem Workshop kann sie es kaum ertragen, mit anzusehen, wie ihre Schüler nebeneinander sitzen und bloß auf ihre Handys starren. »Es wird schlimmer«, sagt sie, lacht dann. »Oder vielleicht sehe ich einfach nur klarer.«

Doch diese Klarheit hat in Marie etwas ausgelöst. Eine Idee. Eine Entscheidung. Sie will mit ihren Schülern einige connect-Übungen ausprobieren. »Vielleicht kann ich damit wirklich etwas im Leben dieser Kinder verändern«, meint Marie. Ava wünschte, sie hätte auch eine solche Perspektive.

Die Körperübungen beruhigen Ava. Es ist, als zögen sie sie wieder in ihren Körper zurück, als hätte sie vorher einen Meter neben sich gestanden, ohne es zu merken.

Später spricht Luca sie an. »Ava, heute ist doch eigentlich gar nicht dein Tag.« Sie setzt zu einer Antwort an, doch Luca unterbricht sie. »Du musst mir nichts erklären«, sagt sie. »Viele haben Schwierigkeiten, nachdem sie zum ersten Mal auf dem Airfield waren.«

Ava ist seltsam erleichtert. Es tut gut, zu hören, dass es anderen auch so geht.

»Du kannst natürlich herkommen sooft du möchtest«, versichert ihr Luca. »Vielen hilft das, eine Balance zu finden, ihr Leben neu zu organisieren.«

»Ja«, sagt Ava, doch ihr Lächeln misslingt, »aber bei meinem Job ist es schon schwer genug, freitags herzukommen.«

Luca versteht. »Wenn dein Job dir wichtig ist, dann musst du das natürlich berücksichtigen.«

Aber ist der Job ihr wirklich noch wichtig? Ava ist nicht sicher, ob sie die Antwort darauf wissen will.

»Wenn du magst, kannst du aber auch am Wochenende herkommen«, schlägt Luca vor und Ava nickt. »Ich war ja schon öfter am Wochenende zum Gathering hier.«

»Nein, ich meine früher«, erwidert Luca. »Wir sind den ganzen Tag hier. Jeden Tag.«

Ava wusste nicht, dass auch tagsüber jemand hier ist, hat noch nicht einmal über die Möglichkeit nachgedacht.

»Allerdings muss ich dich vorwarnen«, sagt Luca. »Wir hängen hier nicht nur rum, sondern wir arbeiten auch.«

Ava fragt nicht, was für Arbeit es ist. Es spielt keine Rolle. Hauptsache, sie muss das Wochenende nicht alleine in ihrer Wohnung verbringen. Wenn es ihr nicht gefällt, muss sie ja nicht wiederkommen.

29

Am Samstagmorgen geht schon um sieben der Wecker und Ava will nichts als ihn ausmachen, sich umdrehen, weiterschlafen. Sie drückt den Alarm weg, dreht sich um, doch schläft nicht wieder ein. Einmal wach, kann sie nicht anders, als sich den Rest des Tages vorzustellen. Wie ihr Tag aussieht, wenn sie jetzt nicht aufsteht, wenn sie stattdessen bis mittags im Bett liegen bleibt. Irgendwann würde der Hunger sie aus dem Bett treiben, aber sie hat nichts zu essen im Haus, deshalb würde sie rausgehen müssen, in den Supermarkt um die Ecke, wo nicht nur sie, sondern alle am Samstag einkaufen müssen, weil unter der Woche keiner von ihnen dazu kommt. Und wenn sie dann endlich wieder zu Hause wäre und etwas gegessen hätte, was dann?

Ava versucht, an irgendetwas zu denken, worauf sie Lust hätte, doch ihr fällt nichts ein. Alles was sie will, ist nichts tun. Das, was sie am wenigsten will, ist nichts tun. Sie rollt sich auf den Rücken. Auf der Zimmerdecke zittert der Schatten der Blätter vor ihrem Fenster. Sich gut fühlen ist eine Entscheidung, denkt Ava und steht auf.

Sobald sie auf dem Fahrrad sitzt und den noch kühlen Wind auf ihren nackten Armen spürt, weiß sie, dass es die richtige Entscheidung war. Sie lächelt und es kümmert sie nicht, dass ihr Lächeln ins Leere geht.

Unsere Wohnungen sind unsere Gefängniszellen, hatte Cloe gesagt. Sie hat Recht. Nach dem Wochenende auf dem Airfield, umgeben von nichts als Wald, spürt Ava die Enge der Räume, die Enge der Straßen, die Enge der Stadt, wie eine Abwesenheit von Luft.

Vor der Halle stehen schon einige verstreute Fahrräder und einer der Vans mit connect-Logo. Kommt Luca damit jeden Morgen vom Airfield? Ava hat vorher nie darüber nachgedacht.

Ihre Schritte hallen laut in dem leeren Flur. Von den anderen ist kein Ton zu hören und kurz stellt Ava sich vor, dass sie die Tür öffnen und niemand da sein wird.

Die Halle ist tatsächlich leer, doch die Glastüren stehen weit offen und draußen auf dem Gras sitzen und liegen die anderen in dem ersten Streifen Sonne, der sich über die Nachbarhäuser schiebt.

Luca begrüßt sie mit einer Selbstverständlichkeit, als wäre Ava jeden Samstag hier. Auch die anderen wirken nicht überrascht, rücken ein bisschen zusammen, damit Ava sich setzen kann. Es herrscht eine entspannte Trägheit, während sie auf die letzten Nachzügler warten. Auch Marie taucht auf, bleibt kurz im Türrahmen stehen, sieht erleichtert aus, als sie Ava entdeckt. Für beide ist es das erste Wochenende in der Halle.

Irgendwann beginnt Luca mit Atemübungen und wo sie gerade sitzen oder liegen, machen sie mit, atmen tief in den Bauch, lassen sich mit jedem Atemzug tiefer in den Boden hineinsinken. Und als sie fast verschwunden sind, strecken sie die Arme aus und berühren einander. Am Kopf. Am Knie. Am Bauch. Wo auch immer ihre Finger hinreichen. Und Ava ist, als würden sie alle einige Millimeter vom Boden abheben, als trieben sie dahin. Ein Floß aus Körpern.

Alles, was bei Ava an Unsicherheit noch übrig war, hat sich aufgelöst und kommt auch nicht wieder, als sie zusammen in die Küche gehen, um zu frühstücken. Ava ist überrascht, dass es eine Küche gibt, eine große sogar, dort, wo früher die Umkleiden drei und vier waren. Die Wand zwischen den beiden Räumen ist eingerissen worden und statt Bänken steht ein großer Esstisch darin mit Platz für mindestens fünfzehn Personen. Und die Küche selbst ist mit einem großen Gasherd und einem Backofen in Übergröße so gut ausgestattet, dass Ava sofort an Gastronomie denken muss. Als sie Luca darauf anspricht, nickt diese. »Gut erkannt, es ist wirklich eine Gastro-Küche. Wir bieten hier einen Mittagstisch an. Unter der Woche für die Unternehmen in der Gegend, am Wochenende für die Nachbarn.«

Ava ist ihre Überraschung wohl nur allzu deutlich anzusehen. »Wahrscheinlich hätte ich dich vorwarnen sollen«, lacht Luca. Sie erzählt, dass es in der Gegend zwar einige Firmen gibt, aber kein anständiges Restaurant. »Die Leute, die dort arbeiten, hatten also nur die Möglichkeit, sich selbst etwas mitzubringen oder irgendeinen Mist im Supermarkt zu kaufen. Also dachten wir, warum sollten wir nicht etwas anbieten. Einige unserer Stammkunden sind auch schon zu den Gatherings gekommen. Essen ist eine gute Möglichkeit, um mit Leuten ins Gespräch zu kommen.«

Eigentlich genial, denkt Ava. Noch dazu, weil Luca jetzt erzählt, dass ein Großteil der verwendeten Lebensmittel aus Müllcontainern kommt. »Wir haben kaum Ausgaben, retten Lebensmittel und können am Ende einiges in die connect-Kasse schmeißen. Win-win würde ich sagen.«

Ava hätte gern noch mehr gefragt, doch die Vorbereitungen für das Mittagessen unterbrechen ihr Gespräch. Es muss geschnippelt, gespült, gekocht und angerichtet werden. Die Führung übernimmt Paula, die, wie Ava jetzt erfährt, nicht nur die Bar betreibt, in der Ava mit Lina gewesen ist. Damals, nach der Ausstellung mit dem Penis-Gang und den Collagen aus Slip-Einlagen. Der Abend kommt ihr vor wie aus einem völlig anderen Leben. Paula ist gelernte Köchin und improvisiert hier jeden Tag ein Menü aus den gerade verfügbaren Lebensmitteln.

Ava ist beeindruckt, wie Paula den Überblick behält, wie sie selbst am Herd steht und gleichzeitig dafür sorgt, dass alles schmutzige Geschirr gleich weggespült, jeder Gemüserest sofort im Biomüll entsorgt wird.

Ava ist fürs Abtrocknen zuständig und kommt kaum hinterher, so schnell spült Ben das Geschirr, wobei er auch nicht einen Moment zu reden aufhört.

Selten sind Stunden so schnell vergangen. Nicht nur, weil sie ununterbrochen beschäftigt ist, sondern vor allem, weil es sich trotzdem nicht wie Arbeit anfühlt. Alle sind entspannt, unterhalten sich. Es ist als würde die Arbeit eher nebenbei passieren. Es ist nicht die Hauptsache, sondern bloß ein Vorwand, um hier sein zu können.

Schon ist es Mittag, und Ava trägt erst Biertische und alte Turnkästen nach draußen in den Garten, dann ein Sammelsurium unterschiedlichster Teller. Das Menü des Tages: Couscous mit Roter Beete und Walnüssen. Dazu Ratatouille und zum Nachtisch Bananenbrot mit Blaubeeren.

Die Nachbarn scheinen sich wohl zu fühlen, man sieht ihnen an, dass sie öfter hier sind. Sie scherzen darüber, dass sie sich mal wieder ihren Lieblingsnachtisch wünschen und begrüßen einige der Bedienenden mit Namen.

Als die Mittagsgäste weg sind, essen auch sie, doch auch danach ist noch einiges übrig. Genug, um noch zehn weitere Leute satt zu kriegen. Was passiert mit den Resten? Sie werden sie doch nicht wegwerfen? Paula schüttelt den Kopf. »Am Nachmittag kommen immer ein paar Obdachlose vorbei. Die bekommen alles, was übrig bleibt.« Und wirklich erscheinen bald schon die Ersten und auch sie werden bedient wie vorher die Nachbarn. »Nur weil sie nichts zahlen können, müssen wir sie nicht anders behandeln«, sagt Luca.

Ein paar von ihnen nutzen danach noch die Duschen in der Halle, bevor sie weiterziehen, und Ava steht wieder an der Spüle und trocknet alles, was nicht mehr in die Spülmaschine gepasst hat.

Danach sitzen sie noch lange draußen auf den Turnbänken, reden oder reden nicht. Und als Ava später durch die Nacht nach Hause radelt, ist sie zwar müde, aber hat das Gefühl, seit langem mal wieder einen produktiven Tag gehabt zu haben. Am nächsten Morgen fällt das Aufstehen ihr leicht. Auch sonntags gibt es einen Mittagstisch.

30

Die Geräusche sind beruhigend. Das Klackern von Alex' Fingern auf der Tastatur. Der Ton, der anläuft, stoppt, nochmal anläuft. Soundbrocken von drei Sekunden, selten mehr. Ein Klangerlebnis, das dankenswerterweise nichts mehr zu tun hat mit dem Spot für Stützstrumpfhosen, dessen Ton Alex gerade perfektioniert.

Ava liebt es, im Tonstudio zu sein. Sie lässt sich noch tiefer in das speckige Ledersofa rutschen und versenkt ihre Hand erneut in dem riesigen Bonbonglas, das in nur allzu bequemer Reichweite auf dem kleinen Couchtisch steht. Das Knistern der einzeln verpackten Gummibärchen mischt sich unter die Sounds. Experimentelle Musik.

Ava wühlt weiter, bis sie eine von den Erdbeeren erwischt, reißt die Verpackung auf. Sie mag die klebrige Süße, die sich zwischen ihre Backenzähne setzt. »Wir sollten unseren Körper nicht mit künstlichen Zusätzen belasten«, hört Ava Cloes Stimme in ihrem Kopf. Sie stopft auch noch den Rest der Erdbeere in ihren Mund und wirft die Plastikverpackung auf den Haufen, der schon auf dem kleinen Tisch liegt.

Alex lässt den Spot in voller Länge durchspielen. Der monotone Beat eines Elektro Songs mischt sich mit der überzuckerten Stimme der Blondine, die eben hier war, um das Voiceover einzusprechen. Ava könnte kotzen, aber nicht wegen der Süßigkeiten.

Statt auf den Spot konzentriert sie sich auf die Finger von Alex, die unnatürlich schnell über Tastatur und Mischpult huschen. Wüsste Ava es nicht besser, wäre sie sicher, dass es völlig willkürliche Bewegungen sind. Kaum vorstellbar, dass man in einer solchen Geschwindigkeit bewusste Entscheidungen treffen, Änderungen vornehmen kann. Aber Alex kann es und Ava weiß, dass sie deshalb hier völlig überflüssig ist. Alex hört viel mehr als sie und er kennt den Kunden inzwischen mindestens so gut wie Ava.

Aber sie hat kein Problem damit, überflüssig zu sein. Im Gegenteil, sie genießt es sogar, nichts zu tun zu haben und auf Mails trotzdem antworten zu können, dass sie zu beschäftigt ist. *Dauert bestimmt länger heute. In die Agentur schaff ich es nicht mehr. Müssen wir auf morgen schieben.*

17:00 Uhr. Alex wird wahrscheinlich wirklich noch eine Weile hier sitzen. Bis neun mindestens. Aber sie wird sich in spätestens einer Stunde verabschieden und in die Halle fahren. Alex wird nichts sagen, und wenn er später die fertigen Spots in die Runde schickt, wird es so klingen, als wäre Ava bis zum Schluss da gewesen.

Avas Handy vibriert. Jan ruft an, doch sie drückt ihn weg. Später kann sie ihm schreiben, dass sie seinen Anruf verpasst hat. Wenn er sich kurz vor Feierabend meldet, hat das nie etwas Gutes zu bedeuten. Wieder streckt Ava ihre Hand nach dem Bonbonglas aus, doch sie zieht sie wieder zurück. Ihr ist schon ein bisschen übel und wenn sie jetzt weiter isst, wird sie sich später nicht mehr bewegen können.

Ihr Leben beginnt nach Feierabend, beginnt mit dem Moment, wenn sie aus der Tür tritt, sich auf ihr Fahrrad setzt und zur Halle fährt. Sie ist jetzt beinahe jeden Tag dort und inzwischen ist es wie nach Hause kommen, wenn sie durch den dunklen Flur in die sonnige Halle tritt. Nach den Gatherings sitzt sie noch lange draußen im Gras, umgeben von Leuten, die sie schon nach kurzer Zeit so viel besser kennt als diese Masken-Menschen, mit denen sie sich morgens im Aufzug über das Wetter unterhält.

Nur Lina fehlt ihr manchmal, aber auch das ist gut so. Wäre sie noch da, würde Ava sich wahrscheinlich immer noch an sie klammern, wäre nicht gezwungen, sich auch den Leuten zuzuwenden, die sie nicht kennt.

Dev hat Recht, wenn er sagt, dass exklusive Beziehungen destruktiv sein können. Nicht nur Beziehungen, auch Freundschaften. Man verschanzt sich in der Sicherheit dieser Freundschaft und lässt niemand anderen mehr herein.

Luca sagt: »Bevor ich bei connect war, habe ich geschlafwandelt.«

Genauso fühlen sich Avas Tage an. Tagsüber schlafwandelt sie und erst abends wird sie richtig wach.

31

Avas Stift malt Kringel auf dem nagelneuen Block, der blendend weiß ist, zu weiß fast. Nur in einer Ecke klebt das Logo der Agentur, von dem niemand so recht weiß, ob es ein durchgestrichenes O, ein Londoner U-Bahn-Schild oder die Initialen der Agenturgründer darstellen soll. Ava füllt erst die Weißräume, übermalt es dann ganz.

»Die Consumer müssen sich supported fühlen.« »Ja!« »Unbedingt!« »Das wird eine ziemliche Challenge.« »Look and feel der Marke ändern.« »Thought leader werden.« »Absolut!«

Ava lässt den Stift sinken, schaut den langen Konferenztisch hinunter zu den Fenstern an der Kopfseite des schlauchartigen Raums. Drei ungleich große Glasflächen, getrennt durch schmale, dunkle Metallrahmen. Unten ein kleines, quergelegtes Rechteck, darüber ein größeres, aufrecht stehendes. Links von beiden ein langer, schmaler Streifen. Und durch das Glas ist nichts zu sehen als gleichförmiger cyanfarbener Himmel. Piet Mondrian trifft Yves Klein. Und Ava, die mit beiden nie viel hatte anfangen können, kann nun die Augen gar nicht abwenden von den monochromen Flächen, will sich ins Blau hineinfallen lassen, sich im Blau auflösen.

Erst das Geräusch mehrerer Stühle, die gleichzeitig vom Tisch wegkratzen, das Rascheln sich erhebender Körper, holt Ava in den Raum zurück. Sie braucht einen Moment zu lange, um ebenfalls aufzustehen, ein Lächeln aufzusetzen und die Hände von denen zu schütteln, die noch nicht zur Tür hinaus sind. »Komm doch bitte kurz in mein Büro«, raunt Jan ihr zu, bevor auch er den Konferenzraum verlässt, einem der Kunden die Hand auf die Schulter legt, irgendetwas sagt, worauf dieser mit einem zu lauten Lachen antwortet.

Kälte breitet sich um einen kleinen Punkt in Avas Magen aus. Jan will sonst nie »mit jemandem sprechen«. Er kann mit Konfrontationen nicht umgehen, deshalb vermeidet er sie, wann immer er kann. Probleme ignoriert er weg, bis sie nicht mehr existieren.

Ava nimmt den vollgekritzelten Block mit, obwohl schon fünf davon auf ihrem Schreibtisch liegen. Nimmt sie ihn nicht mit, wird er weggeworfen. Sie lässt sich Zeit, die drei Etagen nach oben zu steigen. Jan ist noch nicht da, als sie sein Büro betritt. Kurz überlegt sie, wieder zu gehen, will aber nicht zurück in ihr eigenes Büro, zurück zu Mel und Liz, bleibt also und setzt sich auf einen der würfelförmigen Hocker, die im Raum verstreut sind wie überdimensionale Bauklötze.

»Ah, Ava!« Jan klingt überraschter, als er sollte. Er schließt die Tür, was er nur selten tut, beinahe nie. »Mensch, ist das heiß hier drin. Soll ich die Klimaanlage anmachen? Ja, ist wahrscheinlich besser. So kann man ja wirklich nicht denken, oder?« Jan drückt länger als nötig am Thermostat herum. Ava wartet. Je unruhiger Jan wird, desto ruhiger wird sie selbst. Sie wird es ihm nicht leichter machen, indem sie antwortet. Soll er doch sagen, was er zu sagen hat.

Als er sich nicht länger mit der Klimaanlage beschäftigen kann, setzt er sich, verschiebt die akkuraten Papierstapel auf seinem Schreibtisch um einige Millimeter, richtet sie nach einem unsichtbaren Raster aus. »Ava, ich wollte dich mal fragen ... bedrückt dich irgendetwas? Gibt es vielleicht etwas, womit wir dir helfen können?« Er hebt den Blick nicht, legt seinen Bleistift von der linken auf die rechte Seite eines Papierstapels.

Avas Stimme gehorcht ihr nicht ganz, als sie »nein« sagt. Als hätte sie zu lange nicht gesprochen und müsse erst wieder ein Gefühl für ihre Stimmbänder bekommen. Jan nickt nachdenklich. »Du weißt ja, dass du mit uns reden kannst, wenn etwas ist. Wir sind ja nicht nur Kollegen hier. Wir wollen ja auch so etwas wie Freunde sein.« So etwas wie. Ja. Ava tut ihm nicht den Gefallen, zu antworten.

Jan fächert die Hände auf dem Tisch aus. »Ava, ich möchte ganz ehrlich zu dir sein. Wir machen uns Sorgen um dich. Deine Leistungen in letzter Zeit sind einfach nicht mehr das, was sie mal waren. Und das Meeting heute ...« Er schüttelt den Kopf, rückt seinen Bleistift noch einmal zurecht. »Das kann so nicht weitergehen, das muss dir doch auch klar sein. Wir wissen alle, dass du mehr kannst, aber das wollen wir auch sehen.« Erst jetzt schaut er zu ihr auf. »Dein Team braucht dich, Ava. Wenn du gute Arbeit machst, bringst du damit ja nicht nur dich voran, sondern auch dein Team, auch die Agentur. Aber«, er hat wohl selbst gemerkt, dass seine Argumentation in eine falsche Richtung geht, »es geht uns hier wirklich nicht um die Agentur. Dein Wohlergehen ist uns wichtig. Und Mel hat erzählt, dass du dich einer ziemlich dubiosen Gruppe angeschlossen hast. Du solltest wirklich aufpassen. Ich hab da so eine Doku gesehen. Diese Gruppen nutzen dich aus, ziehen dir dein Geld aus der Tasche und am Ende stehst du mit nichts da. Ich schick dir nachher mal den Link.«

Mel hat also tatsächlich mit ihm gesprochen. Wahrscheinlich sollte es Ava nicht überraschen, aber trotzdem ist es wie ein plötzlicher Schlag ins Gesicht. Wie oft haben sie sich zusammen über Jan lustig gemacht, sich über ihn ausgekotzt. Und jetzt rennt Mel hinter ihrem Rücken zu ihm. Was verdammt hat Mel sich denn davon erwartet?

»Also«, Jan lässt die Handflächen auf den Tisch klatschen. »Ich bin sicher, das ist nur eine Phase und du wirst jetzt alles daran setzen, um dein Team zu unterstützen. Und du weißt ja, wenn irgendetwas ist, kannst du jederzeit zu mir kommen.«

Erst an ihrer Enttäuschung merkt Ava, dass dies nicht das Ende das Gesprächs ist, das sie sich gewünscht hat. Er hat ihr ins Gewissen geredet und jetzt soll sie in ihr Büro gehen, sich brav an ihren Schreibtisch setzen und all das nacharbeiten, was sie in den letzten Wochen hat schleifen lassen. Und morgen wieder. Und wieder.

Jan ist halb aufgestanden in der Erwartung, dass sie dasselbe tun würde. Doch Ava steht nicht auf, sieht ihn nur an, sagt: »Ich kündige.«

Jan öffnet den Mund, schließt ihn wieder, setzt sich. »Aber Ava, jetzt mal nichts überstürzen«, sagt er in dem väterlichen Ton, den Ava so sehr hasst. »Wenn du überarbeitet bist, dann mach doch einfach mal ein paar Wochen Urlaub. Ich bin sicher, danach sieht alles wieder ganz anders aus. Wir haben doch alle manchmal das Gefühl, alles hinschmeißen zu wollen. Aber das geht vorbei.« Und in dem Stil fährt er fort, prophezeit, wie sehr sie es bereuen würde, wenn sie tatsächlich kündigen würde, redet ihr gut zu, will überzeugen, überreden, aber Ava ist längst außer Reichweite. Sobald sie ihre Kündigung ausgesprochen hat, ist ihr, als wäre sie dreißig Zentimeter gewachsen. Da ist keine Angst mehr, entlassen zu werden, keine Angst mehr, nicht zu genügen. Nur das befreiende Gefühl, bald nicht mehr hier sein zu müssen.

In der Ruhe, die mit dieser Erkenntnis kommt, kann auch Jan sie nicht erschüttern. Seine Argumente, seine Beschwörungen streifen sie nicht einmal. Ungerührt hört sie ihm zu, sagt mal »ja« mal »nein«, aber nicht mehr. Sie diskutiert nicht, erklärt nicht und verlässt schließlich das Büro mit einem Gefühl, das ihr fremd ist: Mitleid für Jan. Jan, der bleiben wird, an diesem oder einem ähnlichen Schreibtisch, während sie frei ist, zu gehen. Frei nur deshalb, weil sie entschieden hat, es zu sein.

32

»Wie war die Präsentation?«

Ava braucht einen Moment, um zu verstehen, was Mel von ihr will. Aber auch als es ihr wieder einfällt, kann sie die Frage nicht beantworten. Ist es gut gelaufen? Wahrscheinlich. Immerhin hatten alle ganz gut gelaunt gewirkt. Also sagt sie »gut« und würde es gerne dabei belassen, aber Mel stellt weiter Fragen, auf die Ava nicht mit mehr als einem Schulterzucken antworten kann.

»Aber das musst du doch wissen, du warst doch dabei«, bricht es schließlich aus Mel heraus. Ava will nicht wieder mit den Schultern zucken, sagt »körperlich ja« und beobachtet mit einer seltsamen Distanz, wie Mels Kiefer sich verhärtet. »Man könnte echt meinen, dir ist das alles total egal.«

Jetzt ist ein genauso guter Zeitpunkt wie später, denkt Ava und sagt: »Ist es auch. Ist mir scheißegal.«

Mels Mund öffnet sich, aber es kommt kein Ton raus. Es kommt nicht oft vor, dass Mel sprachlos ist. »Ich habe gekündigt«, fährt Ava fort. »Ich mach noch meine Übergaben fertig und dann bin ich weg. Freitag ist mein letzter Tag.«

»Willst du mich verarschen?« Mel richtet sich zu ihrer ganzen sehnigen Größe auf, als könnte sie Ava durch bloße Einschüchterung dazu bringen, ihre Kündigung zurückzuziehen. Aber Ava bestätigt nur noch mal, dass sie tatsächlich gekündigt hat, dass ihre Entscheidung endgültig ist. Und Mel sackt in sich zusammen wie eine Marionette, der man die Fäden durchtrennt hat.

»Okay Ava, jetzt nochmal ganz in Ruhe«, sagt Mel in einem Tonfall, als hätte Ava getobt oder geschrien. »Ist bei dem Meeting irgendwas passiert? Hat einer von den Wichsern irgend ne Scheiße bei dir probiert?« Ava schüttelt nur den Kopf. »Was ist dann passiert? Das ist verdammt nochmal nicht lustig!«

Jetzt mal ganz ruhig, will Ava sagen, aber verkneift es sich. Täte sie es, würde Mel explodieren.

»Jetzt sag doch endlich was!«

Und Ava sagt, dass nichts passiert ist, erklärt, dass sie einfach nicht mehr will, dass sie schon lange nicht mehr will, aber dass ihr heute endlich klar geworden ist, dass sie sich auch für einen anderen Weg entscheiden kann.

»Was soll denn das heißen?«, fragt Mel und nichts an ihr ist mehr ruhig.

»Ich ziehe aufs Airfield«, sagt Ava, doch in Mels und Liz' Gesicht steht bloß Unverständnis. »Zu connect«, ergänzt Ava und beobachtet, wie Mels Körper sich versteift, wie ihr Gesicht starr wird.

»Das ist also dein Lebensplan? Zu diesen Irren zu gehen?«

Gegen ihren Willen spürt Ava, wie auch ihre Muskeln sich verspannen, doch sie will sich Mels Wut nicht aufzwingen lassen, lacht lieber. »Mir sind ein paar nette Irre lieber als die Psychopathen, mit denen ich hier zu tun habe.«

Mel tut, als hätte sie es nicht gehört oder vielleicht hat sie es wirklich nicht. »Die hören nur, was sie hören wollen«, hat Luca mal gesagt. »Selektives Hören. Das eigene Weltbild bloß nicht in Frage stellen.«

»Ava, die manipulieren dich«, Ava hat beinahe vergessen, dass Liz auch noch da ist. Ihre Stimme ist dünn. Sie hat keine Ahnung, wovon sie spricht.

»Ava«, jetzt wieder Mel. »Du kannst doch nicht einfach dein ganzes Leben wegwerfen. Das wirst du bereuen, glaub mir!«

Ihr glauben? Was weiß Mel denn schon? Ava zieht sich in ihren Kopf zurück, lässt Mels Monolog an sich vorbeiziehen, während sie so tut, als arbeite sie. Um Punkt sechs steht sie auf, packt ihre Sachen und muss ein Lachen unterdrücken, als sie Mels völlig hilfloses Gesicht sieht. Mel ist es nicht gewohnt, die Kontrolle zu verlieren.

Die nächsten Tage allerdings geben Ava wenig Grund zu lachen. Mel und Liz lassen ihr keine Ruhe, reden unaufhörlich auf sie ein. Es fällt ihr schwer, wegzuhören, nicht zu antworten. Aber eine Antwort würde bloß zu weiteren Diskussionen führen und Ava braucht alle Kraft, um ihre letzten Projekte zum Abschluss zu bringen, ohne ihren Laptop gegen die Wand zu werfen.

Am Donnerstag hält sie die endlosen Vorträge schließlich nicht mehr aus. So ruhig sie kann sagt sie, dass ihre Entscheidung feststeht, dass sie völljährig ist und im Vollbesitz ihrer geistigen Kräfte. »Ihr könnt mich nicht umstimmen. Ihr könnt mich nicht einweisen lassen. Ihr könnt nichts tun.«

Sie verlässt das Büro und als sie zurückkommt, ist es still. Zwar spürt sie noch immer die Blicke der beiden, aber immerhin sagen sie nichts mehr. Noch ein Tag, denkt Ava und löscht ihre privaten Dateien vom Rechner.

33

Endlich ist es Freitag. Kurz hat sie darüber nachgedacht, ob sie Bier kaufen soll oder einen Kuchen backen. Sich nach Feierabend von den Kollegen verabschieden. Aber nur weil man das normalerweise so macht, muss sie es nicht tun. Warum sollte sie auch nur eine Stunde länger hierbleiben, als sie muss. Warum sich von Leuten anhören, dass »man sich immer zweimal trifft«, wenn sie doch weiß, dass sie sich endgültig aus dieser Welt verabschiedet, dass sie wahrscheinlich keinen von ihnen wiedersehen wird.

Ava kommt später als sonst, schließlich hat sie keinen Grund mehr, pünktlich zu sein. Ein paar Sachen muss sie noch abschließen, aber nichts davon drängt, das meiste wird genau so gut Liz machen können. Oder wer auch immer das Pech hat, Avas Jobs übernehmen zu müssen.

Mel und Liz sind schon da, doch die Stimmung ist anders als in den letzten Tagen. Als hätte sich etwas verschoben. Ava weiß nichts mit den Blicken anzufangen, die zwischen Mel und Liz hin und her zucken und manchmal auch hinüber zu ihr.

Ava ist fast sicher, dass Mel den ganzen Tag nicht arbeitet. Sie hat ihre Kopfhörer nicht auf, mit denen sie sich normalerweise so laut mit Musik beschallt, dass sie nichts mehr hört als ihre eigenen Gedanken. So zumindest hat sie es Ava mal erklärt. Heute hört sie keine Musik, tippt auch kaum, geht stattdessen noch öfter Kaffee holen als sonst. Auch Liz ist unruhig, wirft Ava immer wieder kurze Blicke zu. Einmal dreht Ava sich im gleichen Moment zu ihr herum und Liz schaut schnell wieder auf ihren Bildschirm, läuft fast unnatürlich rot an. Eher magenta als rot.

Um vier Uhr fällt ihr nichts mehr ein, was sie noch tun könnte. Sie hat all ihre Jobs auf dem Server abgelegt, alle persönlichen Dateien von ihrem Rechner gelöscht. Bleibt nur noch die Verabschiedung, aber das dürfte schnell erledigt sein. Sie klappt den Laptop zu, schaut noch einmal die Schubladen unter ihrem Schreibtisch durch. Alles leer bis auf ein paar Post-Its und Stifte. Sie würde sie mitgehen lassen, aber was soll sie noch damit.

Als sie aufschaut, sieht sie gerade noch, wie Mel und Liz einen Blick tauschen. Mel steht auf, räuspert sich. »Ava, bevor du gehst, wollten wir noch mal mit dir sprechen.«

Ava will ihre Einwände nicht hören, ihre Gründe, weshalb sie nicht gehen sollte. Sie schultert ihre Tasche, macht einen Schritt zur Tür, doch auch Liz ist jetzt aufgestanden, stellt sich ihr in den Weg. »Bitte Ava, wir wollen nicht so auseinander gehen.« Sie sieht ehrlich betroffen aus. »Wir waren doch immer Freundinnen.« Waren sie das? Aber Ava drängt sich nicht an Liz vorbei, schaut hinüber zu Mel, die jetzt um den Tisch herumkommt. »Du hast uns einfach ganz schön überrumpelt mit deiner Kündigung, das musst du doch einsehen.«

Ava zögert. Vielleicht haben sie Recht. Sie ringt sich durch zur Andeutung eines Nickens.

Ihre, wenn auch zögerliche, Zustimmung scheint Mel zu ermutigen, jedenfalls spricht sie weiter, schneller jetzt. »Wir möchten gerne ein bisschen Zeit mir dir verbringen, weit weg von all dem hier.«

Sie deutet vage um sich herum, aber Ava weiß, was sie meint. Das Büro, die Arbeit. All das eben. Aber was soll das bringen?

»Wir wollen nicht, dass du ganz aus unserem Leben verschwindest«, sagt Liz wie als Antwort auf Avas unausgesprochene Frage. »Und vor allem nicht so«, fügt Mel hinzu. »Fahr ein paar Tage mit uns weg. Meine Tante hat ein Haus in den Bergen.«

Das wäre das Letzte, womit Ava gerechnet hätte. Sie schaut zwischen Mel und Liz hin und her, doch die beiden sehen ernst aus, entschlossen. »Müsst ihr nicht arbeiten?«, fragt Ava mit mehr Sarkasmus in der Stimme, als sie beabsichtigt hatte.

In Mels Wange zuckt kurz ein Muskel, doch ihre Stimme bleibt ruhig. »Wir haben schon mit Jan gesprochen. Das geht klar.«

Ava weiß nicht, was sie sagen soll. Liz und Mel sind ebenfalls stumm, warten auf ihre Antwort.

Ava will nein sagen, will sich an ihnen vorbeidrängen und verschwinden, will das alles hinter sich lassen. Aber irgendwo in Avas Hinterkopf sitzt Devs Stimme, die sagt: »Eine ausgestreckte Hand sollte man niemals wegschlagen.« Hat er das je gesagt? Aber Ava weiß, dass die Stimme Recht hat. Liz und Mel wollen sich ihr nähern, haben den ersten Schritt gemacht. Und es gab doch immerhin eine Zeit, in der die beiden ihr wichtig waren. Also stimmt sie zu, wenn auch zögernd.

»Großartig, dann holen wir dich morgen früh um neun ab, passt das?« Ava nickt wieder und Liz gibt den Weg frei.

Vielleicht hat sie den beiden Unrecht getan, denkt Ava, als sie den Flur hinuntergeht, um sich von Jan zu verabschieden. Vielleicht könnten sie doch verstehen, warum sie gehen muss. Vielleicht muss sie nur versuchen, es ihnen richtig zu erklären.

34

Mel hat ein Auto gemietet und die beiden anderen abgeholt. Ava sitzt hinten. Wie früher, denkt sie, wenn Gela mit Mia und ihr ein paar Tage ans Meer fuhr. Ava saß auf der Rückbank und hatte das Gefühl, viel weiter als nur durch die Vordersitze von Mutter und Tante getrennt zu sein. Als wäre ihre Rückbank eine eigene, winzige, abgeschlossene Welt.

»Das Haus gehört meiner Tante. Sie vermietet es nicht, aber wir können eigentlich immer dorthin, wenn sie nicht gerade selbst da ist.« Mels Stimme klingt ein bisschen zu hoch, ein bisschen zu betont fröhlich. Ava will ihr Fragen zu ihrer Familie stellen, aber Mel ist es nicht gewohnt, offen zu sprechen, und von ihrer Rücksitz-Welt aus kann Ava ihr nicht richtig in die Augen sehen. Aber es eilt nicht. Sie haben eine ganze Woche zusammen. Also schaut Ava aus dem Fenster, sieht Wohnblöcke in Einfamilienhäuser übergehen und diese in geometrische Flächen verschiedener Grün- und Brauntöne. Als irgendwann die Musik im Radio von Rauschen zerlegt wird, sucht Mel fast fünf Minuten nach einem neuen Sender, bevor sie schließlich aufgibt, es ausschaltet. Das Geräusch des Motors ist nicht laut genug, um die Stille zu übertönen.

Als sie schließlich vor dem Haus halten, öffnen alle drei so schnell ihre Türen, als wäre das Auto das Problem, nicht all das Unausgesprochene zwischen ihnen. Während Mel und Liz gleich auf die Haustür zusteuern, bleibt Ava noch einen Moment stehen. Das Wort »Ferienhaus« wird dem Gebäude nicht gerecht. »Landsitz« wäre angemessener, denkt Ava und stellt sich Kutschen vor, die über die lange

Kastanien-Allee auf den gekiesten Vorplatz fahren, eine Haushälterin, die am Morgen nacheinander all die grün gestrichenen Fensterläden aufstößt. Sie ist fast sicher, dass sich hinter dem Haus ein weitläufiger Garten befindet, in dem man unter dem Blätterdach eines hundert Jahre alten Baums sitzen und den Hügel hinab ins Tal schauen kann.

»Kommst du?« Mel steht im Türrahmen, durch den Liz bereits verschwunden ist. Ava folgt. Im Haus ist es kühl und die Luft riecht abgestanden. Als hätte man Wäsche in einem geschlossenen Raum getrocknet. Die Haustür klickt ins Schloss, und Mel geht Ava voran eine breite Treppe hinauf, dann eine weitere, schmalere, bis hoch ins Dachgeschoss. Ava will fragen, was sie hier oben wollen, aber die Frage klingt schon in ihrem Kopf nach Misstrauen, also lässt sie es.

Der Raum, der sich hinter einer Tür am Ende der Treppe öffnet, scheint ein Gästezimmer zu sein. Ein Schlafsofa steht gleich neben dem kleinen Giebelfenster, eine Kleiderstange neben der Tür. Das Fenster lässt nur wenig Helligkeit in den Raum, und als Mel die schwache Deckenlampe einschaltet, tanzen Staubwölkchen um sie herum. Mit Sicherheit nicht das schönste Zimmer im Haus. Früher schliefen hier wahrscheinlich die Hausangestellten, falls es hier tatsächlich welche gab.

Liz ist Mel und Ava die Treppe hinauf gefolgt. Hinter ihr schnappt die Tür ins Schloss.

»Setz dich doch«, sagt Mel. Ava schaut fragend zwischen Mel und Liz hin und her. Wenn sie mit ihr reden wollen, dann gäbe es doch sicher viele Zimmer hier im Haus, die besser dafür geeignet wären.

»Ava, wir sind aus einem bestimmten Grund hier.« Mels Stimme ist betont fest. Die Stimme, die sie sich für

Kundenpräsentationen zugelegt hat. Je nüchterner, desto besser. Emotionalität wird Frauen als Schwäche ausgelegt, meint Mel. Sie ist gut darin, keine zu zeigen.

»Du bist nicht mehr du selbst, seit du bei dieser Sekte bist. Wir machen uns Sorgen um dich.« Mel richtet sich noch ein bisschen gerader auf. »Wir werden dich deshalb so lange hierbehalten, bis du wieder vernünftig wirst.« Ava lacht reflexartig, dreht sich um zu Liz, die einen Punkt irgendwo vor ihren Füßen fixiert, aber zurücktritt und sich genau vor die geschlossene Tür stellt.

»Tu dir selbst den Gefallen und versuch es gar nicht erst«, sagt Mel, sobald Ava einen Schritt Richtung Tür macht. »Wir wollen dir auf keinen Fall weh tun, aber wir werden dich mit allen Mitteln hierbehalten. Und wir sind zu zweit, also hast du sowieso keine Chance.« Liz stellt sich noch ein bisschen breitbeiniger auf, als erwarte sie, dass Ava jeden Moment auf sie losstürzen würde.

»Seid ihr jetzt völlig irre geworden?« Ava schaut zwischen den beiden hin und her. »Ihr wisst schon, dass das Freiheitsberaubung ist, was ihr hier macht, oder?«

Liz wird sichtbar blasser, aber Mel zuckt nicht einmal. »Meinst du wir machen das gerne? Wir haben ja versucht, mit dir zu reden, aber man kommt gar nicht mehr an dich ran.« Ava setzt zum Sprechen an, doch Mel unterbricht sie gleich wieder. »Uns ist schon klar, dass du uns dafür anzeigen kannst, aber das wirst du nicht. Du wirst uns noch dankbar sein, wart's ab. Und jetzt setz dich bitte.«

Ava will sich nicht setzen, aber sich an Liz vorbeikämpfen will sie auch nicht. Und Mel hat ja Recht, sie würde sowieso nicht weit kommen. Also ruhig bleiben. Atmen. Setzen. Das Sofa ist zu weich. Sie versinkt darin in einer zusammengekauerten Haltung. Mel zieht sich einen Hocker heran, setzt sich Ava gegenüber, während Liz an der Tür stehen bleibt und sich bemüht, überall hinzusehen außer in Avas Gesicht.

»Ava.« Mels Stimme hat den Modus gewechselt. Eine Stimme, der man vertrauen kann. »Wir sind auf deiner Seite. Du siehst das jetzt gerade nicht, aber wir wollen nur dein Bestes. Diese Gruppe hat dir eine Gehirnwäsche verpasst. Du bist nicht mehr in der Lage, selbstständig zu denken.«

»Ach, und ihr meint, wenn ihr mich einsperrt, werde ich wieder selbständiger?« Aber Mel lässt sich nicht reizen, spricht mit unverändert ruhiger Stimme weiter, wiederholt wieder und wieder, dass Ava nicht mehr sie selbst sei, dass sie früher niemals ihre Karriere einfach weggeworfen hätte, dass sie niemals irgendeinem Guru nachgerannt wäre. »Auf dich konnte man sich immer absolut verlassen, aber das ist vorbei, seit du in dieser Sekte bist. Du hast uns im Stich gelassen. Das passt doch gar nicht zu dir, so bist du doch gar nicht.«

»Also darum geht es eigentlich, oder?« Ava fixiert Mel. »Ich mache nicht mehr, was ihr wollt, also muss ich einer Gehirnwäsche unterzogen worden sein.« Sie lacht. »Kann es nicht vielleicht sein, dass ich keinen Bock mehr auf das alles habe? Dass ich keine Lust mehr habe, mir für einen Job den Arsch aufzureißen? Dass ich endlich etwas für mich selbst tun will?«

»Okay, gut, dann tu etwas für dich selbst«, sagt Mel. »Geh auf Weltreise oder leg dir ein Hobby zu. Aber mach dich nicht von so einem Betrüger abhängig.«

Mel zieht einen Stapel Blätter aus ihrer Tasche, legt ihn vor Ava auf den hölzernen Couchtisch.

»Dieser Typ, dem ihr da folgt, Dev«, sie spricht den Namen aus, als wäre er etwas Ekliges. »Eigentlich heißt er Thomas. Nicht mal sein Name ist echt. Kein Wunder, meinst du, irgendwer würde ihm nachrennen, wenn er Thomas hieße?«

»Der eigene Name ist etwas, was einem von anderen aufgezwungen wurde«, erwidert Ava. »Warum sollte man ihn nicht ändern, wenn man sich damit nicht wohlfühlt?«

Aber Mel hört ihr nicht zu, spricht schon weiter. »Ihr haltet ihn für einen Erleuchteten, aber weißt du, was er eigentlich ist?« Sie wartet einen Moment, wohl um Avas Spannung zu steigern, aber Ava ist ganz ruhig. Nichts, was Mel ihr sagen könnten, wird ihre Meinung von Dev ändern. Mel kennt ihn nicht. Sie versteht nichts.

»Er ist nichts als ein gescheiterter Tänzer«, platzt Mel heraus. »Man wollte ihn nicht auf eine Bühne stellen, also hat er sich selbst eine gebaut.«

Ava antwortet nicht, schüttelt bloß den Kopf. »Hier!« Mel legt einen Zeitungsartikel vor sie hin. Auf einem Foto im Hintergrund: ein viel jüngerer Dev. Noch nicht tätowiert. Auf dem Gesicht ein angespanntes Lächeln. Aber was soll das beweisen? Dass Dev nicht immer der war, der er heute ist? Er wäre der Letzte, der dem widersprechen würde.

Mel hat inzwischen die nächsten Zettel ausgebreitet. Facebook-Kommentare, Forums-Einträge. Leute, die Dev alles Mögliche vorwerfen, von psychischer Manipulation über sexuellen Missbrauch bis zu Erpressung. Ein offenbar paranoider User behauptet sogar, Dev hätte das Airfield bloß gekauft, um seine Anhänger dort zu isolieren, bevor er auf seine Gegner einen Angriff mit biologischen Kampfstoffen starten würde. Der angebliche Beweis dafür? Eine ehemalige Chemikerin, die ihren Job aufgegeben hat, um aufs Airfield zu ziehen. Klar. Was könnte sie dort auch wollen, außer biologische Kampfstoffe zu entwickeln?

»Bist du jetzt unter die Verschwörungstheoretiker gegangen?«, Ava lacht. Das muss alles ein Witz sein. Mel ist die Letzte, die so einen Schwachsinn glauben würde.

»Natürlich ist da auch Quatsch dabei«, lenkt Mel ein. »Das ist schließlich das Internet. Aber bei so vielen Anschuldigungen«, sie deutet auf die ausgebreiteten Zettel, »muss auch einiges dabei sein, was stimmt. Und wenn auch nur ein Bruchteil davon wahr ist«, sie bricht ab, wirkt jetzt fast verzweifelt. »Willst du denn wirklich blind einem Typen folgen, dem solche Dinge vorgeworfen werden?«

Ava atmet tief. Mel macht sich offenbar wirklich Sorgen. Aber zu Unrecht. Wenn Ava ihr das bloß klarmachen könnte. »Diese Vorwürfe sind lächerlich«, sagt sie. »Du kennst Dev nicht, deshalb kommt es dir nicht so absurd vor, wie es wirklich ist. Wenn du ihn kennenlernen würdest, könntest du selbst nicht mehr glauben, dass er zu irgendetwas davon auch nur im Entferntesten fähig wäre.« Mels Blick verhärtet sich, doch Ava fährt fort. »Kommt doch einfach mal mit, lernt die Leute kennen, lernt Dev kennen«, Mel unterbricht sie schroff. »Ich hätte dich nicht für jemanden gehalten, der Männer in Schutz nimmt, denen Missbrauch vorgeworfen wird.«

Ava schluckt eine scharfe Erwiderung hinunter, zwingt sich, ruhig zu bleiben. »Hat ihn denn irgendwer angezeigt?« Mel antwortet nicht. »Solche Vorwürfe kann doch jeder machen. Wer weiß denn, wer dahinter steckt? Sind das wirklich ehemalige Mitglieder oder nur irgendwer, der versucht, Dev zu diskreditieren? Scheiße, sogar du hättest das schreiben können.« Ava unterbricht sich, zwingt sich erneut zur Ruhe. »Ich bin wirklich die Letzte, die Missbrauchsvorwürfe in Frage stellen würde. Aber was du mir hier zeigst, ist nichts als anonyme Hetze. Gibt es auch nur eine Person, die sich öffentlich gegen Dev geäußert hat?«

Mel zieht weitere Artikel aus dem Stapel. Eltern, deren Tochter den Kontakt zu ihnen abgebrochen hat, nachdem sie aufs Airfield gezogen ist. Ein Mann, dessen Geschäftspartner die gemeinsame Firma – vermeintlich – in die Pleite getrieben hat, weil er sich connect anschloss und dadurch seine Arbeit vernachlässigte. Es ist die Rede von Gehirnwäsche, von Manipulation, von finanzieller Ausbeutung.

Ava schüttelt den Kopf. »Und was soll das beweisen? Diese Leute haben eine Entscheidung getroffen, die ihrer Familie oder ihren Freunden nicht passt. Natürlich muss das Gehirnwäsche sein«, sie lacht. »Glaubst du das ernsthaft?«

Mels Blick ist starr. »Ich sehe doch dich. Ich erkenne dich gar nicht mehr wieder.«

Ava beugt sich näher zu Mel. »Aber muss das denn unbedingt etwas Schlechtes sein? Es geht mir gut, ich bin glücklich. Ich habe endlich das Gefühl, irgendwo hinzugehören. Könnt ihr euch nicht einfach für mich freuen?«

»Du siehst einfach nicht, dass es dir nicht wirklich gut geht«, beharrt Mel. »Du bist abgemagert, bei der Arbeit bist du ständig abwesend, du wendest dich von deinen Freunden ab.«

»Ich bin abwesend, weil ich nicht mehr so weitermachen will«, unterbricht Ava sie. »Ich habe gesehen, dass ein anderes Leben möglich ist. Ich kann einfach nicht mehr zurück.«

Mel schüttelt den Kopf. »Du kannst wieder zurück. Du musst nur erkennen, dass das, woran du glaubst, eine Lüge ist. Ich kenne dich doch. Das bist nicht mehr du.«

Ava lehnt sich zurück. »Ganz im Gegenteil. Das bin endlich wirklich ich. Du hast keine Ahnung, wer ich bin.«

Einen Moment lang sprechen sie beide nicht, schauen sich bloß an, als könnten sie die andere durch die bloße Intensität ihres Blicks überzeugen. Dann zuckt Mel, als wäre sie aus einem unangenehmen Traum erwacht, zieht weitere Blätter aus dem Stapel, breitet sie aus. Ava schlägt die Beine übereinander, lässt Mels Worte an sich vorbeifluten.

Mel spricht lange, zeigt Ava noch mehr Bilder von Dev, mehr Zeitungsartikel, mehr anonyme Verleumdungen, während Ava sich auf ihren Atem konzentriert. Langsam driftet Mels Stimme von ihr weg. Ava verliert ihr Zeitgefühl, doch es dauert lange, bis Mel endlich zu sprechen aufhört. Mel und Liz verlassen den Raum, lassen Ava mit dem Papierstapel allein. Im Schloss dreht sich der Schlüssel.

Ava saugt die Stille tief in sich ein, schließt die Augen, doch die Atempause währt nicht lange. Schon öffnet die Tür sich erneut und Liz kommt herein, nimmt Mels Platz ein, spricht wie aufgezogen, schneller und schriller als sonst, betet die gleichen Sachen herunter wie Mel. Bei ihr klingt mehr persönliche Enttäuschung mit und Ava weiß, warum. Liz hat in ihr eine Mentorin gesehen. Wie kann sie es wagen, sie im Stich zu lassen? Aber Ava wird sich kein schlechtes Gewissen einreden lassen, nicht mehr. Ihre Verantwortung gilt ihr selbst, nicht Liz' Karriere.

35

Wie lange ist sie schon hier? Vor Avas Augen reißt Mel ein Bild von Dev in Fetzen.

Ava schließt die Augen, aber Liz rüttelt sie wieder wach. »Weißt du noch, wie wir ...«, »Früher wolltest du doch ...«, »Du warst doch immer ...«. Es kommt Ava vor, als sprächen sie von jemandem, den sie bloß flüchtig kennt.

Jemand lacht und Ava merkt erst mit einem Moment Verspätung, dass es sie selbst ist. Sie schließt den Mund und das Lachen hört auf. Es hat sich falsch angehört, denkt sie. Wie aufgezogen. Sie will bloß noch, dass die Stimmen aufhören, dass es endlich still ist, dass sie schlafen kann. Aber kaum ist sie eingenickt, rüttelt jemand sie wieder wach. Sie könnte zwei Tage hier sein oder fünf.

Ein paar Mal bringen sie ihr Brot, Wurst, Tomaten. Die Wurst lässt Ava liegen. Sie vertrocknet auf dem Teller, bis Liz sie irgendwann wegräumt. Beim nächsten Mal bringen sie ihr trotzdem wieder welche, als könnte eine Änderung ihrer Ernährung auch alles andere rückgängig machen.

Auch Mel und Liz sehen müde aus, aber sie wechseln sich ab, holen sich zwischendurch ein paar Stunden Schlaf. Ava schließt die Augen. Mel rüttelt sie wach. »Wir wollten doch zusammen Karriere machen. Die Männer von der Agenturspitze stoßen. Weißt du nicht mehr?«

Ava schüttelt den Kopf. Natürlich weiß sie es noch. Aber das war früher. Vorher. Das war nicht ihr Wunsch, sondern nur etwas, was sie zu wollen glaubte, weil andere es ihr einredeten. Das will man doch. Das hat man zu wollen.

Also nein. Nein, sie weiß es nicht mehr. Weil es nicht wahr ist. Weil es das nie war.

Hinter Mel schlägt die Tür ins Schloss. Ava lehnt sich zurück, will sich ein paar Minuten Schlaf erschleichen, bevor Liz hereinkommt, doch da sind Stimmen vor der Tür. Sie zwingt sich, wach zu bleiben, zuzuhören. Sie kann nur Bruchstücke verstehen, doch die Stimme von Liz klingt panisch. Schrill und schnell. Mel ist besser zu verstehen. »Können jetzt nicht aufhören«, sagt sie, »Deprogrammierung dauert eben.«

Deprogrammierung? Als wäre Ava ein zu lösendes Computerproblem. »Sie kommen«, meint Ava zu verstehen. Wer kommt?

»Das funktioniert«, Mels Stimme ist betont fest. »Hat schon bei hunderten von Leuten geklappt ... hab mich informiert ... dauert nur etwas länger.«

Liz widerspricht nicht mehr und kurz darauf öffnet sich erneut die Tür. Liz kommt herein, während sich Mels Schritte die Treppe hinunter entfernen.

»Liz, das hat doch keinen Sinn«, versucht Ava es wieder. »Du weißt doch, dass ich euch dafür anzeigen kann. Aber ich will das doch auch nicht. Lass mich einfach gehen, dann tun wir so, als wäre das nie passiert.«

Doch Liz reagiert nicht, packt einige Blätter aus, auf denen irgendwer erklärt, wieso Techniken zur Selbsterfahrung eigentlich versteckte Gehirnwäschemethoden sind.

Ava versucht, sich in sich selbst zurückzuziehen, aber auch das funktioniert nicht mehr. Sie fühlt sich, als hätte sie den Kater ihres Lebens. Ihr ist übel und ihr Herz pocht zu fest gegen ihre Rippen. Sie unterdrückt den Drang, ihre Hände darauf zu pressen. Ab und zu durchläuft sie ein Zittern, obwohl ihr nicht kalt ist. Im Gegenteil, die Luft im Raum ist warm und verbraucht. Leergeatmet. Sie will das Fenster öffnen, aber sie weiß, dass es klemmt. Wann hat sie das festgestellt? Gestern? Vorgestern?

Selbst wenn sie wollte, könnte sie sich nicht auf Liz' Worte konzentrieren. Ihre Aufmerksamkeit driftet ziellos umher. Als wäre sie unter Wasser und würde immer wieder für kurze Augenblicke an die Oberfläche geschwemmt. Ein paar Sätze sind geradezu überdeutlich zu hören, bevor sie wieder untertaucht, alles nur gedämpft und wie aus weiter Ferne wahrnimmt.

36

»Mama ... Gela ...« Durch den Nebel ihrer Schlaflosigkeit hindurch schwappt ein Gefühl grenzenloser Erleichterung. Ava wundert sich nicht, dass ihre Mutter hier ist, wundert sich nicht, dass Gela hier ist, weiß nur, dass jetzt alles gut wird, weiß es mit der Gewissheit, mit der man im Traum manchmal weiß, dass er gut enden wird, auch wenn die Rettung nur dadurch möglich ist, dass man davonfliegt, denn natürlich wird man fliegen, und wenn man dafür Flügel braucht, werden schon welche wachsen.

Doch Ava wachsen keine Flügel, und das Gefühl, gerettet zu sein, schlägt um in kalte Taubheit, als ihre Mutter und Tante sich ihr gegenüber setzen und sie fragen, warum sie nicht einsehen wolle, dass sie Hilfe braucht.

»Natürlich brauche ich Hilfe«, sagt sie, schreit sie. »Natürlich brauche ich Hilfe. Hilfe, hier rauszukommen. Bringt mich hier raus«, bittet sie, fleht sie, doch ihre Mutter flieht mit einem erstickten Schrei und ihre Tante schaut sie wortlos an, bis Ava verstummt, wiederholt dann mechanisch die Sätze, die auch Mel seit Tagen herunterbetet. Sind es wirklich schon Tage?

DubistineinerSektedudenkstnichtmehrselbstständigduhasteineGehirnwäschehinterdirdumusstesendlicheinsehendubistineinerSekte ... Ava schließt die Augen, sackt weg, wird wieder wachgerüttelt, von Gela diesmal, die sie anbrüllt, aber Ava versteht kaum, nimmt nur Brocken wahr, während sich immer wieder Traumfetzen dazwischenschieben, Gela überlagern, mit Gela verschmelzen. Gela ist eine Riesin und sperrt sie in einem Turm. »Du bist doch nicht dumm! Wie kannst du so einem Betrüger ...« Ihr wachsen Hörner aus den Schläfen und ihr Mund bewegt sich in Zeitlupe. Überdeutlich sieht Ava winzige Speichelbläschen in Gelas Mundwinkeln, die wachsen, platzen, wie Seifenblasen durch den Raum schweben.

Es dauert Minuten oder Tage, bis sich die Tür erneut öffnet, bis Mel hereinkommt, Gela nach draußen winkt, bis Ava allein ist, endlich allein.

37

Als sie aufwacht, weiß Ava nicht sofort, wo sie ist. Vor der Tür sind Stimmen, doch sie versteht nicht, was sie sagen.

Mit plötzlicher Klarheit weiß Ava, dass sie hier nicht rauskommen wird, wenn sie denen nicht gibt, was sie wollen. Bis gestern – war es wirklich gestern? – hat sie noch gedacht, dass Mel und Liz irgendwann gehen müssten. Zurück zur Arbeit, zurück in ihr Leben. Doch jetzt, wo Gela und ihre Mutter aufgetaucht sind, hat sich dieser Zielpunkt zerfasert, aufgelöst. Gela arbeitet nicht mehr, sie hat Zeit. Und offenbar kein Problem damit, Ava gegen ihren Willen festzuhalten.

Die Tür geht auf. Mel ist allein, bringt Brot, Käse, Saft. Erst jetzt merkt Ava, dass sie Hunger hat. Doch ihr Mund ist trocken und sie muss lange kauen, bevor sie schlucken kann. Mel sagt nichts, sitzt nur da und schaut ihr beim Essen zu.

Erst als sie fertig ist, spricht Mel, sagt »Deine Familie macht sich Sorgen um dich«, sagt »sie erkennen dich gar nicht wieder«.

Ava will sagen, dass das kein Wunder ist, wenn man jemanden mehrere Tage nicht schlafen lässt, aber sie reißt sich zusammen, nickt nur und schaut zu Boden. Einerseits weil es nach Scham und Einsicht aussehen könnte und andererseits, weil sie nicht sicher ist, dass ihr Blick sie nicht verraten würde.

Mel ist überrascht von Avas schweigendem Einverständnis, aber sie fühlt sich bestärkt, spricht weiter, eindringlicher jetzt, wiederholt, was sie seit Tagen sagt, dass Dev sie alle manipuliere, dass er in Wirklichkeit nichts sei als ein erfolgloser Tänzer, der sich sein eigenes Publikum heranzüchte, weil er die Aufmerksamkeit brauche. Doch das reiche ihm nicht, er wolle auch das Geld seiner Anhänger, wolle die Kontrolle über sie. Und sie bekämen im Gegenzug nichts als die totale Selbstaufgabe.

Ava schluckt ihr Lachen, senkt den Kopf noch tiefer. Dass ausgerechnet Mel von Selbstaufgabe spricht. Mel, die »hier« schreit, sobald es darum geht, für einen Pitch das Wochenende in der Agentur zu verbringen. Mel, die sich ihren Urlaub auszahlen lässt, statt ihn zu nehmen.

Aber sie sagt nichts davon, zwingt sich »ja« zu sagen und »du hast Recht«. Und freut sich über das irritierte Schweigen, das darauf folgt.

»Meinst du das ernst?«, fragt Mel und in ihrer Stimme klingt Misstrauen mit. Aber Ava kommt jetzt langsam in Fahrt, fühlt sich in ihre Rolle ein, sagt »ich war total verblendet« und »es ist, als würde ich aus einem Traum aufwachen« und »danke, dass ihr mich da rausgeholt habt« und was sie sonst noch glaubt, was Mel hören möchte. Als sie irgendwann das Gefühl hat, es zu weit zu treiben, hört sie auf und fragt nach einem Kaffee. Mel steht sofort auf. Sie braucht selber einen.

Ava hört ihre Schritte auf der Treppe, dann gedämpftes Gemurmel. Sie meint, dass es aufgeregt klingt, aber vielleicht bildet sie sich das bloß ein. Sie stellt sich vor, wie Mel den anderen erzählt, dass es geschafft ist, dass Ava endlich zur Vernunft gekommen ist.

Ava lässt sich ins Sofa zurücksinken, schließt die Augen. Bald wird sie hier raus sein. Sie döst ein.

Zwei Sekunden später geht die Tür wieder auf. Diesmal ist Mel nicht allein. Sie hat die anderen mitgebracht, Gela mit dem unvermeidlichen Kaffee-Tablett und Mia dicht hinter ihr. Als Letzte schleicht Liz herein. Mit hochgezogenen Schultern bleibt sie neben der Tür stehen, als warte sie nur darauf, dass Ava darauf zustürzen würde. Doch Ava weiß, dass es keinen Sinn hätte. Sie würde nicht weit kommen.

Sie setzt also ein schüchternes, hoffentlich ausreichend schuldbewusstes Lächeln auf und lässt zu, dass Gela sie an den Schultern fasst und ihr lange ins Gesicht schaut. Mia scheint nicht zu wissen, wohin mit ihrem Körper. Ihre Fingerspitzen zucken zu Ava hin und baumeln dann wieder schlaff an ihren Seiten herab. Sie setzt sich, aber nur auf die vorderste Kante des Stuhls, als rechne auch sie damit, jeden Moment wieder aufspringen zu müssen. Aber um was zu tun?

Gela ist entschlossener. Bald schon schmiedet sie Pläne für Avas Resozialisierung. »Erstmal ziehst du zu uns«, beschließt sie. »Du brauchst dringend ein bisschen Abstand von allem. Und dann überlegen wir uns gemeinsam, wie es weitergeht.«

Ava lächelt, nickt und lässt die Worte an sich vorbeiströmen. Als sie einen Blick in Mels Richtung wirft, zwingt sie sich, zumindest so auszusehen, als würde sie aufmerksam zuhören. Mel beobachtet sie und Ava weiß genau, warum. Mel kann nicht glauben, dass Avas Umschwung so schnell, so plötzlich passiert ist. Und Avas Vermutung wird bestätigt, als Mel unvermittelt fragt »Wieso hast du deine Meinung geändert?«

Gela kommt Avas Antwort zuvor. »Das war doch nur eine Frage der Zeit, Ava ist ja schließlich nicht blöd.« Aber Ava weiß, dass Mel diese Begründung nicht reichen wird. »Man hat mir dort immer gesagt, dass meine Familie nicht meine Familie ist«, sagt sie also. »Man hat mir gesagt, dass ich ihnen egal bin. Und als ihr dann aufgetaucht seid«, sie schaut ihre Mutter und Tante an, »da wurde mir klar, dass das eine Lüge war.« Sie macht eine Pause, schluckt betont kräftig. »Und wenn das eine Lüge war, dann war es der Rest vielleicht auch.«

Nichts davon stimmt, aber es ist das, was die anderen hören wollen. Die böse Sekte, die Familien auseinanderreißt. Nicht, dass bei ihnen noch viel zu zerreißen gewesen wäre.

Die Reaktionen geben Ava Recht. Mel jedenfalls scheint sich zu entspannen, und bald schlägt Gela vor, dass sie alle nach unten gehen, um etwas zu essen. Avas Beine fühlen sich weich an, als sie langsam die Treppen hinuntersteigt.

38

Gela kocht Nudeln mit Hackfleischsoße und Ava schluckt mit dem Essen auch ihren Ekel hinunter. Zufrieden beobachtet Gela, wie ihre Nichte Gabel um Gabel in sich hineinschaufelt. »Endlich isst du wieder richtig.«

Ava lächelt und nimmt noch einen Bissen. Immer wieder behaupten sie, dass sie zu dünn geworden sei, zu mager, zu schwach, aber bis zu diesen Tagen auf dem Dachboden hatte sie sich nie schwach gefühlt. Sie stimmt trotzdem zu. Sie muss abwarten. Nur noch ein wenig.

Es ist Mel, die Ava zum Schlafen wieder auf den Dachboden schickt. Sie traut Ava nicht, befürchtet wohl, sie könnte nachts durch ein Fenster verschwinden. Und genau das würde sie tun, wenn man ihr die Gelegenheit gäbe. Doch Ava ist nicht ungeduldig, jetzt nicht mehr. Sie weiß, dass man ihr glaubt, dass zumindest Gela und Mia ihr unbedingt glauben wollen, dass ihre Aufmerksamkeit irgendwann nachlassen wird, nachlassen muss.

In dieser Nacht darf Ava endlich schlafen, doch ihr Schlaf ist unruhig, als hätte ihr Körper verlernt, sich zu entspannen. Trotzdem ist sie ausgeruhter am nächsten Tag, zumindest ausgeruht genug, um ihre Rolle überzeugend zu spielen. Sie redet viel. Spricht darüber, wie sehr sie sich hat vereinnahmen lassen, wie sehr sie sich ihr altes Leben zurückwünscht. Mel ist sicher, dass die Agentur sie wieder einstellen wird und Ava lächelt dankbar. Nur über ihre Leiche.

Mel hat sogar schon einen Plan. Ava soll einfach sagen, sie hätte ein Burnout gehabt. »Dagegen hat keiner was, das zeigt nur, wie ernst du deine Arbeit nimmst.« Es widert

Ava an zu wissen, dass es stimmt. Psychischer Zusammenbruch als Jobqualifikation.

Am Nachmittag fahren Mel und Liz ins nächste Dorf, um etwas einzukaufen. Mel schärft Gela und Mia ein, Ava nicht aus den Augen zu lassen. »Sie ist noch nicht über den Berg, sie sollte noch nicht allein sein«, hört Ava sie flüstern. Und Gela und Mia nicken eifrig, doch Ava weiß, wie sie mit ihnen umgehen muss. Sie lässt sich dabei erwischen, wie sie sehnsüchtig aus dem Fenster schaut. »Ich habe das Gefühl, ich war seit Ewigkeiten nicht draußen«, sagt sie und Gela, die sowieso findet, dass sie viel zu blass ist, schlägt ihr einen kleinen Spaziergang vor. »Deine Mutter geht eine Runde mit dir, nicht wahr Mia?«

Hinter ihrer Mutter tritt Ava hinaus in die Nachmittagssonne. Eine Weile gehen sie nebeneinander her und mit jedem Schritt steigt in Ava eine seltsame Traurigkeit auf. Aus den Augenwinkeln beobachtet sie ihre Mutter, die mit abwesendem Blick neben ihr geht. Sie haben nie viel miteinander gesprochen, meistens war es Gela, die sprach. Und plötzlich hat Ava das Gefühl, vor Fragen überzuquellen, ohne auch nur eine einzige davon zu fassen zu kriegen. Aber selbst wenn ihr eine Frage einfiele, es ist zu spät, weiß sie und streift leicht die Hand ihrer Mutter. Dann läuft sie los.

Ihr Name, mit leiser Überraschung ausgesprochen, ist das Letzte, was Ava hört. Den Hang hinunter wird ihr Tempo schneller. Da sind keine Schritte hinter ihr, natürlich nicht. Seit langem hat Mia Probleme mit ihren Knien. Selbst wenn sie der Typ für Verfolgungsjagden wäre, sie könnte nicht.

Noch schneller läuft Ava, beinahe bewegt sich der Boden von selbst unter ihr fort. Sie taucht in einen kleinen Wald ein, wechselt die Richtung. Nur nicht stur geradeaus laufen. Geradeaus liegt das Dorf, in das Mel und Liz gefahren sind. Sie läuft weiter. Schnell. Noch schneller. Als sie endlich keuchend an einer großen Straße ankommt, dauert es nicht lange, bis sie jemand mitnimmt. Eine Frau, die per Anhalter fährt, ist keine Bedrohung.

Auf dem Rücksitz eines grünen Kombis neben einem plappernden dreijährigen Mädchen, macht sich endlich Erleichterung in ihr breit. Sie hat es geschafft.

Am Stadtrand steigt sie aus dem Wagen. Ava hat nichts bei sich. Keinen Ausweis, kein Geld. In ihre Wohnung fahren will sie nicht, denn da werden die anderen als erstes nach ihr suchen. Wenn sie denn nach ihr suchen. Wenn sie nicht darauf warten, dass die Polizei bei ihnen klingelt. Ava nimmt ein Taxi und fährt zur Halle.

Luca ist die Überraschung anzusehen, als sie Ava die Tür öffnet. Vor allem aber sieht sie besorgt aus, mustert Avas wirres Haar und ihre verschwitzte Kleidung. Sie geht nach draußen, um das Taxi zu bezahlen, während Ava sich in das Sofa sinken lässt, einen Moment lang die Augen schließt.

Als Luca zurückkommt, drängt sie Ava nicht zum Reden, serviert ihr Eistee und Reste vom Mittagessen. Nur knapp erzählt Ava, was passiert ist und Lucas Gesicht kippt von besorgt zu wütend. Doch sie hält sich zurück, fragt bloß: »Willst du sie anzeigen?«

Ava überlegt einen Moment, schüttelt den Kopf. Es spielt keine Rolle mehr. Eine Anzeige würde nur dafür sorgen, dass sie die anderen wiedersehen müsste. Luca nickt knapp und schenkt ihr Eistee nach. »Du kannst heute Nacht hierbleiben. Umkleide eins ist ein Gästezimmer. Und morgen können wir dann zusammen überlegen, wie es weitergeht.« Sie unterbricht sich kurz. »Wenn du das möchtest.«

Ava nickt mit schwerem Kopf. Die Müdigkeit schlägt über ihr zusammen. Als sie Luca ins Gästezimmer folgt, fühlen ihre Beine sich steif an. Morgen werden die Muskeln schmerzen.

Sie zieht die Schuhe aus, lässt sich aufs Bett fallen und schläft sofort ein.

39

Sie wacht auf, verschwitzt und panisch, erkennt den Raum nicht wieder, das Bett nicht wieder. Erst Augenblicke später wird ihr klar, wo sie ist. Doch mit dieser Erkenntnis schwappen auch die Erinnerungen zurück. Der Dachboden. Die anderen.

Sie strampelt den Rest des Lakens von sich und geht durch die Halle hinaus in den Garten. Es ist dämmrig und das Gras noch feucht. Sie setzt sich auf eine Bank, zieht die Beine nah an den Körper. Über ihr steigt die Sonne höher, unter ihr trocknet das Gras.

Als Luca auftaucht, sitzt Ava noch immer dort. Luca ist nicht allein gekommen, auch andere vom Airfield sind da und gemeinsam essen sie, gemeinsam machen sie ihre Übungen im Gras. Und langsam wird Ava ruhiger. Als danach die Arbeiten verteilt werden, meldet sie sich zum Rasen mähen. Sie will nicht zurück in geschlossene Räume. Noch nicht.

Es hat etwas Meditatives, im Garten auf und ab zu wandern, Linien vor sich her zu schieben. Es ist wie bei diesen Paillettenbildern, über die man mit der Hand streicht, um ein Bild zu erzeugen. Je nachdem, in welche Richtung man streicht, zeigen die Pailletten ihre helle oder dunkle Seite. Sie streicht das Gras von dunkel- zu hellgrün.

Als sie fertig ist, ist sie ruhig genug, um in die Küche gehen zu können, wo die anderen schon mit dem Vorbereiten des Mittagessens angefangen haben. Nach dem Essen nimmt sie Luca zur Seite. »Ich will mit euch zum Airfield fahren. Heute noch.«

Luca schaut sie forschend an, spricht nicht gleich. »Willst du das wegen dem, was passiert ist?« Ava schüttelt den Kopf. »Nein. Ich hatte mich vorher schon entschieden. Die letzten Tage haben nur bewiesen, dass es die richtige Entscheidung war.«

Erst jetzt lächelt Luca und nimmt Avas Hand. »Ich bin sicher, dass du Recht hast.« Sie schaut hinüber zu den anderen, die dabei sind, die Tische abzuräumen und neue Teller zu bringen für die Obdachlosen, die bald kommen werden.

»Ben und Massoud fahren mit dir zu deiner Wohnung, damit du ein paar Sachen holen kannst«, sie lächelt schief. »Und sie passen auf, dass dich dort niemand überrascht.«

Ava nickt und folgt Luca hinüber zu Ben und Massoud, geht mit ihnen zu dem Van, mit dem sie vom Airfield gekommen sind.

»Am besten, du packst einen Koffer voll«, meint Ben auf dem Weg zu ihrer Wohnung. »Mehr braucht eigentlich keiner. Und keine Angst, wenn dir irgendetwas fehlt, kriegst du es von uns.« Sein Lächeln verschwindet fast in seinem Bart. Ava will es erwidern, aber je näher sie ihrer Wohnung kommen, desto nervöser wird sie.

»Weißt du schon, was du mit den Sachen in deiner Wohnung machen willst?«, fragt Massoud.

Ava weiß es nicht. »Am liebsten wär mir, wenn alles einfach verschwinden würde.«

»Dafür können wir sorgen«, Massoud grinst. »Wenn du willst, können wir deine Wohnung für dich räumen.«

Ava nickt erleichtert. Es ist ihr egal, was mit dem ganzen Kram passiert. Sie will ihn bloß los sein.

Niemand wartet an der Wohnung auf sie, und Ava braucht nicht lange, um ihre Sachen zu packen. Es gibt nicht viel, was sie mitnehmen will. Sie gibt Massoud den Schlüssel, als sie gehen. Rechtzeitig zum Gathering sind sie zurück in der Halle.

40

Ava kann von der Rückbank aus nicht sehen, wie das Tor des Airfields vor ihnen aufschwingt, sieht durch die Fenster nichts als konturloses Dunkel.

Mit der Beleuchtung des Vans erlischt auch noch die letzte Lichtquelle. Keine Lichtverschmutzung der Stadt, keine Sterne am wolkenbedeckten Himmel. Gemeinsam gehen sie über den rissigen Asphalt, folgen Luca, die ihnen mit einer schwachen Taschenlampe vorausgeht. Vorsichtig, leise überqueren sie das schlafende Airfield. Nirgends Licht außer ein Schimmer hoch oben im Anbau des Hangars. Hat Cloe nicht gesagt, dass Dev dort oben wohnt? Ob er noch wach ist? Ob er sie hat kommen hören?

Massoud und Ben berühren Ava kurz an der Schulter und verschwinden in einem Gebäude links von ihnen. Luca bedeute Ava, ihr weiter zu folgen, geht durch die offenstehende Tür des nächsten Gebäudes. Es ist warm darin, doch durch die geöffneten Fenster und Türen zieht ein angenehmer Wind durch den Raum.

Luca hat ihre Taschenlampe ausgeschaltet, doch trotzdem kann Ava schemenhaft die Betten ausmachen, die an den Wänden aufgereiht stehen. Sollte es hier drin nicht dunkler sein?

Es ist ein gleichmäßiger Schimmer, der über allem liegt und endlich erkennt Ava, woher er kommt. Ein Band mit indirekter Beleuchtung zieht sich knapp unter der Decke entlang. Gedimmt bis an die Grenze der Wahrnehmbarkeit.

Luca ist neben einem Bett stehen geblieben und bedeutet Ava wortlos, dass sie darin schlafen kann. Dann berührt auch sie noch einmal Avas Arm und ist verschwunden.

Ava macht sich nicht die Mühe, sich auszuziehen, streift bloß die Schuhe ab, streckt sich auf dem Bett aus und ist innerhalb von Minuten eingeschlafen.

41

Ava wacht früh auf. Sie liegt auf dem Rücken, rührt sich nicht aus Sorge, die anderen zu wecken. Als sie eine Bewegung von rechts hört, schließt sie die Augen, stellt sich schlafend, lauscht dem Wispern sich entfernender Schritte. Nackte Füße auf glattem Beton. Ohne es zu merken, ist sie wieder weggenickt, fährt erst hoch, als eine Hand sie leicht am Arm berührt. Cloes Gesicht nur wenige Zentimeter vor ihrem. »Habe ich dich erschreckt?« Ava beeilt sich, den Kopf zu schütteln. »Gut«, Cloe lächelt. »Schön, dass du hier bist. Ich habe mich sehr gefreut, als Luca mir davon erzählt hat.«

Ava stemmt sich hoch, schiebt die Decke von sich, aber Cloe winkt ab. »Du musst dich nicht beeilen. Ich habe dir dein Gepäck gebracht«, sie deutet auf Avas Koffer, der am Fußende des Bettes steht. Richtig. Der Koffer ist gestern im Wagen geblieben.

»Danke«, antwortet Ava und weiß nicht, was sie noch sagen soll, doch Cloe ist schon aufgestanden. »Pack in Ruhe aus. Und wenn du fertig bist, komm einfach ins Gebäude gegenüber. Da gibt es Frühstück.«

Schon ist Cloe zur Tür hinaus und Ava allein im Schlafsaal. Vielleicht räumt schon jetzt jemand ihre Wohnung aus. Aber kein Bedauern folgt auf diesen Gedanken, sondern eine Erleichterung, als hätte jemand ein Korsett gelöst, von dem sie nicht einmal wusste, dass sie es trug.

Ihr Leben passt in einen Koffer. Ein paar Kleider, die Kamera, zwei gerahmte Zeichnungen ihres Vaters, eine Festplatte, von der sie alles gelöscht hat, bis auf die Fotos. Man muss nicht alles loslassen, nur die Dinge, die einem keine Freude machen. Was ihr Freude macht, passt in einen Koffer. Sie räumt es in die Schublade unter ihrem Bett, es dauert nicht lang.

Als sie fertig ist, schaut sie sich noch einmal in ihrem neuen Zuhause um. Die Betten haben viel Raum um sich herum und das Fensterband, das sich in drei Metern Höhe um den ganzen Saal herumzieht, wirft das Sonnenlicht als Regenbogensplitter über die glatten, weißen Laken. Fast jeder, der in diesem Saal schläft, hat eine eigene kleine Welt um sein Bett herum geschaffen. Über dem einen Bett hängen gepresste Blumen in verschiedenen Rahmen, über dem anderen ein kleiner Baldachin aus bunten Tüchern, und bei dem Bett gleich neben Avas steht eine Sammlung von Fantasy-Büchern auf einem selbstgezimmerten Regal. Vielleicht wird Ava die Zeichnungen ihres Vaters über ihr Bett hängen. Doch sie will Cloe nicht noch länger warten lassen, also reißt Ava sich aus ihren Gedanken, durchquert den Schlafsaal und tritt hinaus in ihren ersten Tag auf dem Airfield.

Dem Schlafsaal gegenüber liegen gleich mehrere Gebäude. Niedrige Quader aus Backstein, alle mit großen Fenstern, die bei jedem Gebäude an einer anderen Stelle sitzen. Ava weiß trotzdem gleich, wo sie hin muss. Es ist das größte Gebäude, etwa doppelt so groß wie das, aus dem Ava gerade kommt und die Fenster nehmen fast die gesamte Front ein. Dahinter kann Ava – von Spiegelungen durchbrochen – lange Tische und sich bewegende Figuren erkennen. Langsam geht sie darauf zu, betritt den Speisesaal durch die weit geöffneten Schiebetüren.

Drinnen ist es nicht so laut, wie Ava erwartet hat. Die Tische sind voll besetzt, doch die Stimmen hallen nicht, trotz Größe und Höhe des Raums. Ava schaut sich um, sucht nach Cloes roten Haaren.

»Ava«, quietscht es plötzlich neben ihr und bevor sie weiß, was passiert, ist sie schon in einer engen Umarmung eingeschnürt, riecht einen vertrauten Duft, wie salzige Blüten. Lina.

»Was machst du hier?«, Lina schiebt Ava ein Stück von sich weg, um sie besser anschauen zu können, lässt sie dabei jedoch nicht los. »Versteh mich nicht falsch, aber du siehst ziemlich scheiße aus.«

Ava verzieht das Gesicht. »Verdammt, dabei hatte man mir doch versprochen, nichts wäre besser für den Teint als eine kleine Entführung.«

Lina lacht laut auf, stockt dann. »Das meinst du nicht ernst, oder? Das war doch bloß ein Witz?« Ava zuckt mit den Schultern. »Scheiße, Ava …«

Sie kommt nicht dazu, mehr zu sagen, denn jetzt ist Cloe neben ihnen aufgetaucht.

»Hast du dich fertig eingerichtet? Du musst doch Hunger haben. Lina, könntest du noch etwas zu essen für Ava auftreiben?«

Lina verschwindet und ist schon wenige Minuten später zurück, einen kleinen Teller mit verblichenem Goldrand in der Hand, darauf zwei Scheiben frisch gebackenes Brot, bestrichen mit einer bräunlichen Paste, daneben ein wenig Gemüse.

Ava hätte sich beim Frühstück gerne weiter mit Lina unterhalten, doch die muss gleich zurück in die Küche. »Spüldienst«, raunt sie Ava noch zu und rollt mit den Augen, bevor sie verschwindet.

Um Cloe und Ava herum leert sich der Saal. »Die meisten gehen jetzt für ein paar Körperübungen in den Hangar«, erklärt Cloe. »Später, wenn die Küchencrew fertig ist, gehen sie auch hin.«

»Ist Dev den ganzen Morgen im Hangar?«, fragt Ava, doch Cloe schüttelt den Kopf. »Dev macht nur die Gatherings am Abend, morgens wechseln wir uns ab. Morgen kannst du auch hingehen, aber heute möchte ich dir erst mal ein bisschen das Gelände zeigen, damit du dich zurechtfindest. Bist du fertig?« Ava stopft sich den letzten Bissen Brot in den Mund und folgt Cloe in die Küche, wo sie ihren leeren Teller auf einem Haufen schmutzigen Geschirrs abstellt. Für mehr als einen kurzen Blick bleibt ihr keine Zeit, aber sie sieht glänzende metallene Flächen, einen großen schweren Holztisch, auf dem noch einige Brote herumliegen, Reste von geschnittenem Gemüse und eine große Metallschale mit Biomüll. Durch eine Seitentür folgt sie Cloe hinaus ins Freie.

Gemeinsam gehen sie halb um das Gebäude herum und eine Metalltreppe auf der Rückseite hinauf. »Hier bekommst du alles, was du brauchst«, wirft Cloe über die Schulter und drückt die Türe am Ende der Treppe auf. Ava folgt ihr hinein in einen lichtdurchfluteten Raum. Zu beiden Seiten ziehen sich etwa auf Schulterhöhe breite Fensterbänder entlang. Ava liebt diese Bänder aus Glas, die ihr ständig das Gefühl geben, halb im Innern eines Gebäudes zu sein und halb schon draußen im Wald.

Auf einfachen Holzregalen liegen Kleider, Hygieneartikel, Medikamente. Alles, worauf man selbst hier nicht verzichten kann. Außer Cloe und Ava ist nur eine weitere Frau im Raum, die jetzt auf sie zukommt. »Hi, ich bin Melek«, ihre Umarmung ist leicht, mehr ein sanftes Streifen ihrer Arme auf Avas. Auch Ava stellt sich vor und Melek führt sie an den Regalen vorbei. »Eigentlich haben wir so ziemlich alles hier, aber wenn du etwas Bestimmtes brauchst, vielleicht Medikamente oder so was, dann kannst du einfach zu mir kommen und ich kümmere mich darum.« Sie deutet in den Raum. »Kann ich dir heute schon irgendetwas Gutes tun?« Melek strahlt eine solche Hilfsbereitschaft aus, dass Ava beinahe ein schlechtes Gewissen hat, nichts von ihr anzunehmen. Aber alles, was sie braucht, liegt in der Schublade unter ihrem Bett.

Zwei Frauen kommen zur Tür herein, und Melek streift noch kurz Avas Schulter, bevor sie sich mit ganzer Energie ihren neuen Besucherinnen zuwendet.

Ava und Cloe treten wieder hinaus auf die Metalltreppe, doch Cloe geht nicht gleich hinunter. Stattdessen deutet sie auf ein zweistöckiges Gebäude am Waldrand. »Das da drüben ist unsere Klinik. Um die meisten Krankheiten können wir uns gleich dort kümmern, wir haben nämlich das Glück, ein paar Ärzte und Ärztinnen hier zu haben. Wenn du dich mal nicht gut fühlst, gehst du am besten gleich dorthin. So nah, wie wir uns hier alle sind, breiten sich Krankheiten leider verdammt schnell aus.« Sie deutet ein ganzes Stück weiter rechts von der Klinik auf den Wald. »Siehst du die Hütten da zwischen den Bäumen?« Ava versucht, der Linie von Cloes Finger zu folgen, ist jedoch nicht sicher, ob sie an der richtigen Stelle sucht. Vielleicht ist da tatsächlich ein Streifen hellen Holzes zwischen den Bäumen.

»In die Hütten kann man sich zu zweit oder zu dritt zurückziehen, wenn man möchte. Die Schlafsäle sind dafür ja nicht so richtig geeignet.« Ava wundert sich, dass sie daran bisher noch keinen Gedanken verschwendet hat. Aber ja, von Privatsphäre kann in den Schlafsälen wirklich keine Rede sein.

Sie folgt Cloe die Treppe hinunter, vorbei an den Schlafsälen und um den Hangar herum. Auf der anderen Seite des Hangars führt ein frisch betonierter Weg zum Parkplatz, auf dem Massoud gestern den Van abgestellt hat. In der Nacht war der Parkplatz leer, meint Ava sich zu erinnern. Jetzt stehen gleich mehrere Wagen dort. Sie spricht Cloe darauf an und die nickt. »Nachts sind die Vans meist unterwegs. Die Rescuer fahren dann die Supermärkte ab und holen alles aus den Containern, was sich noch verwerten lässt. Einen Teil davon bringen wir zur Halle, aber das meiste kommt hierher. Damit decken wir einen Großteil von unserem Lebensmittelbedarf.«

Sie gehen am Parkplatz vorbei und ein kleines Stück durch den Wald, bevor sich die Baumreihen erneut lichten und sich vor ihnen ein weites Feld ausbreitet, auf dem sich gebückte Gestalten bewegen.

»Und hier kommt der Rest unserer Lebensmittel her«, sagt Cloe und deutet auf das Feld. »Auf der anderen Seite des Geländes haben wir noch einen Obstgarten, aber du wirst morgen erst mal hier anfangen. Wir brauchen dringend noch ein bisschen Hilfe bei der Ernte. Oder gibt es irgendwelche Gründe, warum du keine Feldarbeit machen kannst? Gesundheitliche Probleme?« Ava verneint und Cloe nickt zufrieden. »Feldarbeit ist für den Anfang ideal. Dabei kann der Kopf mal zur Ruhe kommen«, sie lächelt Ava zu. »Wenn es dir Recht ist, gehen wir rüber zum Tempel und unterhalten uns da ein bisschen.«

Die Lichtung, der Tempel, alles ist Ava vertraut und wirkt doch ganz anders jetzt, wo sie mit Cloe allein dort ist. Ein wenig zu ruhig, wie ein gerade erst verlassenes Dorf.

Sie trinken Tee, während Cloe Ava erzählt, was bei ihrem Welcome am Abend passieren wird. »Du hast es zwar schon miterlebt, aber es ist doch etwas ganz anderes, wenn man selbst da vorne steht. Wie du dich wahrscheinlich erinnerst, wird Dev dir einige Fragen stellen.« Sie wiederholt die Fragen, die Ava schon bei Linas Welcome gehört hat. »Hast du dabei irgendwelche Bedenken? Dann können wir jetzt gerne darüber sprechen. Natürlich hast du auch heute Abend jederzeit die Möglichkeit, nein zu sagen, aber es ist immer besser, vorher über seine Zweifel zu sprechen.« Doch Ava hat keine Zweifel und sagt es auch. Cloe lächelt. »Gut. Als nächstes wird Dev entscheiden, welches Sign du bekommst und an welcher Stelle er es stechen wird. Das ist ein sehr intuitiver Prozess, wahrscheinlich wird er dich berühren, um besser erspüren zu können, welches Sign zu dir passt. Es lässt sich schwer beschreiben, was da genau passiert.« Sie überlegt einen Moment. »Vielleicht könnte man sagen, Dev liest dich mit seinen Fingern. Besser kann ich es nicht beschreiben, aber ich sag dir, das ist ein Wahnsinnsgefühl.« Sie zieht ihr Shirt hoch und zeigt Ava drei wellenförmige Linien, die von ihren Hüftknochen bis hoch zu ihren Rippen wogen. »Das hier war mein erstes Sign. Danach sind noch ein paar dazugekommen, aber das erste ist wirklich etwas Besonderes.« Sie lacht. »Ich bin fast ein bisschen neidisch, dass du es noch vor dir hast.« Die Aufregung prickelt auf Avas Haut.

»Aber genug davon, du wirst es ja heute Abend selbst erleben«, strahlt Cloe. »Bis dahin möchte ich dir noch ein bisschen mehr über das Leben hier auf dem Airfield erzählen, damit du auch wirklich weißt, worauf du dich einlässt.« Sie schenkt Ava Tee nach. »Was den meisten hier anfangs am schwersten fällt, ist, dass man nie wirklich alleine ist. Das ist eine enorme Umstellung, vor allem, wenn man vorher alleine gelebt hat. Ich möchte dich aber trotzdem ermutigen, dich dem auszusetzen und nicht zu versuchen, dich zurückzuziehen. Die Umstellung ist schwer, aber wenn man sich einmal daran gewöhnt hat, dann merkt man, wie beruhigend es ist, immer umgeben zu sein von Menschen, denen man wichtig ist. Es ist ein Gefühl der Sicherheit, das man wahrscheinlich zuletzt als Kleinkind hatte, wenn überhaupt. Aber weil man es nicht gewohnt ist, verwechselt man es erst mal mit einem Gefühl der Bedrängnis oder Bedrohung. Wenn du also irgendwann das Gefühl hast, die Anwesenheit der anderen wird dir zu viel, denk daran, dass das ganz normal ist. Am besten sprichst du dann mit jemandem darüber, das hilft meistens.«

Cloe schaut Ava an. »Gibt es denn noch irgendetwas, was du wissen möchtest?«

Ava hat das Gefühl, sie sollte Fragen haben, wahrscheinlich sogar jede Menge Fragen, doch ihr will nichts einfallen. Also schüttelt sie bloß den Kopf, doch Cloe schaut sie weiter aufmerksam an, als warte sie auf etwas.

»Wenn ich ehrlich bin«, sagt Ava zögernd, »bin ich bloß erleichtert, endlich hier zu sein. Alles andere finde ich gerade nicht so wichtig.«

Ihre Antwort kommt ihr unzureichend vor, aber Cloe lächelt. »Genau das Gefühl hatte ich auch, als ich hergekommen bin. Du musst auch jetzt noch gar nicht alles wissen. Das, was wichtig ist, bekommst du mit der Zeit schon mit. Und das Entscheidende weißt du sowieso schon, sonst wärst du mit Sicherheit nicht hier.«

42

Ava merkt kaum, wie der Rest des Tages vergeht. Sie und Cloe unterhalten sich noch eine Weile über das, was Ava in den letzten Tagen passiert ist, über das Leben da draußen, das sie beide hinter sich gelassen haben. Schneller als sie es für möglich gehalten hätte, ist es Zeit für den leichten Abendsnack und das Gathering. Avas Nervosität steigt. Kaum kann sie sich auf Devs Sharing konzentrieren. Er spricht über den Unterschied zwischen fühlen und spüren, so viel bekommt sie mit, doch sie schafft es nicht, sich lange genug zu konzentrieren, um wirklich zu begreifen, worauf er hinaus will. Was für ein Sign wird sie bekommen? Und wo? Auf der Taille wie Cloe? Auf der Schulter wie Lina?

Erst bei der Körperarbeit wird sie ruhiger. Die gewohnten Bewegungsabläufe tun ihre Wirkung. Ihre Gedanken schweifen noch immer ab, aber sie kann sie betrachten und immer wieder für einige Momente loslassen. Als am Ende der Meditation Dev ihren Namen sagt, geht sie beinahe wie im Traum an den anderen vorbei nach vorn. Sie ist ruhig, völlig ruhig, als sie auf jede seiner Fragen mit »ja« antwortet.

Sie schließt die Augen und wartet auf die erste Berührung seiner Finger. Sie sind trocken und kühl. Kühler als Ava erwartet hat. Sie tasten über ihre Stirn, fahren die Brauen entlang, zeichnen die Wangenknochen nach, die Nase, den Kiefer.

Ava hat das Gefühl, als löse sich die Haut von ihrem Gesicht, als fließe etwas aus ihr heraus und Dev entgegen. Fast will sie die Augen öffnen, es sehen. Es, das sie sich als einen blauen Strom vorstellt. Blau mit ein wenig grün.

Dann nimmt Dev die Finger weg und ihre Haut sitzt wieder auf ihrem Gesicht. Wenn auch etwas schief und ein wenig zu eng. Ava öffnet die Augen und jemand reicht Dev ein Bambusrohr. Lang und nadelscharf zugespitzt.

Früher hätte sie vielleicht Angst gehabt, doch jetzt nicht mehr. Dev streckt die Hand aus und sie legt ihren rechten Arm hinein. Von oben nach unten fährt er mit dem Finger daran entlang, bis er sich für eine Stelle auf der Innenseite ihres Oberarms entscheidet. Mit einem Tuch streicht er darüber. Es verströmt einen scharfen alkoholischen Geruch. Dann setzt er das Bambusrohr an.

43

Ava betrachtet die tintigen Punkte auf ihrem Arm, die sich um eine dichte Mitte ballen, sich zum Rand hin auflösen. Eine Sonne aus Schwarz und Haut.

»Fass es besser nicht an!« Ertappt zieht Ava ihre Hand zurück, schaut zu Deniz auf. »Mein erstes Sign hat sich damals entzündet. Kein Spaß sag ich dir.« Ava nickt und schlingt die Finger ineinander. »Hast du aufgegessen? Dann würde ich dich jetzt entführen.«

»Klar«, sagt Ava und folgt Deniz aus dem Speisesaal. Sie nähern sich der Rückseite des Hangars. Wahrscheinlich war damals hier die Verwaltung untergebracht, denkt Ava. Und heute? Dev soll ganz oben wohnen, so viel weiß sie, doch sie kann keine Bewegung hinter den Fenstern ausmachen.

Deniz zieht die schwere Holztür auf und Ava folgt ihr in den überraschend kühlen Flur. Zusammen steigen sie die Treppen hinauf und Ava wird mit jeder Etage unruhiger. Als die Treppen schließlich vor einer angeschlagenen grünen Holztür enden, meint sie, ihren Puls in den Fingerspitzen vibrieren zu spüren. Deniz dreht sich zu Ava um, die Hand schon auf der Klinke. »Keine Sorge«, sagt sie und drückt die Tür auf.

Das Erste, was Ava wahrnimmt, ist Licht und Glas. Glas, das sich um den ganzen Raum herumzieht, bis hoch zur Decke in drei, wenn nicht vier Metern Höhe. Es gibt kaum Möbel im Raum, nur einen Holztisch mit zierlichen Beinen und einige Kissen auf dem Dielenboden. Und Pflanzen, die von der Decke hängen oder in großen Töpfen im Raum verteilt stehen.

Erst dann entdeckt sie Dev, der auf einem der Kissen sitzt, halb verdeckt von einem Gummibaum. Er steht auf. »Entschuldigt, ich war so in mein Buch vertieft, ich habe euch gar nicht kommen hören.« Aus der Nähe klingt seine Stimme irgendwie weicher.

»Danke, Deniz«, sagt er und erst am Zuschnappen der Tür merkt Ava, dass sie mit Dev allein ist. Er scheint ihre Unsicherheit zu spüren. »Möchtest du einen Tee?«, fragt er und geht zu einer kleinen Küchenzeile an der einzigen massiven Wand, gleich neben der Tür. »Setz dich doch schon mal.«

Während Dev das Wasser aufsetzt und Tee in eine Kanne häuft, schaut sie sich im Raum um. Auch zum Hangar hin sind Fenster in die Wand eingelassen, gleich neben der kleinen Küchenzeile, an der Dev steht. Gerne würde sie sich neben ihn stellen und nach unten schauen, die Halle einmal aus dieser Perspektive sehen. Doch sie rührt sich nicht und das Zischen des Wasserkessels, das Grün der Pflanzen, die Sonne, die sich in den Glasscheiben bricht, der Duft des frisch aufgebrühten Tees, lassen Ava langsam ruhiger werden.

Dev stellt ein Tablett mit zwei Tassen und einer Keramikkanne zwischen sie. Er sieht kleiner aus von Nahem, denkt Ava, als Dev sich ihr gegenübersetzt. Nein, nicht kleiner, aber schmaler, zarter. Er legt seine langen Finger um den Henkel der Kanne, schenkt Tee ein.

»Es ist mir wichtig, dass ich alle kennenlerne, die aufs Airfield kommen. Beim Welcome höre ich auf mein erstes Gefühl und versuche, die Person mir gegenüber zu erspüren. Da ist es nur hinderlich, wenn ich schon zu viel weiß. Aber ich möchte dich natürlich auch persönlich besser kennenlernen. Luca hat mir schon ein bisschen von dir erzählt, ich hoffe, das war dir recht?«

Ava nickt, ist froh, dass sie es nicht selbst erzählen muss.

»Gibt es irgendetwas draußen, was noch unerledigt ist?«

Darüber hatte sie sich bisher keine Gedanken gemacht. Aber nein, nein, es gibt nichts mehr.

»Ich will dir nicht verheimlichen, dass ich Luca gegenüber Zweifel geäußert habe, ob du schon so weit bist, dich uns ganz anzuschließen.« Avas Mund fühlt sich trocken an. Sie nimmt einen Schluck von dem noch zu heißen Tee. »Warum?«, fragt sie, als sie ihrer Stimme wieder traut.

»Ich glaube, dass es immer besser ist, zu etwas hinzugehen, als vor etwas wegzurennen.«

Ava hätte nicht gedacht, dass Devs Antwort sie erleichtern könnte. Er hat sie missverstanden, völlig missverstanden. Sie erzählt, dass es nicht die Entführung war, die sie aufs Airfield gebracht hat, dass es genau andersherum war, dass ihre Entscheidung für connect alles andere ausgelöst hat.

Dev hat ihr aufmerksam zugehört, nickt jetzt einmal knapp. »Ich bin froh, das zu hören. Luca hat sich sehr für dich eingesetzt und ich vertraue ihr absolut. Aber es ist gut zu hören, dass du dir über deine Entscheidung so klar bist. Ich glaube, du passt sehr gut aufs Airfield. Und ich hoffe, du wirst hier glücklich.«

»Danke«, Ava nimmt noch einen Schluck von ihrem Tee. Der Dampf fühlt sich heiß an auf ihrem Gesicht.

»Wenn Leute aufs Airfield kommen«, fährt Dev fort, »dann bringen sie oft noch sehr viel Ballast von draußen mit. Der Körper ist schon hier, aber der Geist ist noch nicht angekommen, er hängt noch fest in den alten Routinen und Pflichtgefühlen. Ich mache deshalb gerne eine kleine Meditation, um das Ankommen zu erleichtern. Wäre dir das recht?«

»Natürlich«, Avas Tasse macht einen dumpfen Laut auf dem Tablett.

»Am besten funktioniert es im Liegen«, sagt Dev und breitet eine Wolldecke auf den Dielen aus. Ava legt sich darauf, schließt die Augen.

Devs Stimme lenkt ihren Atem und Stück für Stück fällt Anspannung von ihr ab, von der sie gar nicht wusste, dass sie da war. Plötzlich ist Devs Stimme ganz nah bei ihr. »Ist es okay, wenn ich dich anfasse?«

Und mit einem Mal ist da Mels Stimme in Avas Kopf, die irgendetwas von sexuellem Missbrauch redet, von manipulierenden Meditationstechniken, von Gurus und hörigen Anhängerinnen. Doch sie schiebt die Stimme aus ihrem Kopf, stimmt zu und spürt einen Moment später Devs Hände, die unter ihren Kopf greifen, die Kopf und Nacken massieren. Und nach einem irrationalen Moment der Erleichterung stürzen neue Gedanken über sie herein. Gedanken an ihre ungewaschenen Haare und die Frage, wann überhaupt sie sich zuletzt hinter den Ohren gewaschen hat. Genau dort, wo jetzt Devs Finger entlangstreichen. Ruhig, mit langen, kräftigen Zügen. Sie versucht, nicht an diese Hände zu denken, nicht an ihre eigene, abgestorbene Haut auf den Fingerkuppen. Sie atmet tief ein und glaubt, Dev zu riechen: Tee und etwas Schärferes, Eukalyptus vielleicht.

Sie ist froh, als Dev seine Hände zurückzieht, als sie seine Schritte sich über den Dielenboden entfernen hört. Dann vibriert eine Klangschale durch den Raum. Und plötzlich, als hätte der Ton etwas angestoßen, gehen Wellen durch Avas Hinterkopf. Immer neue Wogen gehen über ihre Kopfhaut hinweg, ergießen sich über Schultern, Taille, Beine. Und Ava wird weggespült, ist selbst nichts mehr als ein einziges ruhiges Fließen.

44

»Dich haben sie also auch zurück zu den Wurzeln geschickt.«

Ava schaut auf, erkennt Sheila, die mit Lina auf dem Airfield geblieben ist nach dem Workshop. Jetzt hockt sie sich Ava gegenüber und beginnt ebenfalls, Bohnen unter den Blättern hervorzuzupfen.

»Ich hab dich heute Morgen beim Frühstück gesehen und dachte schon, dass du hier sein würdest. Viele fangen erst mal mit der Erntearbeit an. Zu den Wurzeln zurückkehren. Seinen Körper als Werkzeug begreifen.« Sheila klingt nicht, als hielte sie viel davon.

»Ich glaube«, sagt sie und richtet sich auf, »ich bin bald so weit, dass ich in ein anderes Team kommen kann. Ich will gerne zu den Socials, aber das wollen natürlich viele. Wo möchtest du hin, wenn du hier fertig bist?«

Sie starrt Ava so eindringlich an, als gäbe es so etwas wie eine richtige oder falsche Antwort. Ava weicht Sheilas Blick aus. »Darüber habe ich mir noch keine Gedanken gemacht. Ich weiß nicht mal, was es hier für Aufgaben gibt.«

»Oh, das kann ich dir sagen«, Sheila scheint richtig aufzublühen bei dem Gedanken, dass sie mehr weiß als Ava. »Also es gibt die Socials, das weißt du ja wahrscheinlich. Die regeln die ganze öffentliche Kommunikation. Dann haben wir die Organizer, die kümmern sich um Workshops, aber auch um Finanzen und so weiter. Wenn ich nicht zu den Socials kann, will ich am liebsten dorthin. Außerdem gibt es natürlich die Teacher. Luca, Cloe und noch ein paar andere. Und dann eben so die alltäglichen Dinge. Kochen, putzen, waschen, ernten.« Sheila schaut frustriert in ihren noch halb leeren Beutel. »Es gibt anscheinend Leute, die das echt gerne machen.«

Ava versteht das, aber behält es für sich. Es ist etwas Befreiendes an dieser Arbeit. Sie kann keine Fehler machen, jedenfalls keine, die ernsthafte Konsequenzen hätten. Der Kopf hat frei, während der Körper sich um die Arbeit kümmert.

Welchen Job könnte sie sich auf Dauer vorstellen? Auf keinen Fall will sie zu den Socials. Und auch jegliche Art von Organisation hat sie immer schon gehasst. Teacher, das könnte ihr vielleicht gefallen. Sicher würde es Jahre dauern, bis man auch nur daran denken würde, sie zum Teacher zu machen, doch der Gedanke hat nichts Frustrierendes. Sie hat es nicht eilig.

»In den nächsten Tagen will ich mit Deniz sprechen«, fährt Sheila fort. »Sie teilt die Aufgaben zu als Head of Organization.«

Ava schaut Sheila an, während diese weiter von ihren Hoffnungen, Bedenken, Wünschen spricht. Da ist etwas Verbissenes in ihrer ganzen Art. Ava fragt sich, was Sheila ausgerechnet hierher verschlagen hat, an einen Ort, an dem Karriere so wenig bedeutet, so wenig bedeuten sollte.

Überall sonst hätte Ava diese Frage geschluckt, hätte Sheila weiterreden lassen und vielleicht gelegentlich genickt oder etwas Unverbindliches gesagt. Doch »Wieso bist du eigentlich hier«, fragt sie stattdessen mitten in Sheilas Monolog hinein.

Kurz sieht Sheila irritiert aus, vielleicht sogar beleidigt. Sie beugt sich tiefer über die Bohnenpflanzen und als Ava schon meint, sie würde die Frage ignorieren, redet sie doch. »Ich war CEO, bevor ich hierher kam«, erzählt sie. »In einer Softwarefirma. Eine der jüngsten CEOs und noch dazu eine Frau. Ich glaube, du kannst dir ungefähr vorstellen, was das heißt.« Ava nickt.

»Ich habe nichts gemacht, als zu arbeiten. Und am Anfang hat mir das auch nichts ausgemacht. Ich hab immer gerne gearbeitet, ich war nie der Typ für Hobbys. Arbeit war mein Hobby. Aber irgendwann ...«, Sheila dreht eine Bohne in ihrer Hand. »Ich weiß nicht, wie es passiert ist, aber irgendwann hat es mir einfach keinen Spaß mehr gemacht«, sie stockt. »Nein, ich habe die Arbeit regelrecht gehasst. Ich bin morgens aufgewacht und habe Beruhigungsmittel genommen, um den Tag überhaupt zu überstehen. Aber ich kam da nicht raus. Die Vorstellung zu kündigen war einfach unerträglich. Wer war ich denn ohne Arbeit? Was würde ich den anderen sagen? Es hätte sich angefühlt wie ein Scheitern.«

Ava fragt weiter, vorsichtiger jetzt: »Und wie bist du zu connect gekommen?«

Sheila lächelt schief. »Absurderweise über meinen Arbeitgeber. Der hatte einen connect-Workshop für die Führungsriege gebucht. Um uns produktiver zu machen, natürlich. Aber bei mir hat es einen Schalter umgelegt. Ich habe gemerkt, dass etwas absolut falsch lief bei mir und dass ich einen radikalen Schnitt machen musste. Also bin ich zum Workshop aufs Airfield gekommen.« Sie lacht plötzlich. »Auch auf Kosten meines Arbeitgebers übrigens. Dabei wusste ich schon, dass ich wahrscheinlich hierbleiben würde.« Sheila verzieht das Gesicht. »Ich weiß, ich muss einige meiner Gewohnheiten noch ablegen. Ich arbeite daran, aber das konditionierte Verhalten lässt sich leider nicht von heute auf morgen abstellen.« Sie lächelt und schaut Ava an, aufmerksamer als vorher. »Tut mir leid, jetzt habe ich wieder nur von mir geredet. Auch etwas, woran ich arbeiten muss. Das kommt davon, wenn man einige Jahre lang unter Alphatieren gelebt hat. Also, was ist deine Geschichte? Wieso bist du hier?«

Und Ava erzählt. Von der Agentur. Von ihrer Familie. Und merkt kaum, wie unter Erzählen und Arbeiten die Sonne höher steigt, bis sie sich mit den anderen in den Schatten der Bäume setzt, Wasser trinkt, Obst und Nüsse isst.

Am Ende des Tages schmerzt ihr Rücken und ihre Oberschenkel brennen. »Du gewöhnst dich bald daran«, beruhigt sie Sheila. »Ein paar Wochen hier und du erkennst deinen Körper gar nicht wieder. Nicht nur wegen der Arbeit und der Körperübungen, sondern auch durch das Essen, die Luft. Und weil dein Körper nicht mehr gestresst wird durch diese ständige Reizüberflutung. Wie schlimm das ist, merkt man echt erst, wenn es endlich wegfällt.«

45

Zehn Tage dauert es, bis Avas Muskelkater verschwindet. Doch Sheila hat Recht, als die Schmerzen nachlassen, taucht darunter ein völlig neues Körpergefühl auf. Das letzte bisschen Fett, das an ihrem Körper noch übrig war, ist verschwunden und stattdessen zeichnen sich Muskelstränge auf ihren Oberschenkeln ab. Sie hat endlich die Maße erreicht, von der eine kranke Gesellschaft ihr ein Leben lang eingeredet hat, sie würde sie brauchen. Aber wohl fühlt sie sich nicht deshalb, sondern weil sie jeden Muskel in ihrem Körper spürt, weil sie das Gefühl hat, zum ersten Mal in ihrem Leben wirklich aufrecht zu gehen. Immer leichter bewegt sie sich durch die Übungen.

Abends ist ihr Körper schwer und Ava schläft so gut wie noch nie, außer vielleicht in einer Zeit, an die sie sich nicht erinnert. Als sie im Bett zwischen ihren Eltern schlief oder auf dem Boden im Atelier ihres Vaters. Es gibt ein Foto von ihr auf diesem farbfleckigen Boden, den Kopf auf ihrem Kuscheltierhasen und auf dem Gesicht ein Ausdruck vollkommener Ruhe. Das Bild heftet sie an die Wand über ihrem Bett, zusammen mit einigen anderen, liegt nachts unter diesen wenigen schönen Erinnerungen an ihr früheres Leben.

Sie schläft schnell ein, doch noch bevor das erste Sonnenlicht durch die Fenster taucht, liegt sie wach. Sie will die anderen nicht wecken, doch einschlafen kann sie auch nicht mehr. Morgen für Morgen zwingt sie sich, still liegen zu bleiben, bis endlich die anderen erwachen und sie mit ihnen aufstehen kann. Bis sie es irgendwann nicht mehr aushält im Bett, sich nach draußen schleicht in den noch frischen, feuchten Morgen. Sobald sie draußen ist, wundert sie sich, dass sie sich überhaupt gezwungen hat, im Bett zu bleiben. Sie ist kein Gast mehr, sie kann sich in ihrem eigenen Zuhause bewegen, muss nicht um Erlaubnis bitten.

Es ist ruhig auf dem Airfield so früh am Morgen, doch es ist keine tote Ruhe, wie die einer Wohnsiedlung bei Nacht. Vögel sitzen in den Bäumen und manchmal taucht ein Fuchs auf zwischen den Gebäuden.

Auf einer Bank am Waldrand sitzt Ava und schaut zu, wie das Airfield langsam aus dem Dunkel auftaucht, wie sich das rosa gefärbte Licht in den Fensterscheiben spiegelt, atmet den Geruch des noch taunassen Waldes.

Bald ist der Morgen ihre liebste Zeit.

46

»Es gibt einen Satz, der mich lange Zeit beschäftigt hat«, erzählt Dev. »Ein indischer Mystiker mit dem Namen Ramakrishna sagte ihn zu seinen Schülern. Er sagte: ›Ich habe euch alle mitgebracht in diese Welt.‹«

Dev schweigt einen Moment, sagt dann nochmal: »Ich habe euch alle mitgebracht in diese Welt.« Er schaut in die Runde. »Er sagt also, dass Meister und Schüler einander vorherbestimmt sind. Sie gehören zusammen, noch bevor sie selbst davon wissen. Eigentlich ein schöner Gedanke, oder?« Ja, denkt Ava. Irgendwie schon.

»Ich kann ihn verstehen«, sagt Dev. »Manchmal habe ich selbst dieses Gefühl. Jemand Neues kommt zu uns und plötzlich ist da ein Gefühl der Vertrautheit. Ein Wiedererkennen.«

Ja, denkt Ava. Ja, genau das.

»Aber …«, Dev hebt seine rechte Hand. »Obwohl ich dieses Gefühl so gut kannte, löste irgendetwas in mir ein Störgefühl aus. ›Ich habe euch alle mitgebracht in diese Welt.‹« Er bleibt stehen, schaut auf sie herab. »Es hat eine Weile gedauert, bis ich begriff, was mich daran eigentlich so sehr störte. Dieser Satz spricht uns im Grunde unseren freien Willen ab. Wenn es uns wirklich vorherbestimmt ist, einander zu begegnen, wenn all das hier«, er deutet auf den Hangar, »vorherbestimmt ist, was hat es dann noch für eine Bedeutung?« Er schüttelt den Kopf. »Eine solche Vorstellung macht uns träge, weil sie uns die Verantwortung für unser Verhalten abnimmt. Doch wir müssen Verantwortung übernehmen auch für die winzigste unserer Entscheidungen. Nur so können wir wirklich etwas verändern.«

Ava könnte daran glauben, dass Dev sie mitgebracht hat in diese Welt, dass sie hierher kommen musste. Doch auch, wenn dieser Gedanke etwas Tröstliches hat, ist es besser zu wissen, dass sie es war, die die Entscheidung getroffen hat, hier zu sein.

Sie hat etwas verändert, denkt Ava, als sie später zurück zum Schlafsaal geht, statt in ihre Single-Wohnung. Sie hat Verantwortung übernommen.

»Ava«, sagt eine Stimme hinter ihr. Es ist Cloe, die ihr eine Hand auf die Schulter legt. »Gehst du noch ein Stück mit mir?«

Zusammen spazieren sie zwischen den Gebäuden auf und ab. Es dauert eine Weile, bis Cloe wieder spricht. »Mir ist aufgefallen«, sagt sie, »dass du dich viel zurückziehst.«

Ava weiß nicht, was Cloe meint. Sie ist doch mit den anderen zusammen, den ganzen Tag. Sie ist doch wie die anderen. Oder nicht? Vielleicht müsste sie sich mehr mitteilen, vielleicht müsste sie mehr Fragen stellen.

»Ich habe dich morgens schon oft alleine auf dem Gelände gesehen. Fällt es dir schwer, so viel mit anderen zusammen zu sein?«

»Nein«, beeilt Ava sich, zu sagen. »Ich bin bloß oft früh wach. Ich will die anderen nicht wecken.«

»Das ist sehr rücksichtsvoll von dir«, Cloe lächelt, und das Gefühl, etwas falsch gemacht zu haben, lässt nach. Sie ist zu empfindlich, denkt Ava. Sie sollte sich nicht immer gleich angegriffen fühlen.

»Weißt du«, sagt Cloe, »wenn du willst, kannst du dich auch unseren Early Birds anschließen. Die treffen sich morgens meist vor dem Frühstück am Hangar. Vielleicht würde dir das gefallen.«

»Ja«, sagt Ava. »Ja, vielleicht.«

Als sie am nächsten Morgen wieder früh morgens aus dem Schlafsaal tritt, geht ihr Blick nach oben. Dorthin, wo Cloe vielleicht hinter einem der Fenster steht.

Ava geht hinüber zum Hangar.

47

Ava kauert hinter einem Baum und bemüht sich, ihr Lachen zu unterdrücken. Sie hört ein Rascheln im Unterholz, das vielleicht eine der anderen ist, vielleicht ein Tier, das sich wie sie versteckt vor Jägern.

Sie späht hervor hinter dem Baum, zieht schnell den Kopf zurück, doch Lina hat sie gesehen, rennt auf Ava zu und auch Ava rennt, schlägt Haken, ist dennoch zu langsam, spürt Linas Hand an ihrer Schulter, stolpert, stürzt, fühlt Linas Beine über ihre stolpern und lachend, keuchend liegen sie im Laub.

Lina springt als Erste auf, klopft sich den Dreck von den Kleidern und zieht auch Ava auf die Füße. Als Linas Schatten schleicht Ava weiter durch den Wald, treibt Maike aus ihrem Versteck im dichten Gestrüpp, klettert Rachel hinterher in eine Baumkrone.

Es ist keine große Gruppe, die sich morgens im Hangar trifft, aber Ava fühlt sich gleich wohl darin. Gemeinsam werden sie wieder zu einer Kinderbande, ziehen in den Wald, um Verstecken zu spielen oder Fangen.

Ein bisschen ist es wie früher in der gestohlenen Stunde, bevor die Eltern aufstanden und in der man Cartoons schaute oder einen Film, der eigentlich für Ältere gedacht war.

Nicht, dass sie etwas Verbotenes täten, nicht wirklich. Doch gern gesehen sind solche Spiele auf dem Airfield nicht, weil es Gewinner gibt und Verlierer, weil man in Konkurrenz tritt. Übertrieben, findet Ava. Doch vielleicht machen diese frühen Stunden umso mehr Spaß, weil über ihnen ein Hauch des Verbotenen liegt.

Lina verschwindet immer schon etwas früher, um das Frühstück vorzubereiten, während Ava mit den anderen im Wald bleibt, bis es auch für sie Zeit wird, bis sie ausgehungert in den Speisesaal stürzen und sich beim Frühstück gegenseitig verirrte Zweige aus dem Haar ziehen.

Cloe hatte Recht, als sie Ava zu ihnen schickte.

Nach dem Frühstück machen sie Körperübungen im Hangar, gehen mit aufgewärmten, weichen Körpern aufs Feld, in den Obstgarten, wo sie bis zum Mittag ernten, umgraben, Himbeersträucher beschneiden oder Erdbeerbeete abdecken für den Winter. Die Luft kühlt ab und immer öfter nehmen sie den Mittagssnack nicht draußen ein, sondern in der Wärme des Speisesaals.

Nachmittags gehen sie in den Wald, wo Ava lernt, wie man Bäume fällt. Sie mag diesen Moment nach dem letzten Schlag, wenn sie schon weiß, dass der Stamm fallen wird, er aber noch einen Moment aufrecht steht. Dann das Splittern von Holz und ein dumpfer Aufschlag auf dem Waldboden.

Sie zerlegen die Stämme, stapeln sie zum Trocknen. Wenn sie aus dem Wald kommen, sind sie warm und schmutzig, und Ava genießt die heiße Dusche und das Gefühl von sauberer Kleidung auf der Haut. Meist geht sie danach gleich in den Speisesaal, trinkt Tee mit den anderen oder hilft Lina in der Küche, um noch ein wenig mit ihr zu sprechen bis zum Abendessen.

Die Zeit verstreicht mit einer angenehmen Unaufgeregtheit.

48

»Komm mit«, flüstert Lina und bewegt sich rückwärts aus dem Hangar hinaus, während alle anderen weiter nach vorne drängen, um dem Opening besser folgen zu können. Ava zögert. Ist es nicht respektlos, einfach zu verschwinden, während jemand anderer bereit ist, sich allen – auch ihr – zu öffnen? Doch die Neugier siegt über ihr schlechtes Gewissen. Wie Lina hält sie sich nah an der Wand, schlüpft zum offenen Tor hinaus, als Steve gerade zu Dev aufs Podest steigt.

Gleich hinter dem Tor wartet Lina, greift Avas Hand und läuft mit ihr um den Hangar herum, an den Schlafsälen vorbei und scheinbar direkt auf ein dichtes Gebüsch zu. Doch als Lina ein paar Äste zur Seite schiebt, taucht dahinter ein schmaler Waldweg auf.

Hinter Ava schnappen die Äste zurück, versiegeln den Eingang. Gemeinsam laufen sie tiefer in den Wald hinein, auf den sich bereits die Dämmerung senkt.

Dann öffnet sich der Wald plötzlich wieder, spuckt Ava und Lina hinaus auf eine kleine Lichtung. Ganz am Rand davon, auf der gegenüberliegenden Seite, steht ein altersschwacher Hochsitz, das Holz grau und umschlossen von grünen Ranken. Als strecke der Wald die Finger danach aus.

Lina hat die Lichtung überquert und macht Anstalten, die Leiter hinaufzusteigen. »Meinst du das hält der aus?«

»Nennst du mich etwa fett?«, antwortet Lina, während sie sich bereits auf die Plattform hinaufzieht. Sie verschwindet durch das Loch in der Holzverkleidung und Ava lauscht auf ein verdächtiges Knacken. Doch alles, was sie hört, ist das Scharren von Linas Knien auf dem Holzboden, dann ein metallisches Quietschen. Linas Kopf schiebt sich wieder durch das Loch. »Komm schon!«

Ava greift nach der Leiter, rüttelt kurz daran. Das Holz wirkt stabil, also steigt sie Lina hinterher, prüft aber vorsichtig jede Sprosse, bevor sie sie mit ihrem ganzen Gewicht belastet. Als sie oben an der Plattform ankommt, weiß sie nicht, wo sie sich festhalten soll. Zwischen den Dielenbrettern ist keine Lücke, die breit genug wäre für ihre Finger. Ihr ist warm und sie versucht, nicht an den leeren Raum unter ihr zu denken. Mit der rechten Hand tastet sie nach der Seitenwand, findet aber auch hier keinen richtigen Halt. Dann schließt Linas Hand sich um ihre, zieht, während Ava die letzten Sprossen hinaufsteigt. Als sie endlich oben ist, bleibt sie einen Moment auf allen vieren, konzentriert sich darauf, ihren Atem wieder zu beruhigen. »Ich wusste ja gar nicht, dass du Höhenangst hast«, Lina klingt belustigt. »Was ich hier noch alles über dich lerne«, scherzt Lina und wendet sich einer Kiste zu, die hinter ihr steht. Der abgeblätterte grüne Lack lässt Ava sofort an Armee denken.

Der Deckel ist bereits geöffnet und jetzt zieht Lina eine Decke daraus hervor, breitet sie auf dem Holzboden aus. Wieder tauchen ihre Arme in die Kiste und als sie wieder zum Vorschein kommen, hält jede Hand ein mit einer farblosen Flüssigkeit gefülltes Glas. »Wein?«, fragt Ava überrascht. »Martini«, antwortet Lina und streckt Ava eines der Gläser entgegen. Sie greift nicht gleich danach. »Sollten wir unseren Körper nicht frei halten von so was?«, fragt sie. »Dev meint doch, dass Alkohol uns daran hindert, unseren Körper richtig zu spüren.«

Lina zuckt mit den Schultern. »Er sagt aber auch, dass man auf die eigenen Bedürfnisse hören soll. Und ich habe gerade das große Bedürfnis, Martini zu trinken«, sie kichert.

Ava greift nach dem Glas. »Wo hast du den überhaupt her?« Lina grinst. »Ich hab einen kleinen Notfallvorrat eingeschmuggelt.« Sie hebt ihr Glas. »Auf die Freude des heimlichen Trinkens. Und auf uns.« Ava lässt ihr Glas gegen Linas klirren, nimmt einen Schluck. Der Martini ist zu warm, aber trotzdem genießt sie den würzigen Geschmack und die Leichtigkeit, die ihr schon nach wenigen Schlucken in den Kopf steigt.

Lina legt sich rücklings auf die Decke und auch Ava lässt sich zurücksinken.

»Vermisst du etwas von draußen?«, fragt Ava, als die Lichter eines Flugzeugs in ihrem Blickfeld auftauchen.

»Bis auf den Alkohol meinst du?«

Ava antwortet nicht. Sie kann Lina neben sich atmen hören, während sie beide hochschauen in den dunkler werdenden Himmel. Ava müsste bloß den Arm ein wenig weiter nach links schieben, ein winziges bisschen nur, um Haut an Haut zu spüren. Fast meint sie, Linas Wärme auch über diese kurze Distanz wahrzunehmen. Sie stellt sich vor, wie die Haare auf ihren Armen sich aufstellen, wie die auf Linas Armen dasselbe tun, wie die Spitzen der Härchen sich treffen. Lina rollt sich zu ihr herum, stützt den Kopf in die eben noch so nahe Hand. »Du wirst mich bestimmt auslachen«, sagt sie.

»Auslachen? Wieso?«

Linas Fingernägel klackern rhythmisch gegen ihr Glas, halten dann inne. »Naja, ehrlich gesagt fehlt mir manchmal die Arbeit. Also«, schiebt sie schnell hinterher, »ich weiß schon, das war alles oberflächlich und toxisch und so, schon klar. Aber ich kam mir eben irgendwie wichtig dabei vor und gebraucht und – naja, schlau«, sie lacht und nimmt noch einen Schluck aus ihrem Glas. Dann schaut sie auf Ava herab. »Ist das bescheuert?«

Ava schüttelt den Kopf. »Ich versteh das. Ich habe, ehrlich gesagt, auch gedacht, dass es mir fehlen würde.«

»Und?«

»Nein«, antwortet Ava. »Nein, gar nicht.«

Es stimmt, denkt Ava, als Lina sich wieder neben sie legt. Ihr fehlt weder die Arbeit noch sonst etwas. Über ihnen erscheinen schwach die ersten Sterne, den Alkohol spürt sie nur gerade so viel, dass er alles ein bisschen leichter und weicher macht. Nur kurz fragt sie sich, ob es falsch ist, dass sie zu zweit hier sind, sich absondern von den anderen. Aber es ist schließlich nur ein Abend, denkt sie und nimmt noch einen Schluck.

Sie gehen erst, als Alkohol und Wolldecke sie nicht mehr warmhalten, schleichen über das stille Airfield zurück in ihre Schlafsäle.

49

»Ich glaube, irgendwas ist im Busch«, flüstert Lina beim Abendessen.

»Was meinst du?«, flüstert Ava zurück, aber es fühlt sich falsch an. Vor wem hätte sie etwas zu verbergen?

»Luca war heute bei Dev«, wispert Lina.

»Ja und?« Ava kann nichts Ungewöhnliches daran finden.

»Sie war in den letzten Tagen ständig bei ihm«, erklärt Lina. »Normalerweise ist sie doch die ganze Zeit in der Halle.«

Stimmt, denkt Ava. Luca ist eigentlich immer in der Halle. Ob das etwas zu bedeuten hat? Ob etwas nicht stimmt? Sie schüttelt den Kopf, mehr zu sich, aber »Was denkst du?«, fragt Lina sofort. »Sie werden uns schon sagen, wenn etwas Wichtiges passiert«, meint Ava. »Ich halt trotzdem die Ohren offen«, beschließt Lina.

Doch der Vorsatz erübrigt sich, denn am Abend ist Luca beim Gathering. Sie sitzt ganz vorne, direkt am Podest, und Ava kann sehen, wie die Leute die Köpfe nach ihr recken. Luca ist sonst nie bei den Gatherings im Hangar, sie kommt nur zum Schlafen aufs Airfield. Wer ist in der Halle, wenn sie hier ist? Ava lässt ihre Augen über die Menge wandern, doch es sind zu viele. Sie kann unmöglich sagen, wer fehlt.

Cloe sitzt gleich neben Luca auf dem Boden, streift ihre Schulter, sagt etwas, sie lachen. Doch dann öffnet sich die Tür, Dev erscheint und alle Aufmerksamkeit strömt ihm zu.

Er sagt nicht viel, steigt gleich ein in die Körperarbeit, dirigiert ihre Körper zueinander hin und voneinander weg in einem unaufhörlichen sanften Fließen. Dann setzen wieder die Trommeln ein, treiben sie an, in die Höhe und im

Kreis um sich selbst, umeinander herum, schneller, noch schneller, bis der letzte Schlag sie zu Boden wirft.

Avas Lungen pumpen heftig gegen ihren Brustkorb. Sie versucht nicht, den Atem zu lenken, lässt ihn von selbst ruhiger werden, schaut nach oben in den Streifen dunkler werdenden Blaus hinter den Fenstern, schließt die Augen.

Vielleicht ist sie kurz eingenickt, jedenfalls zuckt sie hoch, als Devs Stimme wieder einsetzt. »Ihr wundert euch vielleicht darüber, dass es heute kein Sharing gab«, er lacht. »Einige von euch haben vielleicht auch gedacht: ›Endlich hält er mal die Fresse.‹ Wenn ja, tut es mir leid, euch enttäuschen zu müssen. Ich hab mir mein Gequatsche nur für später aufgehoben. Euch ist wahrscheinlich schon aufgefallen, dass wir heute hohen Besuch haben«, er macht eine kleine Verbeugung zu Luca hin und der Hangar jubelt ihm zu oder ihr oder beiden. Luca nickt erst Dev zu, dreht sich dann um, wedelt lachend mit den Armen, um sie zum Schweigen zu bringen. Doch erst als Dev die Hand hebt, wird es ruhig.

»Lucas Anwesenheit hier hat einen bestimmten Grund«, fährt Dev fort. »Es gibt eine Neuigkeit, die ich heute mit euch teilen möchte.« Seine Stimme ist ernst geworden und er legt die Zeigefinger an die Lippen, als wollte er die Worte daran hindern, zu schnell herauszufallen. »Luca wird uns verlassen«, sagt er und irritierte Stille antwortet ihm. Das ist das Letzte, was Ava erwartet hat. Was soll das heißen? Soll das ein Scherz sein? Geflüster bricht aus wie in einem aufgescheuchten Bienennest, doch wieder hebt Dev die Hände, wieder wird es still. Es ist eine angespannte Stille, die nicht weiß, wohin sie sich entladen soll. Dev lässt seinen Blick langsam durch den Hangar streifen, bis endlich ein Lachen sein Gesicht überschwemmt. »Luca verlässt uns, um unsere Idee weiterzutragen. Denn wir haben ein neues Gelände bekommen. Ein zweites Airfield.« Kurz ballt sich die Stille noch enger zusammen, explodiert dann in Brüllen, Trommeln, Lachen. Auch Ava lacht und schreit, dreht sich zu Lina, die aufgesprungen ist und jetzt auch Ava zu sich in die Höhe reißt. Es dauert lange, bis der Jubel verebbt, bis es wieder ruhiger wird und Dev weitersprechen kann.

Das neue Gelände ist eine ehemalige Papierfabrik, erzählt er, gestiftet von einem Unterstützer von connect. Und Luca ist diejenige, die dieses Gelände aufbauen soll. »Ich habe vollstes Vertrauen in Luca«, sagt Dev und nickt zu ihr hinunter. »Sie war eine der Ersten, die an meine Idee geglaubt haben. Damals, als alle mich noch für völlig verrückt hielten.« »Warst du ja auch«, ruft Luca ihm zu. »Stimmt«, antwortet er, »aber dann warst du noch verrückter, mir zu glauben.«

Luca ist nicht die Einzige, die gehen wird, erzählt Dev. Ein enger Kreis der ältesten Mitglieder soll mit ihr gehen, um mit ihr gemeinsam die Vision und das Lebensgefühl des Airfields an einen anderen Ort zu verpflanzen. Auch diese Ankündigung löst einen neuen Begeisterungssturm aus und Ava wünschte fast, sie wäre schon länger dabei, wäre eine von ihnen. Aber dann müsste sie weg vom Airfield denkt sie, weg von Dev. Dieser Gedanke lässt jegliches Bedauern sofort wieder verschwinden.

Aber wer wird sich um die Halle kümmern, ist Avas nächster Gedanke, und wie als Antwort darauf verkündet Dev, dass Cloe Lucas Aufgaben übernehmen wird. Natürlich, denkt Ava, niemand wäre besser geeignet als Cloe.

Selbst wenn es noch mehr Neuigkeiten gäbe, Dev hätte kaum noch die Chance, davon zu erzählen. Das Getuschel, Gemurmel, das aufgeregte Trommeln auf dem Holzboden ist zu stark geworden und Dev hält sie nicht länger zurück, lässt sie feiern und sie tun es bis spät in die Nacht, tanzen, singen und sprechen darüber, dass dies nur der nächste Schritt sei, dass bald noch mehr Orte dazu kommen würden, bis connect andere Städte, andere Länder, die ganze Welt erobern würde. Doch sie würden für immer die Ersten sein. Die Wurzel, aus der alles entstand.

50

Es ist Ava, als liege ein Zittern über dem Airfield. Nicht nur Ava schreckt nachts hoch, auch andere wälzen sich in ihren Betten. Trotzdem sind sie am Morgen voller Energie, mehr noch als sonst, spekulieren während der Arbeit, wer wohl ausgesucht wird, um das neue Airfield aufzubauen. Das neue Airfield. So nennen sie es aus Ermangelung eines richtigen Namens. Papierfabrik klingt zu banal. Der richtige Name muss sich noch finden. »Factory« schlägt jemand vor und Ava gefällt der Gedanke. Andy Warhol meets connect.

Aber nicht nur über Namen und Besetzung wird spekuliert, sie spinnen auch Zukunftspläne weit über das neue Airfield hinaus. Standorte im ganzen Land, weltweit, connect-Workshops nicht nur in Unternehmen, sondern auch in Schulen, in Kindergärten. Und schließlich eine Welt, die durchdrungen ist von ihrer Idee, ein globales Airfield. Wenn auch nur ein Bruchteil davon einträte, denkt Ava, dann wäre die Welt nicht mehr dieselbe.

»Ich will zu den Socials«, flüstert Lina ihr beim Abendessen zu. Ihre Finger zupfen an einem Salatblatt herum. »Wenn die Nachricht an die Öffentlichkeit geht, wird da einiges abgehen. Da muss ich dabei sein.«

Ava versteht nicht, dass Lina sich dem wieder aussetzen will. Aber Lina hatte schon immer so eine gewisse Unruhe, und Ava vermutet, dass das Airfield ihr nicht genug Abwechslung bietet. Sie ist immer hungrig nach Neuem und früher beneidete Ava sie darum. Jetzt denkt sie zum erstem Mal, dass es auch eine Belastung sein kann, dass es auch bedeutet, nie zur Ruhe zu kommen.

»Und?«

Ava hat den Faden verloren, weiß nicht mehr, was Lina sie fragt.

»Kommst du mit zu den Socials?«, wiederholt Lina.

Ava lacht. »Auf keinen Fall.«

Lina sieht verwirrt aus, fast ein bisschen verletzt. Ava beeilt sich, ihr zu erklären, wieso sie nicht zu den Socials will, dass es auch diese Art von Job ist, vor dem sie aufs Airfield geflohen ist. »Aber hier ist das doch etwas völlig anderes«, beharrt Lina. »Hier kannst du endlich mal deine Fähigkeiten für eine gute Sache einsetzen. Den Leuten keine Zigaretten, Autos oder irgendeinen anderen Dreck andrehen, sondern etwas, was sie wirklich glücklich macht.«

Ava weiß, dass Lina Recht hat, aber sie will nicht, kann nicht. Und schließlich akzeptiert Lina ihre Entscheidung, wenn auch widerwillig. »Ich habe mich schon darauf gefreut, mit dir zu arbeiten«, sagt sie. »Wär bestimmt lustig gewesen. Außerdem sehen wir uns viel zu selten.«

Ava greift nach Linas Hand, drückt sie. Doch bevor sie noch etwas sagen kann, läutet die Klingel, die das Ende des Frühstücks ankündigt. Lina springt auf. »Ich muss Deniz noch erwischen. Bis später.«

Lina verschwindet und auch Ava steht auf, um ihre Schüssel wegzubringen, bevor sie aufs Feld geht.

51

»Es hat geklappt«, flüstert Lina abends beim Gathering. »Ab morgen bin ich bei den Socials.«

»Ihr habt mich schon öfter von ›toxischen Personen‹ reden hören. Aber was genau meine ich eigentlich damit?«, sagt Dev, und von rechts flüstert Lina weiter: »Ich denke in den nächsten Tagen sollte es an die Presse gehen und danach bricht da draußen sicher die Hölle los.«

»Es gibt Leute, die behaupten, dass ich alle so nenne, die nicht unserer Meinung sind«, fährt Dev fort, »aber das ist Quatsch. Nicht jeder, der mit connect nichts anfangen kann, ist deshalb gleich toxisch. Natürlich bin ich der Meinung, dass unsere Idee für alle Menschen heilsam sein kann, ansonsten könnte ich das hier alles nicht machen. Aber letztlich ist jeder für sich selbst verantwortlich. Nein, es geht mir nicht darum, dass jeder denken sollte wie wir.«

»Vielleicht werden sie das aber, wenn sie sehen, wie gut es bei uns läuft«, flüstert Lina dazwischen.

»Nein, mit toxisch meine ich etwas ganz anderes. Ich meine damit Personen, die andere in ihrer Freiheit einschränken. Personen, die ihre Mitmenschen auslachen, wenn sie anders sind. Personen, die an gescheiterten Strukturen festhalten auf Kosten von anderen. Personen, die versuchen, ihre Kinder in verbesserte Versionen ihrer selbst zu verwandeln, ohne sich dafür zu interessieren, dass diese Kinder ihre eigene Seele, ihre eigenen Wünsche haben. Toxisches Verhalten kann sich auf ganz vielfältige Weise äußern und wir dürfen uns nicht einbilden, dass wir hier davor sicher wären. Wir müssen uns selbst und andere beobachten und immer wieder die Frage stellen: Schadet oder nützt unser Verhalten? Nur durch diese ständige Frage können wir uns davor schützen, selbst toxisch zu werden.«

Lina ist scheinbar ganz von ihren eigenen Gedanken in Anspruch genommen, denn während Dev weiterspricht, flüstert sie wieder: »Mann, ich würde so gern die Gesichter sehen, wenn die Nachricht rauskommt. Aber immerhin kann ich dann die Kommentare lesen. Da ist bestimmt ziemlich verrückter Scheiß dabei.«

Und wirklich, immer wenn Ava und Lina sich in den nächsten Tagen sehen, hat Lina ein paar neue Verschwörungstheorien dabei: »Connect ist eigentlich ein Experiment des Militärs zur Gedankenkontrolle.« »Dev war früher Hypnotiseur und probiert seine Suggestivkraft jetzt an hunderten von Menschen gleichzeitig aus.« Und Avas persönliche Lieblingstheorie: »Die katholische Kirche hat festgestellt, dass sie an Einfluss verliert und hat deshalb connect entwickelt. Alle früheren Christen sollen stückweise zum neuen Glauben konvertiert werden. Letztendlich glaubt nämlich in der Kirche sowieso niemand an Gott, also ist es völlig egal, welches Glaubenssystem dahinter steht. Hauptsache, die Macht kann aufrecht erhalten werden.«

Ava würde sogar zustimmen, dass es den institutionalisierten Religionen vor allem um Machterhalt geht. Aber connect als Projekt der katholischen Kirche? Ein völlig lächerlicher Gedanke.

Wegen dieser Geschichten ist Ava fast froh, dass Lina bei den Socials ist. Allerdings sehen sie sich dadurch noch weniger als zuvor. Lina arbeitet viel, und oft bleiben ihnen nur abends beim Gathering ein paar geflüsterte Worte.

Lina sieht zunehmend müder aus, meint Ava, und manchmal liegt in ihrem Blick beinahe etwas Gehetztes.

Doch als Ava sie darauf anspricht, winkt sie nur ab. »Alles gut, nur viel zu tun. Ich erzähl dir später mehr.«

Und während Lina im Office verschwindet, geht Ava aufs Feld oder in den Obstgarten und ist bei aller Gleichförmigkeit ihrer Tage doch froh über die Gemächlichkeit, mit der die Zeit vergeht und über das angenehme Ziehen in den Muskeln am Abend, die körperliche Erschöpfung, die sie schnell einschlafen lässt. Nein, sie beneidet Lina nicht. Aber sie macht sich manchmal Sorgen, dass Lina in all ihrer Begeisterung mehr tut, als gut für sie ist. Doch das, weiß Ava, muss Lina für sich selbst herausfinden. Und vielleicht irrt sie sich ja. »Meine Bedürfnisse sind nicht die Bedürfnisse der anderen«, sagt Dev.

52

Die Temperaturen fallen, Lina arbeitet abends oft lang und auch von den anderen schafft es kaum noch einer morgens früh aus dem Bett. Es sind immer weniger, die sich früh im Hangar treffen. Schließlich geben sie ihre morgendlichen Treffen ganz auf und sogar Ava ist jetzt froh, ein wenig länger unter der warmen Decke liegen zu können. Das Aufstehen fällt schwerer und oft wacht sie erst davon auf, dass die anderen aus ihren Betten steigen.

Mit der Ernte ist es vorbei, stattdessen schleppen sie jetzt körbeweise Feuerholz in die Gebäude, säubern die Öfen, heizen neu ein und wenn Ava duscht, strömt Rauchgeruch wie eine Erinnerung aus ihrem Haar.

Lange hat es sich angefühlt, als würde der Sommer nie enden, aber der Winter kommt doch und die Nächte verschlucken immer mehr vom Tag. Doch auch die Arbeit wird weniger und sobald es dunkel wird, ziehen sie sich in den Hangar zurück wie in einen Bau. Zusammen mit anderen lernt Ava stricken und ganze Nachmittage verbringen sie unter dem Klappern von Nadeln, während Massoud ihnen Bücher vorliest.

Niemand hat es eilig, in die kühlen Schlafsäle zurückzukehren, also bleiben sie auch nach den Gatherings oft noch lange im Hangar, spielen kleine Theaterstücke, geben improvisierte Konzerte und Dev bringt ihnen Standardtänze bei. Mit Steve tanzt Ava Tango und sie weiß nicht, ob es am Tanz liegt, aber etwas ist plötzlich anders zwischen ihnen. Ihre Blicke halten einander, seine Hand fasst ihre Taille, presst sie näher und noch näher an ihn.

Beim Gathering am nächsten Abend ist Steve neben ihr und Ava wartet auf jede kurze Berührung, jedes Festhalten, jedes kurze Streifen ihrer Körper. Von den Openings bekommt sie kaum etwas mit, weil da Steves Atem in ihrem Nacken ist, das Bewusstsein seiner möglichen Berührung.

Sie verlassen den Hangar zusammen, gehen gemeinsam zu einer der Hütten im Wald, die Cloe ihr am ersten Tag aus der Ferne gezeigt hat. Wie kleinere Versionen der Hütten sehen sie aus, in denen sie beim Workshop wohnten. Damals schlief Steve ein paar Betten weiter und Ava nahm ihn kaum wahr. Heute liegen sie zusammen auf der großen Matratze und sie will immer noch mehr von ihm.

Steve ist so entspannt, dass es sie erst irritiert. Da ist keine Ungeduld, keine Gier, und früher hätte sie vielleicht gesagt: keine Leidenschaft. Doch er hat es bloß nicht eilig, sagt sich Ava, und wird selbst langsam ruhiger, gelassener. Sie haben Zeit, sie lassen sich Zeit, nähern sich an, lernen sich noch einmal kennen, lernen den Geruch des anderen kennen, den Geschmack. Ohne zu sprechen, kommunizieren sie doch mit jeder Berührung und selten hatte Ava das Gefühl, so sehr gesehen zu werden wie im fast vollkommenen Dunkel dieser Hütte.

Nie war ihr ein Orgasmus weniger wichtig, doch als er kommt, ist er mächtig und laut und sie schämt sich nicht dafür, denkt an keine Nachbarn. Niemand existiert außer ihnen und noch lange liegen sie im Dunkel, fahren den Körper des anderen mit den Fingerspitzen nach.

53

Es trifft sie unerwartet heftig, dass Steve am nächsten Tag mit nichts als einem Lächeln an ihr vorbeigeht. Als bräuchte es mehr als das. Eine Art Anerkennen, dass da wirklich etwas passiert ist zwischen ihnen.

Soziale Konvention, sagt sie sich. Es ist doch gut, wie es ist. Eigentlich.

Sie will keine Beziehung führen. Auch draußen wollte sie es nicht, lange schon nicht mehr, war die Dates leid gewesen und die unvermeidlichen Kompromisse. Aber irgendetwas in ihr weiß nichts von alldem. Irgendetwas in ihr sucht trotzdem bei jedem Gathering nach Steves Gestalt, will neben ihm sein, ihn berühren, mit ihm tanzen. Sie registriert, was passiert, aber kann sie nicht abschalten, die Unruhe, und ja, die Eifersucht. Es war zu früh, jetzt weiß sie es. Zu viel gesellschaftliche Prägung steckt noch in ihr, zu viele der Filme, Serien, Bücher, die auf eine Beziehung als ultimatives Ziel zusteuern.

Cloe stimmt ihr zu. »Das Narrativ der exklusiven Beziehung als Ultimate Goal«, sagt sie, »ist eines, von dem wir uns besonders ungern lösen. Es ist machtvoll, weil es uns ein Happy End in Aussicht stellt. Wir sehnen uns danach, doch es ist eine Illusion. Hinter jedem Happy End warten schon die enttäuschten Erwartungen.«

»Wie überwinde ich das?«, will Ava wissen.

»Mit Geduld«, Cloe lächelt entschuldigend. »Es ist ja nichts Schlechtes daran, verliebt zu sein. Es ist sogar schön, du solltest es genießen.«

Ava schafft es nicht, ein Seufzen zu unterdrücken.

»Ich weiß«, lacht Cloe. »Du steckst noch total drin in diesem Draußen-Denken. Aber du musst dich hier nicht fragen, ob Steve dich auch liebt. Natürlich liebt er dich. Du musst bloß noch lernen, Liebe nicht als etwas Exklusives zu begreifen.«

Ava will sie unterbrechen, doch Cloe spricht weiter. »Ich weiß, das mental zu verstehen ist etwas ganz anderes, als es auch emotional zu begreifen. Hab Geduld. Irgendwann wirst du erleben, was anspruchslose Liebe wirklich bedeutet.« Sie lächelt Ava an. »Du bist noch nicht lange hier. Es gibt noch viel für dich zu entdecken.«

Ava nickt.

»Vor allem aber«, sagt Cloe, »solltest du deine Gefühle auf keinen Fall unterdrücken. Unterdrückte Gefühle brechen bloß ganz verdreht wieder heraus, wenn wir am wenigsten damit rechnen.«

Also liebt Ava. Versucht zu lieben, ohne sich etwas davon zu erwarten. Es ist mühsam und schmerzhaft, aber immer wieder, für kurze Augenblicke, erahnt sie, wie es werden könnte, irgendwann.

54

Avas Magen fühlt sich an wie ausgehöhlt. Sie setzt sich an einen der langen Tische im Speisesaal, kann Lina nirgendwo entdecken. Die Socials sind schon da, sitzen zusammen am Tisch neben Avas, doch Lina fehlt. Sie will schon zu den anderen hinüberrufen, um zu fragen, ob Lina krank ist, doch im gleichen Moment werden große Schalen mit Couscous-Salat gebracht. Ava füllt ihre Schüssel, isst langsam, Löffel für Löffel, schmeckt die Süße der Paprika, genießt das Knacken der Nüsse zwischen ihren Zähnen.

Seit sie hier ist, schmeckt alles viel intensiver. Vielleicht, weil sie keinen raffinierten Zucker mehr zu sich nimmt, keine Geschmacksverstärker, den ganzen Scheiß. Sie kaut so langsam, dass die kleine Schüssel ausreicht, um das Loch in ihrem Magen zu stopfen. Als sie fertig ist, sitzt niemand mehr am Nebentisch. Noch eine Sache, die sich verändert hat, seit sie auf dem Airfield ist: Sie konzentriert sich so auf die Dinge, mit denen sie gerade beschäftigt ist, dass alles andere um sie herum verschwimmt. Fokussierung statt Zerstreuung. Sie bringt ihre Schüssel in die Küche und geht hinüber zum Hangar.

Es ist noch leer, nur wenige sitzen auf dem Boden. Ava setzt sich zu Deniz und Sheila, hört jedoch ihrem Gespräch nicht zu. Ihr Blick geht zur Tür, durch die immer mehr Leute hereinkommen. Ben, Vicky, Cloe, Massoud. Aber nicht Lina. Vielleicht ist sie wirklich krank, doch heute Morgen hatte sie nicht krank ausgesehen. Der Gedanke an Lina lenkt sie auch während der Körperübungen ab und beinahe ist sie erleichtert, als das Gathering endlich vorbei ist. Sie schaut sich um und ihr Blick trifft

Maik, der mit Lina im Office arbeitet. Vielleicht weiß er, wo sie ist.

Maiks Kiefer verhärtet sich, als er Linas Namen hört. »Die ist weg«, sagt er. Nichts weiter.

»Was soll das heißen?«, Ava lacht, aber nicht, weil sie es lustig findet.

Maiks Gesicht bleibt regungslos. »Sie hat das Airfield verlassen.«

Das kann nicht stimmen. Heute Morgen hat Ava noch mit ihr gesprochen. »Aber sie kommt doch wieder«, hört Ava sich sagen. Maik schüttelt den Kopf.

In Ava fällt etwas ins Bodenlose. Lina ist weg. Lina ist weg und hat ihr nichts gesagt. Mehrere Minuten lang stehen sie bloß da, reden nicht, schauen sich nicht einmal an. Bis Maik sich endlich aufrichtet, kurz ihre Schulter drückt und in Richtung seines Schlafsaals verschwindet.

Er muss sich irren, dröhnt es in Avas Kopf. Er muss sich einfach irren. Diese Überzeugung wächst in Ava während der schlaflosen Nacht, wächst während der Arbeit, die sich so anstrengend anfühlt wie nie. Doch auch am Abend taucht Lina nicht wieder auf und auch nicht an einem der folgenden Tage.

Da ist eine Unruhe und Ava kann nicht unterscheiden, ob sie nur in ihr ist oder auch in den anderen. Ihr scheint, als ginge diese Unruhe von den Socials aus, die immer enger zusammenrücken und Gespräche unterbrechen, sobald andere sich nähern. Etwas stimmt nicht, denkt Ava. Etwas stimmt nicht.

55

Ava zuckt hoch, als eine Hand sie berührt. »Ava«, die Stimme ist vertraut und auch ein bekanntes Gesicht schält sich jetzt aus dem dämmrigen Raum heraus. Deniz. Ava will etwas sagen, doch Deniz legt den Finger an die Lippen, bedeutet Ava, ihr nach draußen zu folgen. Sie nickt, schlägt die Decke zurück, steift einen Pullover über. Bevor sie Deniz folgt, streicht sie die Decke wieder glatt über das Bett. Äußere Ordnung schafft innere Ordnung.

Als sie aus dem Schlafsaal tritt, steht Deniz nur so wenige Schritte von der Tür entfernt, dass das schwache Licht sie noch erreicht. Ihre Augen sind geschlossen. Ava bleibt im Eingang stehen, rührt sich nicht, aber Deniz muss ihre Anwesenheit gespürt haben, denn sie öffnet die Augen, lächelt flüchtig und setzt sich in Bewegung, Ava schließt zu ihr auf und nebeneinander her gehen sie zum Hangar.

»Es tut mir leid, dich so früh zu wecken«, sagt Deniz, obwohl sie selbst völlig erschöpft klingt. Da ist keine Spur mehr ihrer üblichen Lebhaftigkeit. »Dev muss dringend mit dir sprechen«, sagt Deniz ohne sie anzusehen. »Es kann leider nicht warten.«

Mehr sagt sie nicht und während sie die Stufen zu Devs Zimmer hinaufsteigen, grübelt Ava, worüber Dev wohl mit ihr reden will. Ihr fällt nichts ein, erst recht nichts, wofür man sie mitten in der Nacht wecken müsste. Oder ist es schon fast Morgen? Schwer zu sagen, bei den immer länger werdenden Nächten. Ava verkneift sich ihre Fragen. Hätte Deniz ihr sagen wollen, worum es geht, hätte sie es getan.

Sie haben das Ende der Treppe erreicht, Deniz klopft und drückt in der gleichen Bewegung die Klinke, lässt Ava an sich vorbei in den Raum gehen, schließt die Tür wieder. Ava hört, wie sich ihre Schritte langsam die Treppe hinab entfernen. Vielleicht wird Deniz sich jetzt hinlegen, in dem Zimmer unter Devs, das sie sich mit Cloe und Luca teilt. Für die drei gilt der normale Tagesrhythmus des Airfields nicht. Ava hat gehört, dass Dev oft noch spät in der Nacht mit ihnen zusammensitzt.

»Ava«, unterbricht Dev jetzt ihre Gedanken. »Danke, dass du so schnell gekommen bist.«

Sie nickt und versucht sich nicht anmerken zu lassen, wie sehr Devs Anblick sie erschreckt. Sein Gesicht ist so blass, dass die Haut fast durchsichtig wirkt und die Ringe unter seinen Augen sind dunkel wie Hämatome. Auf den Wangen ist ihm ein löchriger Bart gewachsen und sein schwarzes Kleid sieht aus, als habe er es seit mindestens drei Tagen nicht gewechselt. Doch seine Stimme klingt wie immer. Fest. Ruhig. Sicher. Ava konzentriert sich darauf, konzentriert sich auf den Klang seiner Stimme.

»Ich habe gehört, dass du und Lina euch sehr nah wart, bevor sie sich von uns abgewandt hat.«

Lina? Über sie will Dev mit ihr sprechen?

»Ich fürchte, ich muss dir etwas Unangenehmes über Lina erzählen«, sagt Dev und lädt Ava ein, sich zu setzen.

War Linas Abgang nicht schon unangenehm genug? Doch Ava schluckt ihre Kommentare, setzt sich und beobachtet Dev, der sich ihr gegenüber auf eines der Kissen sinken lässt. Seine Bewegungen sind steifer als sonst, weniger geschmeidig.

»Wir haben erfahren«, fährt Dev fort, »dass Lina schlecht über uns redet. Anscheinend ist sie der Meinung, wir hätten sie gezwungen, hierherzuziehen. Wir hätten sie manipuliert.« Dev spuckt das letzte Wort geradezu aus und auch in Ava ballt sich etwas zusammen, das sich nach Hass anfühlt. Sie versucht, dagegen anzuatmen. Wut und Hass sind destruktiv.

Auch Devs Gedanken scheinen in eine ähnliche Richtung zu gehen, jedenfalls ringt er sich ein Lächeln ab. »Ich möchte gerne, dass du mit Lina sprichst«, sagt er. »Vielleicht kannst du sie davon überzeugen, dass sie aufhören muss, solche Geschichten über uns zu verbreiten. Immerhin verletzt sie damit ja auch dich.«

Ava schnaubt. »Ich glaube nicht, dass sie damit ein Problem hat.«

Dev wiegt den Kopf. »Die da draußen legen großen Wert auf ihre exklusiven Beziehungen. Davon können sie sich nicht so leicht freimachen. Wenn sie jemanden einmal in ihren exklusiven Kreis hineingelassen haben, dann genießt er auch spezielle Privilegien. Wenn also irgendwer von uns Lina überzeugen kann, dann wahrscheinlich du.«

Vor ein paar Wochen hätte Ava vielleicht noch daran geglaubt, doch jetzt nicht mehr. »Ich bin Lina völlig egal«, sagt Ava und kann die Bitterkeit in ihrer Stimme nicht verstecken. »Sie wird nicht auf mich hören.«

Dev nickt und zupft an seinen Bartstoppeln herum. »Vielleicht gibt es noch einen anderen Weg.« Er zögert, starrt vor sich hin, als versuche er, zu einer Entscheidung zu finden. Dann, mit plötzlicher Entschlossenheit, richtet er sich auf und spricht weiter, mehr zu sich als zu Ava. »Als Lina aufs Airfield kam, hat sie bei einem der Openings etwas mit uns geteilt. Sie hat erzählt, dass sie schon mehrfach in den Agenturen, in denen sie gearbeitet hat, Sachen gestohlen hat. Sie nannte es Überstundenausgleich.« Dev hebt eine Augenbraue. »Wenn das bekannt würde, hätte sie vielleicht Schwierigkeiten, noch an Jobs zu kommen.«

Ava ist nicht wirklich überrascht. Lina hat ein paar Mal Andeutungen in diese Richtung gemacht, es aber nie offen ausgesprochen. »Aber das müssten wir auch beweisen können«, wendet Ava ein.

Dev nickt. »Können wir.«

Damit hat Ava nicht gerechnet.

»Wir machen manchmal Aufnahmen von den Gatherings«, erklärt Dev. »Es gab mal die Überlegung, einige meiner Sharings zu veröffentlichen. Aber dadurch haben wir eben auch Aufnahmen von einigen Openings. Unter anderem Linas. Natürlich hatten wir nie vor, die Openings zu veröffentlichen. Aber jetzt …«, Dev schaut Ava forschend an, als frage er sich, wie sie auf diese Mitteilung reagieren würde.

Doch Ava ist es egal, gefilmt worden zu sein. Sie hat nichts zu verbergen. Und auch Linas Geheimnisse wären sicher gewesen, das weiß Ava, hätte sie sich nicht dafür entschieden, ihnen schaden zu wollen. Ava ist froh, dass es diese Aufnahmen gibt.

»Sie waren nie für diesen Zweck gedacht«, sagt Dev, »und ich bin auch jetzt nicht sicher, ob das der richtige Weg ist.«

»Doch«, unterbricht ihn Ava. »Wenn Lina uns dazu zwingt.«

»Bist du sicher?«, fragt Dev und Ava nickt. »Prinzip drei«, sagt sie. »Verantwortung.«

Dev schaut sie an, als hätte er plötzlich etwas Neues in ihrem Gesicht entdeckt. »Verantwortung für die Menschen, die man liebt. Verantwortung für die Ideen, an die man glaubt«, sagt er und nickt, einmal nur. »Geh etwas essen«, sagt er. »Danach fährt Cloe mit dir in die Stadt.«

»Und Ava«, sagt er, als sie schon fast zur Tür hinaus ist.

Sie dreht sich zu ihm um und sieht ihn auf dem Kissen am Boden sitzen, den Rücken gegen die Wand gelehnt. »Danke«, sagt er und kurz hat Ava das erdrückende Gefühl, dass dies das letzte Mal ist, dass sie Dev sieht. Doch sie schluckt das Gefühl hinunter und bemüht sich um ein Lächeln. »Natürlich«, sagt sie, zieht die Tür zwischen ihnen zu.

56

Cloe klammert sich mehr am Steuer fest, als es zu halten. Vor ihnen schwingt das Tor langsam auf, Cloe gibt Gas und Ava kurbelt das Fenster herunter. Es riecht kühl, grün, harzig. Kurz schließt Ava die Augen und stellt sich vor, in der Toskana zu sein oder an der Algarve. Früh aufzustehen und durch einen Kiefernwald zu fahren. Zu einem weit entfernten Stand oder in ein abgelegenes Dorf. Doch mit einem scharfen Schwenk biegt der Wagen vom Waldweg auf die Hauptstraße und Ava ist wieder hier, auf dem Weg in die Stadt, auf dem Weg zu Lina.

Je näher sie ihrem Ziel kommen, desto enger wird Avas Brustkorb. Nicht bloß der Gedanke an das bevorstehende Gespräch ist schuld daran, sondern auch die immer dichter werdende Bebauung. Sie ist bisher nie klaustrophobisch gewesen, aber ungefähr so muss es sich wohl anfühlen.

Als sie schließlich halten, ist Ava beinahe erleichtert. Immerhin kann sie jetzt aufstehen, immerhin sich bewegen. Doch die Erleichterung hält nicht lange an. Nur bis Cloe auf eines der eigenschaftslosen Mehrfamilienhäuser zeigt und Ava sich in Bewegung setzt.

Es ist, als liefe sie durch ein Déjà-vu. Die sechseckigen Pflastersteine unter ihren Füßen, ihr Finger, der den Klingelknopf drückt. Knisternd springt die Gegensprechanlage an. »Hallo?« Linas Stimme klingt vorsichtig. Misstrauisch. »Ich bin's«, sagt Ava und ihr sackt die Stimme weg. Sie räuspert sich. »Ava.«

Einen Moment lang hängt bloß das Knistern in der Luft. »Ava«, echot es dann. »Komm rein.« Die Tür summt und springt unter Avas Hand auf. Und wieder hat sie das Gefühl, all das schon einmal getan zu haben, betrachtet wie aus weiter Ferne ihre Hand, die auf dem grünen Treppengeländer nach oben gleitet, ihre Füße auf den polierten Steinstufen.

In der zweiten Etage steht eine Tür einen Spalt breit offen und Ava geht darauf zu. Linas Gesicht hinter der Kette scheint auf etwas hinter Ava zu spähen. Ava dreht sich um, aber da ist nichts. Und Lina löst die Kette, zieht Ava zu sich hinein, drückt die Tür ins Schloss, schließt ab. Erst dann schaut sie Ava richtig ins Gesicht, überfällt sie mit einer plötzlichen Umarmung. »Gut, dass du hier bist. Ich dachte schon«, aber sie beendet den Satz nicht, schüttelt bloß den Kopf, geht Ava voran ins Wohnzimmer.

Und als fiele etwas plötzlich an seinen Platz, wird Ava klar, dass ihr Déjà-vu nichts anderes gewesen ist als ein Wiedererkennen. Weil sie wirklich schon einmal hier gewesen ist. In genau dieser Wohnung. Sie folgt Lina ins Wohnzimmer, bleibt aber in der Tür stehen, während Lina zur Küchenzeile geht, den Wasserkocher füllt. »Ich hatte noch nicht meinen Morgenkaffee. Willst du auch einen?« Ava schüttelt den Kopf. Lina sieht es nicht.

»Ich will mich komplett auf das hier einlassen«, hallt Linas Stimme in Avas Kopf. »Kein Sicherheitsnetz.« Das hat sie gesagt. Und doch hat sie ihre Wohnung behalten. Mit jedem Möbelstück, jedem Bilderrahmen, jedem verdammten sinnlosen Stück. Sie hat sich nie wirklich auf connect eingelassen. Wie auch, wenn ihr altes Leben hier noch wartete? Connect war für Lina nichts anderes als eine ihrer Reisen nach Indien oder Südamerika. Ein Kurztrip, bei dem man sich mal eine Weile lang vorstellen kann, wie es wäre, ein ganz anderes Leben zu führen, aber ohne auch die Konsequenzen für ein solches Leben tragen zu wollen.

»Wann bist du denn rausgekommen?«, fragt Lina, während sie Kaffeepulver in die Kanne häuft. Ihr entspannter Tonfall irritiert Ava. Als wäre dies nur irgendein Höflichkeitsbesuch. Sie antwortet nicht, aber Lina scheint es nicht einmal zu merken. »Ich bin echt froh, dass du hier bist«, sagt sie. »Ich habe schon befürchtet, du würdest da weiter festsitzen. Ich hab mir echt Sorgen gemacht.«

Hat sie das? Und warum hat sie ihr dann nichts gesagt, bevor sie verschwunden ist?

Lina spricht weiter wie aufgezogen. Sie habe Ava ja Bescheid sagen wollen, aber man sei ja nie allein gewesen, ständig habe irgendwer zugehört.

Lina tut gerade so, als wäre sie aus einem Hochsicherheitsgefängnis ausgebrochen. »Aber setz dich doch«, unterbricht Lina ihren Monolog, stellt zwei Tassen auf den Tisch, füllt sie beide.

Ava setzt sich, ignoriert jedoch den Kaffee, den Lina zu ihr hinüberschiebt. »Aber was ist mir dir, was hast du jetzt vor?«, plappert Lina weiter. »Wenn du einen Platz zum Schlafen brauchst, kannst du natürlich ein paar Tage hier bleiben. Ich habe allerdings nur ein Sofa, also wenn dir das zu unbequem ist«, Lina nimmt einen Schluck von ihrem Kaffee.

Einen Moment lang lässt Ava das Schweigen zwischen ihnen hängen, räuspert sich dann. »Ich bin nicht raus«, sagt sie und beobachtet, wie Linas Gesicht starr wird. »Bist du nicht?«

»Nein.«

Lina stellt die Tasse ab, legt die Hände flach auf den Tisch. »Das solltest du aber«, sagt sie. »Du solltest abhauen, so lange du noch kannst.« Sie spricht jetzt schneller. »Das mit dem ganzen Sich-Anfassen und Meditieren und so, das klingt alles so nett und harmlos, aber das ist alles bloß Fassade, dahinter sieht's völlig anders aus.«

»Das ist doch Schwachsinn«, Ava gibt sich jetzt keine Mühe mehr, höflich zu bleiben.

»Nein, wirklich!« Lina dreht die Tasse zwischen den Händen. »Das ist ein krimineller Verein. Ich meine, alleine schon, wie die sich das Vermögen der Leute unter den Nagel reißen.« Ava unterbricht sie. »Aber das ist doch völlig freiwillig. Nach deiner Logik könnte man dann ja auch Wohltätigkeitsvereine kriminell nennen. Immerhin sammeln die auch Spenden.«

Lina lacht, schüttelt den Kopf. »Anders als connect erpressen die aber niemanden, um an Geld zu kommen.«

»Das behauptest du«, fällt Ava ihr ins Wort. »Aber genau deshalb bin ich hier. Um dich zu bitten, dass du diese Anschuldigungen für dich behältst.«

Linas Blick zuckt von ihrer Tasse zu Ava. »Willst du denn nicht, dass die Leute die Wahrheit erfahren? Willst du sie nicht erfahren?«

Ava schüttelt den Kopf. Nein will sie nicht. Wirklich nicht?

Lina scheint ihr Zögern zu spüren. Sie steht auf, nimmt einen Stapel Papiere von ihrem Schreibtisch, schiebt ihn zu Ava hin. »Lies das. Das wird dir die Augen öffnen.«

Ava zieht den Stapel zu sich herüber. »Dis-connect« steht auf dem ersten Blatt. »Mein Weg zurück in die Freiheit.« Ava blättert flüchtig durch die Seiten. Ein paar mit Bleistift durchgestrichene Sätze, an den Rändern handschriftliche Notizen. Ein Manuskript? Ava schaut zu Lina auf. »Was ist das?«, ihre Stimme ist kalt.

»Ich habe alles aufgeschrieben, was ich über connect weiß. Die ganze schmutzige Wäsche.« Ein triumphierender Ausdruck hat sich in Linas Gesicht geschlichen.

»Wann?«, fragt Ava nur.

Lina ist sichtlich verwirrt.

»Wann?«, wiederholt Ava.

»Was meinst du?«

»Wann hast du das geschrieben?« Ava wendet den Blick nicht von Lina ab. »Du bist erst seit ein paar Tagen draußen. Du willst mir doch nicht erzählen, dass du seitdem«, sie blättert zur letzten Seite, »hundertsechzig Seiten geschrieben hast.«

Aus Linas Gesicht sickert die Farbe. »Du hast schon auf dem Airfield damit angefangen«, fährt Ava fort und in ihr ist jetzt alles kalt und ruhig. »Du hast damit angefangen und mir kein Wort davon gesagt. Keinem von uns.«

Ausnahmsweise weiß Lina nicht, was sie sagen soll, öffnet den Mund, schließt ihn gleich wieder. Ava steht auf. »Du wirst das nicht veröffentlichen«, sagt sie und wundert sich über ihre eigene Ruhe. »Und du wirst dich nicht mehr über connect äußern. In keiner Form.«

»Sonst was?«, Lina hat jetzt ihre Fassung wiedergewonnen, aber Ava hat ihre letzte Karte noch nicht ausgespielt. »Sonst packen wir aus, was wir über dich wissen. Du hast bei den Openings so einiges ausgeplaudert, falls du dich erinnerst.«

Lina lacht und Ava will ihr den triumphierenden Ausdruck aus dem Gesicht schlagen. »Meinst du ernsthaft, das glaubt euch irgendwer?«

Ava zuckt die Schultern. »Uns vielleicht nicht, aber sicher den Filmaufnahmen.« Lina fällt das Grinsen aus dem Gesicht. »Aufnahmen?«

Ava nickt. »Die sind ziemlich eindeutig.«

»Sichst du?«, platzt Lina heraus. »Siehst du, was die machen? Die belauschen euch, um euch später damit zu erpressen. Offenheit, Vertrauen, das ist doch alles für ’n Arsch. Dabei kannst du doch nicht mitmachen.«

Je mehr Linas Stimme sich überschlägt, desto ruhiger wird Ava. »Vielleicht hast du Recht«, antwortet sie. »Aber du bist der beste Beweis dafür, dass es manchmal nötig ist.«

Ava dreht sich um und verlässt das Wohnzimmer. Als sie fast schon die Wohnungstür erreicht hat, bleibt ihr Blick an einem Umschlag hängen, der auf der Kommode im Flur liegt. Die Ecke eines Fotos schaut daraus hervor. Ava zieht es heraus. Ein Porträt von Lina. Hell taucht ihr Gesicht aus dem dunklen Hintergrund, den Blick zur Seite gewandt. Und ganz im Vordergrund, scharf, überdeutlich, Linas Schulter mit dem Kreis aus Punkten. Dahinter noch ein Foto. Lina mit ihrer Familie. Glücklich vereint.

Ava schaut zurück zu Lina, die im Türrahmen steht und ihrem Blick ausweicht. Ava wirft die Bilder zurück auf die Kommode. Entgegen aller Erwartung fühlt es sich gut an, als die Tür zwischen ihr und Lina endgültig zufällt.

Cloe sitzt noch immer am Steuer des Autos. Sie sieht erleichtert aus als Ava wieder aus dem Haus auftaucht. Ob sie befürchtet hat, Lina könnte sie bequatschen? Dazu bringen, ebenfalls zu gehen? Vielleicht. Aber Ava ist nicht Lina. Sie nickt Cloe knapp zu und schiebt sich auf den Beifahrersitz. Sie will bloß weg hier, bloß nach Hause.

Cloe startet den Wagen. Auf dem Gehweg an Avas Seite geht eine Frau vorbei und ihr Blick bleibt an ihrem Auto hängen. Ava schaut in den Seitenspiegel. Es muss das connect-Logo sein, auf das die Frau starrt. Sie ist stehen geblieben. Wäre keine Scheibe dazwischen, könnte Ava den Arm ausstecken, um sie zu berühren. Doch vom Logo wandert der Blick der Frau jetzt zu Ava und Cloe. Und mit plötzlicher Heftigkeit spuckt sie ihnen auf die Windschutzscheibe.

Avas Blick folgt dem Speichel, der die Scheibe herunterläuft, während Cloe Gas gibt.

57

»Ich spreche mit Dev«, sagt Cloe, sobald sie zurück auf dem Airfield sind, und verschwindet Richtung Hangar. Kurz flammt in Ava so etwas wie Eifersucht auf, aber das sind nichts als persönliche Eitelkeiten. Ego vor Gemeinschaft. Destruktive Gedanken. Also kehrt Ava dem Hangar den Rücken, um sich in der Arbeit, in den monotonen Bewegungen zu verlieren.

»Wo warst du?«, fragt Sheila, sobald Ava neben ihr auftaucht. Obwohl niemand sie zum Schweigen verpflichtet hat, erzählt Ava nichts. »Etwas für Dev erledigen«, sagt sie bloß und nimmt sich ein paar Arbeitshandschuhe. Sheila fragt nicht weiter, doch während sie schweigend arbeiten, fühlt Ava immer wieder ihren Blick auf sich.

Mehrmals spricht Ava in den nächsten Tagen Cloe an, doch jedes Mal ist die Antwort die gleiche. »Nein, nichts Neues«, »Lina hält anscheinend den Mund«, »Du warst wohl überzeugend«.

Doch gegen die Spannung in Ava kommen diese Antworten nicht an. Mit jedem Tag wächst ihre Unruhe, mit jedem Tag, an dem es keine Neuigkeiten gibt. Vertrauen, sagt sie sich wieder und wieder. Aber Vertrauen in wen? In Dev? In connect? Das ja, das natürlich. Aber was ist mit Lina? Was mit den anderen da draußen? Denen, die connect zerstören wollen?

»Vertrauen in die Stärke unserer Idee«, sagt Cloe. »Vertrauen darauf, dass etwas so Starkes nicht zerstört werden kann.«

Vertrauen, sagt sich Ava. Vertrauen.

Doch sie ist nicht die Einzige, die unruhig ist. Und Lina nicht die Letzte, die scheinbar über Nacht vom Airfield verschwindet. Erst als jemand ihr sagt, dass Steve fort ist, wird Ava klar, dass sie seit Linas Weggang nicht mehr an ihn gedacht hat. Sein Verschwinden bedeutet ihr nicht mehr als das der anderen.

Cloe übernimmt jetzt die Gatherings. »Dev ist krank«, sagt sie und geht über die wachsende Leere im Hangar hinweg, als gäbe es sie nicht. Abends auf dem Weg zum Schlafsaal kann Ava Devs Silhouette sehen, die sich hinter dem Fenster unablässig hin und her bewegt.

Die Verbliebenen auf dem Airfield versuchen, den Anschein von Normalität aufrechtzuerhalten. Die Arbeiten werden neu verteilt, wenn wieder jemand verschwindet, doch man spricht nicht groß darüber. Ava wird den Rescuern zugeteilt. Nach Einbruch der Dunkelheit steigt sie in einen der Vans und fährt Supermärkte ab, bis der Wagen gefüllt ist mit geretteten Lebensmitteln.

Einmal stößt Ava auf einen Stapel Zeitungen, doch sie wirft ihn ohne einen zweiten Blick zurück in den Container. Nichts davon geht sie noch etwas an. Sie greift sich eine Kiste mit überreifen Bananen, schleppt sie zum Van.

58

Etwas Massives sitzt knapp unter Avas Schlüsselbeinen. Es ist, als würden sich ihre Lungen weigern, sich mit Luft zu füllen, als wäre das Gewebe hart und unflexibel geworden. Sie kann nicht atmen. Niemand auf dem Airfield kann atmen. Sie konzentrieren ihre Kräfte auf die täglichen Aufgaben. Es ist still geworden auf dem Airfield. Unnatürlich still.

Tag für Tag denkt Ava, sie halte es nicht länger aus und immer bleibt sie doch. Weil sie hofft, dass es wieder anders wird. Weil es hier trotz allem noch besser ist als da draußen. Das Draußen ist es, was sie erstickt. Draußen könnte sie nicht überleben. Nicht mehr.

Als Dev endlich wieder auftaucht, ist er ungesund blass. Er muss wirklich krank gewesen sein, denkt Ava, ernsthaft krank. Selbst der Jubel, der ihn begrüßt, ist blass. Man spürt die fehlenden Stimmen. Dev lächelt trotzdem, und in dem Lächeln kann man sich kurz verlieren, kurz meinen, es wäre doch alles gut. Doch dann blitzt auch in Devs Gesicht etwas wie Schmerz auf, und Ava folgt seinem Blick in den hinteren Teil des Hangars, in dem niemand mehr sitzt.

»Danke, dass ihr da seid«, sagt Dev und lässt sich auf den Boden des Podests sinken. Einen Moment sitzt er mit rundem Rücken da, scheint mehr in sich hinein als in den Raum zu blicken. Dann schüttelt er sich, wie um sich selbst aufzuwecken, richtet sich gerade auf, atmet tief. »Ich muss mich bei euch entschuldigen.« Stille ballt sich um Devs Worte. Niemand wagt, etwas zu sagen. Alle haben Gerüchte gehört oder gestreut, aber was davon stimmt?

»Ich war nicht ehrlich zu euch«, sagt Dev und seine Stimme klingt müde. Er spricht mehr zu sich, als zu ihnen.

»Ich habe mir gesagt, dass ich es für euch tat, dass ich euch in eurer Entwicklung nicht behindern wollte, dass ihr nicht so weit wart, das Wissen mittragen zu können«, er hält kurz inne, schüttelt den Kopf. »Doch in Wahrheit habe ich euch etwas gepredigt, was ich selbst nicht halten wollte. Offenheit. Offenheit ist schwierig und ich habe es mir zu leicht gemacht«, wieder starrt er einige Augenblicke lang vor sich hin, scheint gar nicht zu merken, wie die Spannung im Raum steigt, wie selbst das Atmen fast ganz verebbt.

Endlich schüttelt er sich erneut aus seiner Starre. »Ihr verdient es, die Wahrheit zu hören. Die ganze Wahrheit.« Er holt Luft. »Ihr erinnert euch, dass wir ein neues Gelände bekommen haben? Die Papierfabrik?« Es klingt wie eine Frage, doch auf eine Antwort wartet er nicht. »Tatsache ist, wir sind nicht auf ganz legalem Weg dazu gekommen.«

Devs Worte haben die Starre gebrochen und hier und da bricht Geflüster aus, verstummt jedoch, sobald Dev weiterspricht. »Die Fabrik gehörte Markus Schöninger«, auch dieser Name scheint etwas auszulösen, denn wieder flüstert es. »Einige von euch werden ihn noch kennen. Er war einige Male hier bei Workshops und anfangs ein begeisterter Anhänger unserer Ideen. Ich denke«, Dev lächelt flüchtig, »gerade unsere Überzeugung von der Problematik exklusiver Beziehungen hatte es ihm angetan. Er hat während seiner Zeit bei uns seine eigene kleine sexuelle Revolution erlebt.«

Irgendwo hinter sich hört Ava unterdrücktes Lachen, das hastig in ein Husten übergeht.

»Das Problem war nur, dass er seiner Frau das alles nicht mitgeteilt hat. Ihr seht also«, Dev seufzt, »er hat unsere Ideen nie wirklich verstanden. Es ging ihm bloß um eine Rechtfertigung für die Befriedigung seiner Bedürfnisse.

Eine wirkliche Änderung seines Lebens wollte er nie, deshalb hat er auch ziemlich schnell das Interesse an connect verloren. In seiner anfänglichen Euphorie allerdings hat er mit mir über die Papierfabrik gesprochen. Er suchte schon lange nach einer Verwendung dafür und ihm gefiel die Idee, der Stifter eines neuen Airfields zu sein«, Devs Mundwinkel zuckt. »Natürlich wollte er davon nichts mehr wissen, nachdem er connect gegen irgendein neues Hobby eingetauscht hatte. Also habe ich einen anderen Weg gefunden, ihn zu überzeugen.« Dev stockt. »Nein, ich habe gesagt, ich will ehrlich sein, also keine Euphemismen mehr. Ich habe ihn erpresst. Es gab genug Beweise für seine zahlreichen Beziehungen zu Frauen und Männern, die seine Frau sicherlich interessiert hätten. Und offenbar war es mit seiner Ablehnung exklusiver Beziehungen nicht besonders weit her, denn er trennte sich letztendlich lieber von seiner Papierfabrik als von ihr.«

Wieder wird das Gemurmel lauter und Ava wünschte, sie wären alle still, damit sie Dev zuhören kann, hören kann, was dann passierte, wie alles schief ging. Und Dev tut ihr den Gefallen, übertönt die Stimmen. »Als aber die Überschreibung der Fabrik öffentlich wurde, hat seine Frau Verdacht geschöpft. Und sie hat nicht nur Markus dazu gebracht, ihr alles zu beichten, sondern ihn auch überzeugt, uns wegen Erpressung anzuzeigen.«

Schlagartig ist es wieder still geworden. Stiller als es sein dürfte bei über hundert Leuten in einem Raum.

»Bisher dachte ich noch, dass wir das alles vielleicht außergerichtlich regeln könnten«, sagt Dev in die Stille hinein, »aber gestern hat sich das Ehepaar Schöninger an die Presse gewandt.« Dev klingt erschöpft, als hätte er seine ganze verbliebene Energie dabei verbraucht, ihnen die

Situation zu erklären. »Ich kann mich nur noch einmal bei euch entschuldigen«, sagt er. »Und ich verspreche, von jetzt an vollkommen offen euch gegenüber zu sein. Ihr habt verdient, zu erfahren, wie es weitergeht. Und ihr solltet die Möglichkeit haben, selbst zu entscheiden, ob ihr unter diesen Umständen noch hierbleiben wollt.«

Ava wird von einer Welle der Zuneigung erfasst. Natürlich wird sie bleiben. Schließlich hat er das alles für sie getan. Für sie alle.

Sie ist offenbar nicht die Einzige, die so fühlt, denn andere stehen jetzt auf, fassen sich an den Händen. Auch Ava erhebt sich und schließlich stehen sie alle geschlossen da. Alle für einen, muss Ava flüchtig denken. Ja, alle für einen. Und einer für sie.

Niemand muss etwas sagen. Dev lächelt dankbar. »Dann werden wir diesen Weg gemeinsam gehen.«

Beinahe hat Ava erwartet, dass in den nächsten Tagen noch mehr Leute verschwinden würden. Doch nur zwei oder drei verlassen das Airfield, alle anderen bleiben. Entweder, weil sowieso nur noch diejenigen übrig sind, für die connect eben nicht nur der nächste Halt auf ihrem nie endenden Selbsterfahrungstrip ist, oder aber, weil es endlich keine Geheimnisse mehr gibt.

Obwohl der Ernst der Situation allen klar ist, spürt man doch wieder so etwas wie Zuversicht. Und Ava kann nicht anders als sich zu fragen, ob alles nicht vielleicht anders gelaufen wäre, wenn Dev sich nur früher entschieden hätte, ehrlich zu ihnen zu sein.

Doch Menschen machen Fehler. Selbst Dev ist davon nicht ausgenommen.

59

»Ich hätte schon viel früher mit dir sprechen sollen.«

Ava weiß nicht, was sie erwidern soll. Tatsächlich war sie ziemlich überrascht, als Deniz sie nach dem Mittagessen abfing und zu Dev brachte. Warum sollte er mit ihr sprechen wollen? Es gibt doch sicher wichtigere Dinge, um die er sich kümmern muss.

»Cloe hat mir von deinem Treffen mit Lina erzählt«, sagt Dev. »Wir haben inzwischen erfahren, dass sie bereits in Verhandlungen mit einem Verlag stand, aber das Manuskript zurückgezogen hat.«

Es löst nichts in Ava aus, das zu hören. Ihr Gespräch mit Lina könnte Jahre her sein, so weit weg fühlt es sich an. »Ich bin dir sehr dankbar«, fährt Dev fort. »Das hätte ich dir schon früher sagen sollen.«

Ava lächelt, aber merkt selbst, dass es eher zu einer Grimasse gerät.

»Bist du anderer Meinung?« Dev schaut sie aufmerksam an und Ava spürt, wie die Hitze ihr ins Gesicht steigt.

»Nein«, sagt sie schnell, »also, naja«, sie stockt. »Es hat ja nicht besonders viel genutzt.«

Dev antwortet nicht gleich, schaut sie weiterhin nachdenklich an und Ava will ihre Worte am liebsten zurücknehmen, nochmal anfangen.

»Meinst du, dein Gespräch mit Lina wäre nur dann ein Erfolg gewesen, wenn die Vorwürfe gegen uns nicht an die Öffentlichkeit gelangt wären?« Er klingt ehrlich interessiert, doch auch wenn Ava die Frage am liebsten bejaht hätte, kommt es ihr so vor, als würde sie damit zugeben, dass sie etwas Entscheidendes übersieht. Sie zuckt die

Schultern. Dev lächelt jetzt. »Ich verstehe dich, wir neigen dazu, unser Tun immer nur im Bezug auf das Ergebnis zu beurteilen.« Wie sonst sollte man es denn beurteilen? Noch immer schaut Dev sie an und ihr ist, als könnte er ihr jeden Gedanken direkt aus dem Hirn pflücken.

»Aber was hat dein Tun denn noch bewirkt?«, fragt Dev und Ava ist froh, dass er die Antwort offenbar nicht von ihr erwartet. »Du hast gezeigt, dass du wirklich hinter unserer Idee stehst, du hast Verantwortung übernommen. Und du hast uns vertraut, obwohl das bedeutete, dich gegen jemanden zu wenden, den du für deine Freundin gehalten hattest. Das ist mir viel wichtiger als alles, was die Welt da draußen über uns denkt.«

Wieder wird Avas Gesicht heiß.

»Das kann man nicht von vielen Menschen behaupten, aber du nimmst dich nicht wichtig genug, Ava.«

Endlich löst er den Blick von ihr, lässt ihr ein paar Augenblicke Zeit, ihr Gesicht wieder unter Kontrolle zu bekommen, während er zum Schreibtisch geht und in einigen Papieren blättert.

»Bevor du zu uns gekommen bist, hast du in der Werbung gearbeitet, richtig?«

Mit der Frage hatte Ava nicht gerechnet, doch sie bestätigt es.

»Ich möchte, dass du mehr Verantwortung übernimmst«, sagt Dev, während er weiter blättert. »Ich möchte, dass du deine Fähigkeiten nutzt, um connect voranzubringen. Deshalb würde ich mir wünschen, dass du zu den Socials wechselst.« Er hebt den Blick zu ihr. »Natürlich nur, wenn du das möchtest.«

Ava weiß nicht, was sie antworten soll. Nein. Nein, sie möchte es nicht. Aber ist es egoistisch, das zu sagen?

Dev scheint ihr die Antwort vom Gesicht abzulesen. Er lächelt, aber jetzt liegt etwas Schmerzhaftes darin. »Natürlich wird dich niemand dazu drängen«, sagt er. »Die Entscheidung liegt ganz bei dir. Ich kann dich nur darum bitten. Wir brauchen jede Hilfe, um dieser ganzen toxischen Energie etwas entgegenzusetzen, die jetzt auf uns einstürmt. Und ich glaube, dass du dabei einen wichtigen Beitrag leisten kannst.«

Ava schluckt heftig, setzt zum Sprechen an, doch Dev winkt ab. »Du musst nicht gleich antworten. Denk darüber nach.« Er dreht sich wieder dem Fenster zu, schaut hinab auf den Platz, auf dem sich nichts regt.

Ava geht nicht. »Ich tue es«, sagt sie und weiß, dass es die richtige Entscheidung ist.

60

Am nächsten Morgen geht Ava zum ersten Mal ins Office. Es ist der kleinste der Backstein-Würfel, die hinter dem Hangar verstreut sind. Kleiner als die Schlafsäle, mit nur einer Etage und Fenstern, die sich am oberen Rand des Gebäudes entlangziehen.

Sie war noch nie hier und doch kommt alles an diesem Ort ihr vertraut vor. Die großen runden Holztische, auf denen rundum mattsilberne Laptops liegen. Die Pflanzen, die an Schnüren von der Decke hängen. Die Theke mit den gläsernen Wasserspendern, in denen Zitronen- und Gurkenscheiben schwimmen. Unwillkürlich muss sie an Mel und Liz denken. Sie würden sich wohlfühlen. Nur der Kaffee würde Mel fehlen.

Deniz hat sie der Gruppe vorgestellt, ist dann wieder verschwunden. Eigentlich hätte Ava erwartet, dass jetzt jemand käme, der sie einweist, ihr sagt, was sie zu tun habe, doch es kommt niemand. Alle setzen sich an ihre Laptops, fangen fast unmittelbar zu tippen an.

Ava setzt sich an einen der noch freien Laptops, klappt ihn auf. *Bitte Passwort eingeben.*

Sie wendet sich an den Typen, der neben ihr sitzt. Sie hat schon mit ihm gesprochen, aber sein Name will ihr nicht einfallen.

»Kannst du mir das Passwort sagen?«

Er schreckt hoch als hätte sie ihm einen Schlag verpasst. Der verwirrte Ausdruck hält sich noch einen Moment auf seinem Gesicht. »Positivity«, sagt er und lächelt endlich. »Alles kleingeschrieben.«

Ava bedankt sich, tippt positivity, drückt Enter.

Im Browser sind schon alle Kanäle geöffnet, auf denen connect aktiv ist. Ava schaut nach, ob auf ihrem Desktop so etwas wie eine Guideline liegt, findet nichts. Sie wirft einen Blick durch den Raum. Eine Wand wurde mit Klebefolie in ein großes Whiteboard verwandelt. Darauf stehen Namen, aber die Aufgaben in der Zeile dahinter wurden weggewischt. Auch sonst kann sie nirgends einen Hinweis darauf erkennen, welche Aufgaben zu erledigen sind. Oder von wem.

Wieder wendet sie sich an ihren Nachbarn, doch der zuckt nur die Schultern. »Such dir einfach einen Kommentar aus und antworte darauf. Wir können hier eh nicht mehr tun, als Brände zu löschen.«

Ava fragt nach, ob es irgendwen gäbe, der das Team koordiniert, Aufgaben verteilt, ihnen sagt, was zu tun ist. Er verneint. »Jenny hat das früher gemacht«, er deutet mit dem Kinn Richtung Whiteboard. »Aber seit sie weg ist … Naja, wie gesagt, es gibt eh viel zu viele Kommentare, da können wir sowieso nicht viel machen.«

Avas Gesicht will sich verziehen, doch sie reißt sich zusammen.

»Gibt es denn irgendwelche Guidelines, irgendetwas, woran man sich orientieren kann?«

Er scheint nicht zu verstehen, was sie von ihm will, zuckt die Schultern. »Schau dir einfach ein paar von unseren Kommentaren an, dann weißt du schon, was zu tun ist.«

Schon tippt er weiter und Ava klickt sich durch die Seiten, schaut sich Kommentar über Kommentar an und kann es mit jedem, den sie liest, weniger fassen. Kein Wunder, dass connect ein Imageproblem hat. Die Antworten auf die Hass-Posts sind emotional, manchmal sogar aggressiv. Von einer einheitlichen Tonalität kann gar nicht die Rede sein. Es ist keine Marke, die da spricht, es sind zwanzig Privatpersonen, die sich persönlich angegriffen fühlen.

Am Ende ihres ersten Arbeitstages hat Ava keinen einzigen Kommentar geschrieben, dafür jedoch fünf Seiten Notizen. Noch am gleichen Abend sagt sie Deniz, dass sie mit Dev sprechen muss.

Wider Erwarten lässt er sie schon am nächsten Morgen kommen, hört sich an, was sie zu sagen hat. Nickt, als sie ihm erklärt, dass die Gruppe dringend eine Führung braucht, nickt, als sie sagt, dass es eine Kommunikationsstrategie geben muss, nickt, als sie darauf drängt, dass sie dringend eine einheitliche Tonalität brauchen.

»Gerade jetzt ist es unglaublich wichtig, dass wir keine Fehler in der Kommunikation machen«, sagt sie und wieder nickt Dev. »Ich denke, dann solltest du das übernehmen.«

Ava stockt. »Nein«, sagt sie. »Nein, ich bin ja nicht mal Texterin. Das ist nicht mein Gebiet.«

Aber Dev bleibt dabei. »Wir haben niemanden, der es besser könnte als du. Wenn du es nicht machst, tut es niemand.«

Schließlich knickt Ava ein, erklärt sich bereit, auch wenn ihr davor graut, den anderen schon nach einem Tag als »Chefin« vor die Nase gesetzt zu werden. Doch ihre Angst stellt sich als unbegründet heraus. Die anderen scheinen fast erleichtert, als Deniz ihnen mitteilt, dass Dev Ava zur Leiterin des Teams gemacht habe.

»Heute bleiben die Laptops erstmal geschlossen«, sagt Ava, sobald Deniz sich verabschiedet hat. »Ich würde gerne mit euch ein paar grundsätzliche Sachen besprechen.«

Die Unruhe, die ihre Worte auslösen, hat sie erwartet. »Wir können es uns nicht leisten, den ganzen Tag nicht zu arbeiten«, platzt es aus Natalie heraus, und Ava kann die Panik in ihrer Stimme hören. »Die nehmen uns doch komplett auseinander, wenn wir jetzt auch noch ihre Kommentare ignorieren.«

Ava schenkt Natalie ein hoffentlich beruhigendes Lächeln. »Ich verstehe deine Sorge. Aber ich glaube, dass es wichtig ist, einen Schritt zurückzutreten. Im Panikmodus arbeiten funktioniert fast nie.«

Die anderen sehen noch nicht überzeugt aus, aber sie widersprechen nicht. Ava wischt das Whiteboard leer, fragt die anderen, was es für Kommentare sind, die sie bekommen. Sie schreibt mit.

Inhaltslose Hasskommentare.

Drohungen.

Fragen, was an den Gerüchten dran ist.

Erfahrungsberichte von angeblichen ehemaligen Mitgliedern.

Selten auch: Äußerungen der Solidarität.

Letztere allerdings meist von dubiosen Verfassern.

Sie sprechen darüber, wie sie auf diese Kommentare reagieren, was funktioniert, was nicht. Ava schreibt mit. Dos. Don'ts.

Ava spürt, wie auch die anderen immer mehr aus ihrer Schockstarre aufwachen, wie sie sicherer werden, intensiver diskutieren. Am Ende des Tages steht beinahe alles auf dem Whiteboard, was auch Ava auf ihrem Zettel notiert hatte. Aber es ist nicht mehr bloß ihre Kommunikations-Strategie. Es ist ihre gemeinsame. Sie sind sich einig, sie sind nicht länger zwanzig Stimmen, sondern eine.

Kritiker ernst nehmen, aber sich nicht von ihnen einschüchtern lassen. Angriffen mit Argumenten begegnen, nicht mit Gegenangriffen. Sie müssen aktiver werden. Agieren, nicht bloß reagieren. Ahmet und Stella sollen wieder Posts produzieren, wie es sie gab, bevor dieser ganze Scheiß über sie hereingebrochen ist. Natürlich dürfen sie nicht so tun, als wäre das alles nicht passiert, nein sie müssen offen damit umgehen.

Wie früher gehen die beiden über das Gelände, machen Fotos, sprechen mit den anderen. Sprechen nicht nur über den Skandal, aber auch. Sprechen darüber, was sich verändert hat. Sprechen darüber, warum sie trotzdem hierbleiben. Warum der Hass, der ihnen entgegenschlägt, sie nur noch mehr darin bestärkt, dass sie hier am richtigen Ort sind. Weil sie hier mit Menschen zusammen sind, die sich eben nicht von diesem Hass anstecken lassen.

Deutlich, wenn auch langsam, sieht Ava, dass sich etwas verschiebt. Natürlich gibt es weiterhin die Trolle, die *»SEKTE«* brüllen und verlangen, sie alle zu verhaften, *»das ganze kriminelle Pack«*. Aber die, weiß Ava, wird es immer geben. Sie stürzen sich auf jedes mögliche Opfer und beißen und zerren, bis sie ein Neues entdecken, auf das sie sich werfen können.

Aber nicht mehr alle stimmen ihnen zu. Es gibt einige, die zugänglich sind für sachliche Argumente, die zumindest stocken, zweifeln. Es sind nicht viele, aber es gibt sie. Und sie werden mehr.

61

Dev schwenkt ein Stück Papier, offenbar aus einer Zeitung ausgeschnitten. »Es gibt wieder mal ein paar Neuigkeiten über mich. Wollt ihr sie hören?«

Sie johlen. Es ist befreiend, dass Dev dazu übergegangen ist, die Angriffe gegen sie als das zu betrachten, was sie sind: eine Farce. Dev strafft das Papier, räuspert sich. »Der Guru und die Frauen«, liest er und der Hangar lacht. Er hebt eine Augenbraue, schaut über das Papier hinweg zu ihnen hinunter. »Vielversprechend, oder?« Er deklamiert weiter. »Die ganze Welt fragt sich, was auf dem sogenannten Airfield passiert. Was treibt ihn an, den Guru, der sich selbst Dev nennt? Die Antwort ist so banal wie offensichtlich.« Dev legt eine dramatische Pause ein, wirft einen langen Blick in sein Publikum. »Sex!«

Ava lacht. Alle lachen. Die beschränkte Weltsicht der Isolierten.

Dev hebt einen Finger und das Lachen verebbt. »Wie sonst ist es zu erklären«, fährt Dev fort, »dass er sich mit einer Führungsriege aus Frauen umgibt. Männliche Konkurrenz, so scheint es, hat in seinem persönlichen Harem keinen Platz.« Wieder bricht Gelächter aus und Dev knüllt das Papier zusammen, wirft es hinter sich.

»Bezeichnend, oder? Für diesen Typen gibt es nur einen möglichen Grund, sich mit Frauen zu umgeben: Man will mit ihnen schlafen. Der einzige Grund, Frauen Verantwortung zu übertragen, ist in seiner kranken Weltsicht, dass man so tut, als würde man sie respektieren – nur um sie dann leichter sexuell ausbeuten zu können.« Seine Stimme hat jetzt nichts Scherzhaftes mehr. »Wisst ihr, warum hier bei uns viele Frauen in verantwortungsvollen Positionen sind?« Im Hangar könnte man eine Stecknadel fallen hören. »Weil sie es verdienen.«

Er wandert auf und ab, wie immer, wenn er seine Gedanken sortiert. »Seit Jahrtausenden haben Männer Frauen unterdrückt. Aber auf welcher Grundlage? Aus einer banalen körperlichen Überlegenheit heraus.« Dev bleibt stehen, schaut sie an. Einen nach dem anderen. »Doch in den letzten Jahren und Jahrzehnten haben Frauen um ihre Rechte gekämpft. Sie haben es sich hart erarbeitet, mehr sein zu können als Hausfrauen und Mütter. Dieser Kampf hat Frauen dazu gezwungen, sich zu verändern, sich weiterzuentwickeln. Männer hatten das nicht nötig. Warum auch? Sie hatten ja alles, was sie wollten. Abgesehen vielleicht von den gehorsamen Ehefrauen, die ihnen zwischenzeitlich abhandengekommen waren.« Ein paar Lacher ploppen auf, dann wird es wieder still.

»Frauen mögen gesellschaftlich noch immer nicht die gleichen Rechte und Möglichkeiten haben wie Männer, aber sie haben schon lange die Schranken in ihren Köpfen durchbrochen. Die Schranken, die ihnen vorschreiben wollten, was es bedeutet, Frau zu sein. Frauen haben sich das Recht erstritten, Hosen tragen zu dürfen. Wie viele Männer dagegen wagen es, Kleider zu tragen?« Dev deutet auf sein eigenes, bodenlanges Kleid. »Wie viele Männer trauen sich in traditionell weibliche Berufe? Sprechstundenhilfe? Kindergärtner? Das ist doch nichts für einen Mann.« Dev schüttelt den Kopf. »Ich umgebe mich nicht mit Frauen, weil ich mit ihnen schlafen will. Ich umgebe mich mit ihnen, weil sie viele Schritte schon gegangen sind, um die es bei uns geht. Das Aufbrechen von Denkmustern, von Rollenbildern, von allem, was die Gesellschaft uns vorschreiben will. Aber wenn man das nicht begreift«, er zuckt mit den Schultern »dann ist Sex natürlich die naheliegendste Antwort.«

62

Status-Meeting. Jeden Morgen setzen sie sich zusammen und besprechen Aufgaben, Probleme und Erfolgserlebnisse. In den ersten Tagen fassten die anderen sich möglichst kurz, um schnell wieder an ihre Rechner zu kommen, doch inzwischen nehmen sie sich Zeit. Sie haben eingesehen, dass die Statusberichte ihnen bei der Arbeit helfen.

Natalie erzählt von einem persönlichen Austausch, den sie am Vortag hatte. Ihr Gesprächspartner war eine Bloggerin gewesen, die vor einer Weile einen connect-Workshop besucht und sich jetzt entsetzt darüber geäußert hatte, was über die Gruppe bekannt geworden sei. Den halben Tag lang hat Natalie mit ihr gechattet, ihre Fragen beantwortet und die Bloggerin so erfolgreich überzeugt, dass diese schließlich selbst von einer Hexenjagd sprach. In den nächsten Tagen würde auf ihrem Blog ein entsprechender Artikel erscheinen.

Ava klatscht und die anderen fallen mit ein. »Die investierte Zeit hat sich wirklich gelohnt«, sagt Ava. »Sucht unbedingt weiter das Gespräch zu Influencern, wenn ihr die Möglichkeit habt. Aber denkt daran«, sie deutet auf die Dos-and-Don'ts-Liste hinter ihr. »Ein Gespräch anbieten, nicht aufdrängen. Die Menschen, die offen sind für unsere Ideen, werden sich darauf einlassen. Mit den anderen verschwenden wir Zeit und Energie.«

Ein plötzliches Splittern lässt sie zusammenfahren. Aufgeregte Stimmen sind zu hören, Schreie. Stella ist schon aufgesprungen und halb an der Tür, als auch Ava aus ihrer Starre erwacht und ihr folgt.

Draußen scheint eine Traube von Menschen in einen Kampf verwickelt zu sein. Seit Ava auf dem Airfield ist, hat sie keinen einzigen ernsthaften Streit erlebt. Und jetzt prügeln plötzlich zwanzig Leute aufeinander ein?

Doch dann wird ihr klar, dass an dem Bild noch mehr nicht stimmt, dass da etwa zehn Leute sind, die Jeans tragen und grellbunte T-Shirts. Sie halten Stöcke in den Händen, einer sogar einen Baseballschläger. Was für ein Klischee, denkt Ava noch, bevor sie gemeinsam mit ihrem Team auf die Gruppe der Kämpfenden zustürzt. Endlich sehen die Stockträger ein, dass sie hoffnungslos in der Unterzahl sind. Sie flüchten in den Wald, wahrscheinlich zurück zu einer Lücke im Zaun.

Ava schaut sich nach ihrem Team um und ist froh zu sehen, dass Ahmet die Kamera auf die Fliehenden gerichtet hält, ihnen dann nachstürmt. Das Material müssen sie heute noch posten. Sie wendet sich an Stella. »Nimm deine Kamera und dokumentier die Schäden. Da war doch dieses Geräusch eben. Die müssen irgendwo ein Fenster eingeschmissen haben oder so was.« Sie deutet zu einigen der Kämpfenden, die sich auf den Boden gesetzt haben. »Interview die anderen. Bestimmt haben einige Platzwunden abgekriegt.« Stella verschwindet, um ihre Kamera zu holen. Schon eine halbe Stunde später posten sie die ersten Bilder, nicht viel später auch Videos.

»Von wem geht hier die wirkliche Gefahr aus?«, fragen sie. Und zum ersten Mal seit Wochen schlägt die Stimmung um, zum ersten Mal gibt es wieder mehr Likes und Solidaritätsbekundungen als Hasskommentare.

Doch die Stimmung auf dem Airfield bleibt angespannt. »Wir müssen uns schützen«, sagt Dev. »Diesmal sind sie mit Stöcken gekommen. Beim nächsten Mal sind es vielleicht richtige Waffen. Das können wir auf keinen Fall zulassen.« Also ziehen sie neue Zäune, installieren Kameras. Anzeige erstatten sie nicht. »Wieso sollten wir Hilfe von einem System erbitten, das uns zerstören will«, sagt Dev. »Die Einzigen, auf die wir uns verlassen können, sind wir selbst.«

Ava und ihr Team reduzieren ihren Schlaf auf ein Minimum. Sie müssen den positiven Umschwung der öffentlichen Meinung nutzen, ihn ausbauen.

Währenddessen marschieren vor dem Tor des Airfields Demonstranten auf.

»Let our children go«, steht auf den Plakaten. »connected gefälligst mit einem Gesetzbuch!«

Ava könnte es beinahe komisch finden, doch sie ist zu müde. Selbst Dev sieht ausgezehrt aus. Nur seine Stimme klingt wie immer. Warm und voller Überzeugung. Nur während sie dieser Stimme zuhört, kommt Ava kurz zur Ruhe. Von seiner Stimme lässt sie sich bewegen, legt ihre Gedanken ab wie ein Kleidungsstück, ist nur Körper, nur Bewegung.

Doch sobald sie aus der Meditation auftaucht, schwappen alle Gedanken mit Macht wieder zurück. Ungläubig denkt sie, dass es nur wenige Wochen her ist, dass alles anders war, dass sie endlich das Gefühl hatte, angekommen zu sein. Sie muss sich anstrengen, die da draußen nicht dafür zu hassen.

63

Sie werden in den Hangar gerufen, frühmorgens, bevor sie gefrühstückt haben. Alle Muskeln in Devs Gesicht scheinen straff gespannt und er tigert rastlos auf dem Podest auf und ab.

»Ich habe gerade mit unseren Anwälten telefoniert. Man hat Ben, Sheila und Melek verhaftet.«

Verhaftet? Wieso sollte man sie verhaften? Dev erzählt, dass sie letzte Nacht unterwegs gewesen seien, um Lebensmittel zu retten, und dass man sie dabei erwischt habe. »Erwischt.« Er spuckt das Wort beinahe aus. »Da sieht man mal wieder, wie das Rechtsverständnis dieser Leute funktioniert. Man fischt Lebensmittel aus dem Müll und sie nennen es Diebstahl. Sie schimpfen auf Lebensmittelverschwendung, aber wehe jemand tut tatsächlich etwas dagegen«, er schreit jetzt beinahe. »Ist das ein Rechtssystem, dem wir uns beugen wollen?« Sie antworten ihm mit all der Wut, die er selbst nur mühsam zurückhält, brüllen ihm seinen eigenen Hass entgegen. Ihren gemeinsamen Hass auf dieses zerrüttete System, diese bürokratisierte, egoistische, seelenlose Menschheit.

Ben, Sheila und Melek sind bald zurück auf dem Airfield, doch ihre Verhaftung hat etwas ausgelöst. Die Fronten haben sich verhärtet. Während Ava die Zeitungen des Tages nach neuen Anschuldigungen durchforstet, neuen Verleumdungen, schiebt Stella ihren Laptop zu Ava hinüber. Eine Liste von Namen. Was soll das? Avas Blick wandert nach oben und jetzt versteht sie. *connect-Mitglieder incognito* steht über der Liste. Noch einmal scannt Ava die Namen, bleibt an *Marie Schäfer* hängen. *Marie Schäfer. Margaretenstraße 12. Beruf: Lehrerin.* Ihre Marie? Noch einmal scannt Ava die Liste. Es ist nicht der einzige Name, den sie erkennt.

»Was sollen wir jetzt machen?«, Stellas Stimme ist schrill, voller nur unzureichend unterdrückter Panik.

»Ich kümmere mich darum«, Ava versucht sich an einem aufmunternden Lächeln. »Mach dir keine Sorgen.«

Stella sieht zwar nicht beruhigt aus, doch sie nickt und geht zurück an ihren Platz.

Ava tippt einen kurzen Kommentar, löscht, schreibt neu.

»Anscheinend sind wir wieder in einer Zeit angekommen, in der man Menschen wegen ihrer Überzeugungen auf Listen schreibt. Kommt einem das nicht unangenehm bekannt vor?«

Doch sie postet nicht, ruft stattdessen das Team zusammen, erklärt ihnen die Situation. »Stellt euch darauf ein, dass bald die Hölle losbricht. Stella du übernimmst die erste Hälfte der Liste, Natalie, du die zweite. Warnt die Leute vor. Lasst sie abholen und aufs Airfield bringen, wenn sie das wollen. Sobald sich die Liste verbreitet, reagieren wir. Vorher nicht. Ich glaube zwar nicht daran, aber vielleicht geht der Post einfach unter, vielleicht interessiert es niemanden. Bis dahin wollen wir keine unnötige Aufmerksamkeit darauf lenken.«

Während die anderen sich an die Arbeit machen, sucht Ava nach Deniz. Sie wird blass, als Ava ihr erzählt, was passiert ist, nickt dann knapp, macht sich auf den Weg zu Dev.

Die Bombe platzt schneller, als Ava erwartet hat. Selbst Zeitungen nehmen die Nachricht auf und Ava postet in die Kommentarspalten. *»Soll hier etwa zu Lynchjustiz aufgefordert werden?«* Weitere Kommentare ploppen unter ihren auf, die in die gleiche Kerbe schlagen. Und Ava weiß, dass ihr Team auf Hochtouren arbeitet.

64

Alles entgleitet ihr. Ava versucht, ruhig zu bleiben, doch immer öfter sitzt sie starr vor ihrem Laptop, weiß nicht, was sie noch schreiben, was sie noch tun soll. Ihr Kiefer hat sich vor Müdigkeit und Anspannung verkrampft. Es knackt, wenn sie ihn öffnet.

Gestern ist Marie angekommen. Auf Druck der Elternschaft ist sie vorübergehend vom Dienst suspendiert worden. Ava hätte sie beinahe nicht erkannt. Gebrochen sieht sie aus, abgemagert. »Da draußen herrscht Krieg«, sagt sie. »Die Schüler haben meinen Unterricht boykottiert. Natürlich steckten die Eltern dahinter. Die Kinder lassen sich von ihnen instrumentalisieren, plappern ihnen alles nach, bis sie irgendwann genauso sind.« Sogar vor ihrer Wohnung hätten Leute gestanden und Marie sei nicht mehr vor die Tür gegangen, bis Massoud sie endlich abholte und herbrachte.

Auch vor der Halle stehen die sogenannten Demonstranten. Keiner traut sich mehr zu den Gatherings, selbst Luca hat das Airfield seit Tagen nicht verlassen.

»Wenn sie deine Suspendierung aufheben, gehst du dann zurück?«, fragt Ava. »Nein«, antwortet Marie. »Da draußen ist alles vergiftet. Die Atmosphäre, die Menschen. Es ist wie Dev sagt: toxisch. Man stirbt daran.«

Das Schlimmste ist, dass Maries Geschichte keine Ausnahme ist. Noch mehr Leute auf der Liste werden suspendiert oder gleich aus fadenscheinigen Gründen entlassen. Nur wenige von ihnen allerdings kommen aufs Airfield. Die meisten versuchen, ihre eigene Haut zu retten, indem sie sich von connect distanzieren. Oder sie verschwinden, warten an einem geschützten Ort darauf, dass der Sturm vorüberzieht. Doch er zieht nicht vorüber, er nimmt Fahrt auf, um sie alle zu zerschmettern. Ava schüttelt den Kopf. Das sind toxische Gedanken. Self-fulfilling prophecy. Es wird auch wieder anders werden. Es wird. Es muss.

Sie konzentriert sich wieder auf ihre Arbeit, öffnet den nächsten Kommentar, klickt auf »antworten«.

65

Dev hat Ava rufen lassen. Es ist spät und sie muss sich anstrengen, um den Rücken gerade zu halten, um nicht in sich zusammenzusacken.

»Ich möchte, dass du das Gesicht unserer Öffentlichkeitsarbeit wirst.«

Ava lacht. Sie merkt selbst, dass ihr Lachen hysterisch klingt. Sie weiß gar nicht mehr, wie sich ihr wirkliches Lachen anhört. Dev schaut sie ungerührt an. »Ist das dein Ernst?«

Er nickt. Einmal nur. Endgültig.

Ava schüttelt umso vehementer den Kopf. »Ich hasse es, im Mittelpunkt zu stehen«, sagt sie. »Ich bin nicht die Richtige dafür.«

Dev lächelt jetzt. »Und genau weil du das sagst, bist du die Richtige.«

Ava weiß nicht, was sie erwidern soll.

»Weißt du«, sagt Dev und legt die Handflächen aneinander, »was das Problem mit Machtpositionen ist?« Ava schüttelt den Kopf.

»Das Problem ist, dass sie mit den falschen Personen besetzt sind. Die, die am besten dafür geeignet wären, sind gleichzeitig auch die, die sie am wenigsten wollen. Denn eigentlich geht es bei einer Machtposition nicht darum, sich über andere zu stellen. Ganz im Gegenteil. In Wahrheit muss man sich ganz in den Dienst von anderen stellen.« Er schaut sie eindringlich an. »Ich sehe, was du mit den Socials geleistet hast.«

Ava seufzt. »Doch, ihr habt viel geleistet«, beharrt Dev. »Ihr sorgt dafür, dass es immer noch Leute da draußen gibt, die auch unsere Seite der Geschichte hören wollen. Ich weiß, dass wir das vor allem dir zu verdanken haben. Und ich sehe auch, dass du nicht jemand bist, der sich in den Mittelpunkt drängt, der mit seinen Erfolgen angibt. Es gibt auf dem Airfield niemanden, der besser geeignet wäre als du.«

Er steht auf und geht hinüber zum Fenster, schaut hinaus.

»Ich habe mir meine Rolle auch nicht ausgesucht«, sagt er und Ava meint, eine große Müdigkeit hinter seinen Worten zu hören. Aber es währt nicht lange, schon hat Dev sich wieder zu ihr herumgedreht, lächelt. »Aber ich erfülle sie. Im Dienste von allen.«

Ava nickt. Sie hat das Gefühl, als habe sich ein Fenster geöffnet und sie habe einen Blick hineinwerfen können. In den Dev hinter seiner Rolle.

Und auch sie wird ihre Rolle spielen. Natürlich wird sie.

66

Schon am nächsten Tag zieht Ava in den Hangar. Sie teilt sich ein Zimmer mit Luca, Cloe und Deniz, einen großen Raum, gleich unter Devs, mit hohen Fenstern und vielen weichen Teppichen auf dem groben Dielenboden.

Die Betten sind die gleichen wie in den Schlafsälen, einfache Holzgestelle, doch am Fenster steht eine große Sitzlandschaft, weiche Sofas und Sessel in samtblau, ein Couchtisch, der über und über mit Papieren bedeckt ist.

»Wir arbeiten oft hier«, sagt Deniz. »Manchmal auch zusammen mit Dev. Allerdings«, ihr Lächeln hat etwas Schmerzhaftes, »ist er in letzter Zeit nur selten hier gewesen.«

Ava heftet ihre Fotos an die Wand, räumt ihre wenigen Sachen in die Schublade unter dem Bett. Dann sitzt sie eine Weile nur da und versucht, anzukommen in dem Bewusstsein, wirklich hier zu sein, wirklich im Hangar. Hier wird sie wohnen, schlafen, leben. Hier wird sie daran arbeiten, dass das Airfield, dass connect eine Zukunft hat. Als sie später zum Gathering geht, teilt die Menge sich auch vor ihr.

Avas Tage sind jetzt übervoll. Noch immer verbringt sie viel Zeit bei den Socials, unterstützt Stella, die ihre Aufgaben übernehmen soll. Wann immer ihr Zeit bleibt, sitzt sie mit Cloe, Deniz oder Luca im Hangar, sitzt in ihrem gemeinsamen Zimmer und bemüht sich, möglichst schnell all das zu lernen, was sie noch nicht über connect weiß.

Am liebsten aber sind ihr die Abende, die sie oben bei Dev verbringt. Jedes Mal kocht er Tee, wie bei ihrem ersten

Treffen, und oft sitzen sie bis tief in die Nacht zusammen. Es fühlt sich nie wie Unterricht an, aber immer steigt Ava danach mit vollem Kopf die Treppe hinab, liegt noch lange wach und meint, Devs leichte Schritte zu hören, die über ihr hin und her wandern. Selbst durch ihre Träume läuft Dev.

67

Wie, verdammt, ist sie hier gelandet? Ava schluckt gegen die Trockenheit in ihrem Mund an. Zweimal. Dreimal. Es geht bloß darum, eine Idee zu verkaufen, sagt sie sich. Nichts anderes als eine Kundenpräsentation. Ihr Puls beruhigt sich etwas. Fast wünscht sie sich, Mel wäre hier. Mel ist gut darin, Leute so lange zu bequatschen, bis sie sich schon aus reiner Erschöpfung ihrer Meinung anschließen. Aber Mel wird ihr nicht helfen. Sie steht auf der anderen Seite.

Ava atmet tief in den Bauch, dann hört sie, wie ihr Name genannt wird.

Sie tritt ins Studio und aus sich heraus. Sie ist ruhig, gelassen, schüttelt die Hand des Talkmasters. Lenny. Betont jung gekleidet und mit etwas zu straffen Augenwinkeln. Ava setzt sich ihm gegenüber in den ledernen Sessel. Sie unterdrückt ein Schaudern.

»Nimm es mir nicht übel, aber du machst einen ziemlich normalen Eindruck für ein Sektenmitglied«, eröffnet Lenny das Gespräch.

Ava lächelt. Offen. Harmlos. »Das liegt wahrscheinlich daran, dass ich keins bin.«

»Aber würdest du denn zugeben, wenn du eins wärst?«

Ava spielt mit. »Wahrscheinlich nicht. Kein Sektenmitglied würde je zugeben, eins zu sein. Deshalb führt diese Diskussion allerdings auch leider zu nichts.«

Lenny lacht. Ein zu lautes Lachen, das schnell abbricht. »Deine Mutter und Tante haben sich der Gruppe *dis-connect* angeschlossen, einem Zusammenschluss von Freunden und Verwandten von connect-Mitgliedern.« Haben sie das tatsächlich? Ava bemüht sich, ihre Überraschung nicht zu zeigen.

»Sie erheben den Vorwurf, connect würde seine Mitglieder dazu zwingen, den Kontakt zu ihren Familien abzubrechen. Was sagst du dazu?«

Ava seufzt. »Menschen brechen aus unterschiedlichsten Gründen den Kontakt zu ihren Familien ab. Natürlich wird der Grund dann gerne bei anderen gesucht. Der neue Partner ist schuld. Der falsche Freundeskreis. Oder eben eine Gruppe wie unsere. Solche Schuldzuweisungen sind praktisch, denn dann muss man sich nicht mit seinem eigenen Verhalten, seinen eigenen Unzulänglichkeiten auseinandersetzen.«

»Du gibst also deiner Familie die Schuld?«

»Ich gebe niemandem die Schuld. Ich sage nur, dass es wesentlich komplexer ist als diese Leute von *dis-connect* es darstellen. Beziehungen sind kompliziert. Familien sind kompliziert. Plumpe Schuldzuweisungen machen es sich viel zu leicht.«

»Eine Frage, die sich ja immer wieder stellt, ist, warum connect eigentlich so eine eine Faszination ausübt. Du selbst bist ja ein ganz repräsentatives Beispiel. Du bist jung, gut ausgebildet, warst beruflich erfolgreich. Also eigentlich alles, was man sich so im Leben wünschen kann. Trotzdem hast du alles über Bord geworfen und bist in eine Kommune gezogen. Was bringt einen dazu?«

»Wenn man es so formuliert, klingt es tatsächlich ziemlich wahnsinnig«, lacht Ava. »Das liegt aber vor allem daran, dass das gesellschaftliche Ideal so merkwürdig ist. Ein erfolgreiches Leben wird an einer erfolgreichen Karriere gemessen. Aber das ist doch verrückt! Was hat man denn am Ende von dieser Karriere? Und nicht nur bringt es uns selbst nichts, dieser Karrierefokus sorgt auch noch dafür, dass wir unseren Planeten bis aufs Blut ausbeuten. Hauptsache mehr Erfolg, mehr Wachstum, mehr Konsum. Die Konsequenzen sind uns völlig egal. Wenn einem das einmal klar geworden ist, wenn man das Ausmaß des Wahnsinns begriffen hat, den unsere Gesellschaft für normal hält, dann ist es kein Opfer mehr, einen Beruf aufzugeben, der niemandem nützt, nicht einmal einem selbst. Das ist bloß der nächste logische Schritt.«

»Wäre dann nicht auch ein andere Beruf in Frage gekommen?«

»Nein, es war ja nicht allein mein Beruf, der problematisch war. Es ist das ganze System. Wir brauchen ein völlig neues System, das auf anderen Werten basiert.«

»Und dieses System versucht ihr auf dem Airfield aufzubauen?«

Ava tut so, als höre sie die Ironie in seinen Worten nicht. »Ja«, antwortet sie nur.

»Aber ganz fehlerfrei scheint ja dieses System auch nicht zu sein. Oder was sagst du zu den Vorwürfen, connect habe seine Mitglieder abgehört, um Druckmittel gegen sie in der Hand zu haben?«

Ava lacht. »Das ist albern. Ja, es gibt Aufnahmen, aber die wurden nicht gemacht, um irgendwen zu erpressen. Wir arbeiten an einer Sammlung von Devs Sharings, dafür brauchen wir die Aufnahmen.«

»Aber es hat doch Erpressungen gegeben, das ist doch ein Fakt.«

»Nein, ist es nicht. Im Moment steht Aussage gegen Aussage. Du musst bedenken, wer es ist, der diese Vorwürfe erhebt. Markus Schöninger hatte uns ein Grundstück überschrieben, aus freien Stücken. Aber dann hat er seine

Meinung geändert. Warum, dazu kann ich nichts sagen. Aber Tatsache ist, auf legalem Wege kam er aus dem Vertrag nicht mehr heraus. Ein Erpressungsvorwurf ist dann natürlich eine elegante Lösung.«

Lenny lacht, als hätte Ava einen verdammt guten Scherz gemacht. »Was sagst du dazu«, fragt er weiter »dass das Airfield geräumt werden soll?«

Ava schüttelt den Kopf. »Wer sagt den so was?«

»Der Bürgermeister. Er hat es eben gepostet.«

Der Großteil der Anwesenden fängt an, in den Taschen zu kramen und einen kurzen Moment wünscht auch Ava sich ihr Handy zurück. Doch sie behält das Lächeln auf dem Gesicht und die Hände ruhig. »Ich glaube, noch ist ein Post des Bürgermeisters nicht rechtlich bindend«, sagt sie und wäre gern so überzeugt, wie sie klingt.

Sie bemüht sich, auch die folgenden Fragen aufmerksam und freundlich zu beantworten, doch schon wenige Minuten später kann sie sich weder an die Fragen, noch ihre eigenen Antworten erinnern.

Endlich kann sie Lenny die Hand schütteln, hinter der Bühne verschwinden, ihr Dauerlächeln fallenlassen.

Deniz wartet schon auf sie und Ava kann in ihrem Gesicht gleich die ganze Anspannung, ja Besorgnis lesen. Sie halten sich nicht mit Gesprächen auf, gehen gleich zum Van, und erst, als sie durch die Traube von Demonstranten hindurch sind, fragt Ava, wie ernst der Post des Bürgermeisters zu nehmen ist.

»Ich würde gern sagen, überhaupt nicht«, antwortet Deniz, »aber der Bürgermeister gerät immer mehr unter Druck und die Wahlen sitzen ihm im Nacken. Der wird alles tun, um seine Wähler zu beruhigen. Wenn er denn kann.«

Ava erwidert nichts. Es ist alles gesagt.

Vor dem Tor des Airfields haben sich inzwischen noch mehr Leute versammelt. Neben den Demonstranten sind auch ein paar dabei, die so aussehen, als wären sie bloß aus Voyeurismus hier. Sie brüllen die Parolen nicht mit, bemühen sich aber, ihre Gesichter hinter der Windschutzscheibe auszumachen. Einige halten ihnen ihre Handykameras entgegen.

Auch ein Polizeiwagen steht am Straßenrand und wahrscheinlich hält bloß der die Meute davon ab, durch das Tor zu stürmen, das sich jetzt für Ava und Deniz öffnet.

Das Airfield wirkt komplett verwaist. Niemand erwartet sie, als sie vor dem Hangar vorfahren. Deniz macht sich nicht die Mühe, das Auto auf dem Parkplatz abzustellen, hält gleich vor dem Tor des Hangars, lässt den Schlüssel stecken.

Das schwere Metalltor ist gegen den Wind geschlossen, der eisig über den Vorplatz zieht. In das Tor eingelassen ist eine kleinere Tür, auf die Deniz nun geradewegs zugeht. Ava zwingt sich, mit ihr Schritt zu halten, nicht langsamer zu werden, obwohl sie doch weiß, was sie hinter der Tür erwartet. Alle wollten ihr Interview sehen und sogar einen Beamer hat man für diesen Zweck im Hangar installiert. Sie sind also alle dort drin. Als Deniz die Tür öffnet, denkt Ava kurz, sie habe sich geirrt, so still ist es. Noch stiller, als die Tür sich hinter ihnen schließt und auch das Geräusch des Windes und das der in der Ferne brüllenden Demonstranten aussperrt.

Doch der Hangar ist nicht leer. Sie sind alle da. Sitzen dicht an dicht am anderen Ende der Halle.

Wie an einer Schnur gezogen geht Ava hinter Deniz her. Die ganze Länge des Hangars hinunter. Und als sie die

Sitzenden schließlich erreichen, öffnet sich eine Schneise, die ihnen den Weg zu Dev frei macht.

Dev nimmt erst Deniz in den Arm, dann sie. »Danke«, flüstert er ihr ins Ohr, bevor er sie loslässt.

»Dev, was soll das mit der Räumung?«, fragt Deniz und zum ersten Mal, seit Ava sie kennt, hat ihre Stimme nichts mehr von ihrer üblichen Gelassenheit. Schrill klingt sie und Ava wünscht sich, Deniz hätte nicht gefragt. Als würde es irgendetwas ändern, wenn sie bloß nicht darüber sprächen.

»Ich habe eben mit unseren Anwälten gesprochen«, antwortet Dev. »Der Post des Bürgermeisters hat natürlich keine Rechtskraft. Es wird also niemand heute noch das Airfield stürmen. Aber«, er fährt sich über die stoppeligen Wangen, »der frühere Besitzer des Airfields hat Klage eingereicht. Er verklagt uns wegen Erpressung und Nötigung.«

Eine Weile starrt Dev vor sich hin und niemand wagt, etwas zu sagen. Irgendwer unterdrückt ein Schluchzen.

»Unsere Anwälte haben mich jedenfalls vorgewarnt«, fährt Dev endlich fort, mehr zu sich als zu ihnen, »dass wir damit rechnen müssen, früher oder später geräumt zu werden. Es ist nicht wahrscheinlich, dass wir das Verfahren gewinnen.«

Etwas in Ava fällt ins Bodenlose. Als Dev weiterspricht, muss sie sich zwingen, ihre Aufmerksamkeit wieder auf ihn zu lenken, nicht an ihren eigenen Gedanken zu ersticken.

»Ich werde mich selbst anzeigen«, sagt er. »Ihr sollt nicht dafür büßen müssen, dass ich falsche Entscheidungen getroffen habe.«

Ava ist nicht die einzige, die in Protestgeschrei ausbricht und es dauert eine ganze Weile, bis Devs Stimme sich erneut durchsetzen kann. »Ich kann nicht zulassen, dass ihr womöglich wegen mir im Gefängnis landet«, sagt er und seine Stimme bricht ihm weg. »Besser ich verbringe den Rest meines Lebens in Einzelhaft, als damit zu leben.«

»Aber meinst du, damit könnten wir leben?«, unterbricht Luca ihn, mehr wütend als erschüttert. »Und was glaubst du denn, was wir da draußen machen sollen? Einstellen wird uns nach dieser ganzen Scheiße garantiert niemand mehr und ...«, sie unterbricht sich. »Und selbst wenn wir einfach weitermachen könnten wie vorher ... das hat doch keinen Sinn. Nicht nach all dem hier.«

Ava nickt wie aufgezogen. Bei dem Gedanken, wieder in ihr altes Leben zurückzukehren, überläuft es sie kalt. Bloß das nicht. Alles, nur das nicht.

»Wir müssen doch irgendwas tun können«, ruft jemand.

»Ich weiß nicht«, sagt Dev. »Wir brauchen mehr Zeit.«

»Dann riegeln wir ab«, sagt Luca. »Ist noch jemand draußen?«

»Nein.«

»Gut. Wir haben Vorräte für Wochen. Wir haben Zeit.«

»Aber werden sie das Gelände nicht stürmen?«

»Noch haben die Gerichte nicht entschieden. Noch gehört das Airfield uns.«

68

Es gibt nicht viel, was sie tun können. Die Anwälte arbeiten daran, ihre Ansprüche auf das Airfield zu beweisen, doch die Gerichte arbeiten langsam, und inzwischen laufen täglich mehr Demonstranten vor dem Airfield auf. Sie sehen sie auf den großen Bildschirmen, die an den Wänden des Office hängen. Ava vermeidet den Blick darauf. Die Einsatzwagen und die brüllenden Demonstranten geben ihr das Gefühl, dass nichts mehr zu retten ist, dass sie nie wieder wissen wird, was Ruhe ist. Sie schlafen in Schichten und zu jeder Tageszeit patrouillieren Gruppen von ihnen auf dem Gelände. Zum ersten Mal kommen sie sich auf dem Airfield eingesperrt vor.

Ava versucht, sich auf ihre Arbeit zu konzentrieren. Die Socials versorgen sie mit Informationen und jeden Abend geht Ava live, dementiert, erklärt, beantwortet Fragen. Anfragen für Interviews lehnen sie ab. Sie lassen sich das Spiel nicht mehr diktieren, stellen neue Regeln auf.

Ava weiß, dass man über sie schreibt, dass man sie bewertet, verurteilt, sie abwechselnd zum Opfer oder zur Täterin macht, je nachdem, was zur Story gerade besser passt. Sie liest die Artikel nicht. Nichts, was darin steht, hat mit ihr zu tun. Ihr Gesicht, ihr Körper ist Projektionsfläche und sie weiß es.

»Bist du deshalb oft allein?«, wendet sie sich an Dev, »damit bei all den Projektionen noch ein bisschen von dir übrig bleibt?«

Dev sieht überrascht aus. »So hätte ich es nicht formuliert, aber ich glaube, du hast Recht. Das Zusammensein mit anderen ist wichtig, doch wenn man in einer Position ist wie du oder ich, dann ist es auch, wie soll ich sagen, eine Bürde? Das klingt zu negativ, aber ich glaube, du weißt, was ich meine. Es ist anstrengend, sich in all den Erwartungen und Hoffnungen der anderen nicht zu verlieren.« Dev überlegt. »Obwohl ich mich manchmal frage, ob das nicht bloß Eitelkeit ist. Was ist denn an uns so besonders, dass wir meinen, es bewahren zu müssen? Vielleicht wäre der nächste Schritt, auch diesen Rest von Selbst loszulassen.«

69

Ava erwacht von einem Schrei.

Als sie ans Fenster tritt, sieht sie das Zucken von Taschenlampen zwischen den Bäumen. Sie weckt die anderen, die tiefer schlafen, geht ihnen voran die Treppe hinunter, nähert sich den noch immer unruhigen Lichtern. In der Mitte eines weiten Kreises von Menschen sieht sie einen Körper liegen. Kälte flutet von ihren Händen und Füßen hoch. Sie muss atmen, ruhig atmen. Der Körper ist der eines Mannes in dunkler Kleidung. Sein Gesicht liegt abgewandt und in seinem blonden Haar schimmert es feucht.

In seiner schlaffen Hand liegt der Gurt einer Kamera. Es ist niemand von ihnen. Kurz spürt Ava etwas wie Erleichterung, doch schon drängt Cloe an ihr vorbei, kniet neben dem Körper nieder, fühlt den Puls. In ihrem Blick erkennt Ava, was sie schon wusste, sobald sie den Körper am Boden sah.

»Bringt ihn in den leeren Schlafsaal«, sagt Ava. »Weckt die anderen und kommt in den Hangar.« Sie geht, um mit Dev zu sprechen.

Es ist eine übermüdete, verschreckte Gruppe, die sich morgens um vier im Hangar versammelt. Es tut Ava weh, sie so zu sehen. Vor wenigen Wochen noch waren sie selbstbewusst gewesen, glücklich. Jetzt drängen sie sich zusammen wie unterkühlte Tiere. Sie selbst aber ist seltsam ruhig. Als sie Dev erzählte, was passiert war, nickte er bloß. Vielleicht, denkt Ava, hat er es kommen sehen.

»Es ist jemand auf dem Airfield gestorben, heute Nacht«, sagt Dev. »Er ist widerrechtlich bei uns eingedrungen und muss im Dunkeln unglücklich gestürzt sein. Als er gefunden wurde, war es bereits zu spät, um ihm zu helfen. Es war ein Unfall, aber es spielt keine Rolle, dass es ein Unfall war. Auf genau so etwas haben sie gewartet.«

»Was können wir tun?«, fragt jemand.

»Nichts«, sagt Dev. »Es gibt nichts mehr, was wir tun können. Ich bin bereit, die Verantwortung für alles zu übernehmen, aber das Airfield ist am Ende.«

»Nein«, flüstern sie. »Nein.« Nicht einmal zum Schreien ist noch Kraft übrig.

»Gibt es denn keine andere Lösung?«, fragt Ava in die folgende Stille. »Gar keine?«

Dev schaut sie an, antwortet lange nicht.

»Doch«, sagt er endlich mit einer Stimme, die nicht zu wissen scheint, ob sie weitersprechen soll. »Eine gibt es. Eine.«

Prinzip vier, denkt Ava. Konsequenz.

70

Als es hell wird, gehen sie gemeinsam ins Office. Früher, registriert Ava, hätten sie niemals alle in diesen Raum gepasst.

Auf den Bildschirmen sehen sie, dass eine Gruppe von Leuten sich dicht um einen der Einsatzwagen drängt. Kollegen des Einbrechers? Inzwischen muss sein Verschwinden aufgefallen sein. Sie werden Kontakt aufnehmen. Bald.

Eine Stunde später klingelt das Telefon.

»Ja«, sagt Dev, »wir haben heute Nacht jemanden aufgegriffen, der bei uns eingedrungen ist. Nein«, sagt er, »Sie können nicht mit ihm sprechen. Wir wollen einen Tag, um uns voneinander zu verabschieden. Danach gehen wir freiwillig. Solange behalten wir ihn hier.«

Er legt auf. »Wir haben vierundzwanzig Stunden.«

Sie schalten die Telefone ab und die Kameras. Die letzten Stunden gehören nur ihnen.

Noch einmal bewegen sie sich durch die Übungen und Ava ist neben Dev, bewegt sich im Rhythmus seiner Stimme, seines Körpers, hält seine Hand, lässt los, tanzt mit ihm, mit allen, streicht Arm an Rücken, Rücken an Bauch, will nicht, dass dieser Tag jemals endet.

Als sie später schwer atmend auf dem Boden liegt, ihre Hand auf Devs Haar, Cloes Hand auf ihrem pumpendem Bauch, sieht sie ihr Leben, wie es hätte ein können. Wie es gewesen wäre, wenn sie Lina nicht begegnet wäre.

Sie sieht sich neben Mel an die Agenturspitze aufsteigen. Sieht sich Tage und Nächte durcharbeiten. Sieht sich in Bars, in Restaurants, auf Partys ihre Mails checken. Sieht sich warten auf Urlaube, die zu schnell vergehen. Sieht sich

Beziehungen führen, die kaum länger dauern. Sieht sich am Ende eines langen Lebens mit weniger dastehen als jetzt.

Von ihrem Hass auf Lina ist nichts übrig. Da ist nur Mitleid. Und Dankbarkeit dafür, dass Lina diejenige war, die sie hierher gebracht hat.

In den letzten Stunden kommt das Lachen zu ihnen zurück. Eine Entscheidung ist gefallen. Noch einmal sind sie leicht, noch einmal frei. Keiner schläft in dieser letzten Nacht.

Das Video geht live. Es flackert nicht, hakt nicht. Reiht sich ein in die Masse kaum voneinander zu unterscheidender Livestreams. Sie erscheinen auf den Bildschirmen, erst auf wenigen, dann auf tausenden.

Im Vordergrund Dev, den Blick auf die Kamera geheftet. Um ihn herum tanzen sie, tanzen miteinander, umeinander, berühren sich. Fast. Berühren Dev. Fast. Drehen sich weg, verschwinden aus dem Bild.

»Diese Botschaft geht an alle, die nach uns kommen«, sagt Dev. »An alle, die bereit sind, die Bedeutung von dem zu begreifen, was heute hier passiert. Nach dem heutigen Tag werden viele sagen, dass connect gescheitert ist. Aber nicht connect ist gescheitert. Die Welt ist an uns gescheitert. Sie ist nicht bereit für uns. Sie ist beherrscht von der Angst, dass die Menschen ihr ganzes Potenzial entfalten könnten.«

Er richtet sich zu seiner vollen Größe auf.

»Wir haben erfahren dürfen, was es heißt, wahrhaft in einem Himmel auf Erden zu leben. Wir hatten das Privileg zu

erleben, wie sich wirkliche Verbindungen anfühlen. Und wenn man so etwas erlebt hat, dann gibt es kein Zurück mehr, dann gibt es nur noch den Weg nach vorn. Den Weg in die absolute Vereinigung. Wir werden diesen letzten Schritt gemeinsam tun. Und eines Tages vielleicht, wenn die Welt bereit ist, werden andere uns nachfolgen. Sie werden aus unserer Asche unsere Ideen neu erstehen lassen.«

Hinter Dev bricht der Erste zusammen. Sie tanzen weiter. Tanzen um den, mit dem leblosen Körper. »Wir haben nicht gewollt, dass es so endet. Wir hätten noch so viel mehr zu geben. Doch weil man uns daran hindern will, treten wir ab. Aus freiem Willen und mit leichtem Herzen.« Dev hebt seinen Becher, trinkt, schließt die Augen, tanzt.

Als die Polizei durch das Tor bricht, tanzt niemand mehr. Erst unter der behandschuhten Hand eines Polizisten endet die Aufnahme.

MIX
Aus verantwortungsvollen Quellen
FSC® C014138

Product footprint
CO_2 Neutral
PBN-CFMCP-015258

Umschlaggestaltung: Thea Mengeler, Christine Fischer und Melanie Drechsler
Satz und Typographie: Gerhard Gauster
Druck: FINIDR, s.r.o.
Lektorat: Rainer Höltschl
Gesamtherstellung: Leykam Buchverlag

www.leykamverlag.at

ISBN 978-3-7011-8233-6